ブライトストーン家の秘密

SECRET
BRIGHTSTONE

MAIA

Clover
クローバー出版

SECRET

BRIGHTSTONE

ブライトストーン家の秘密

MAIA

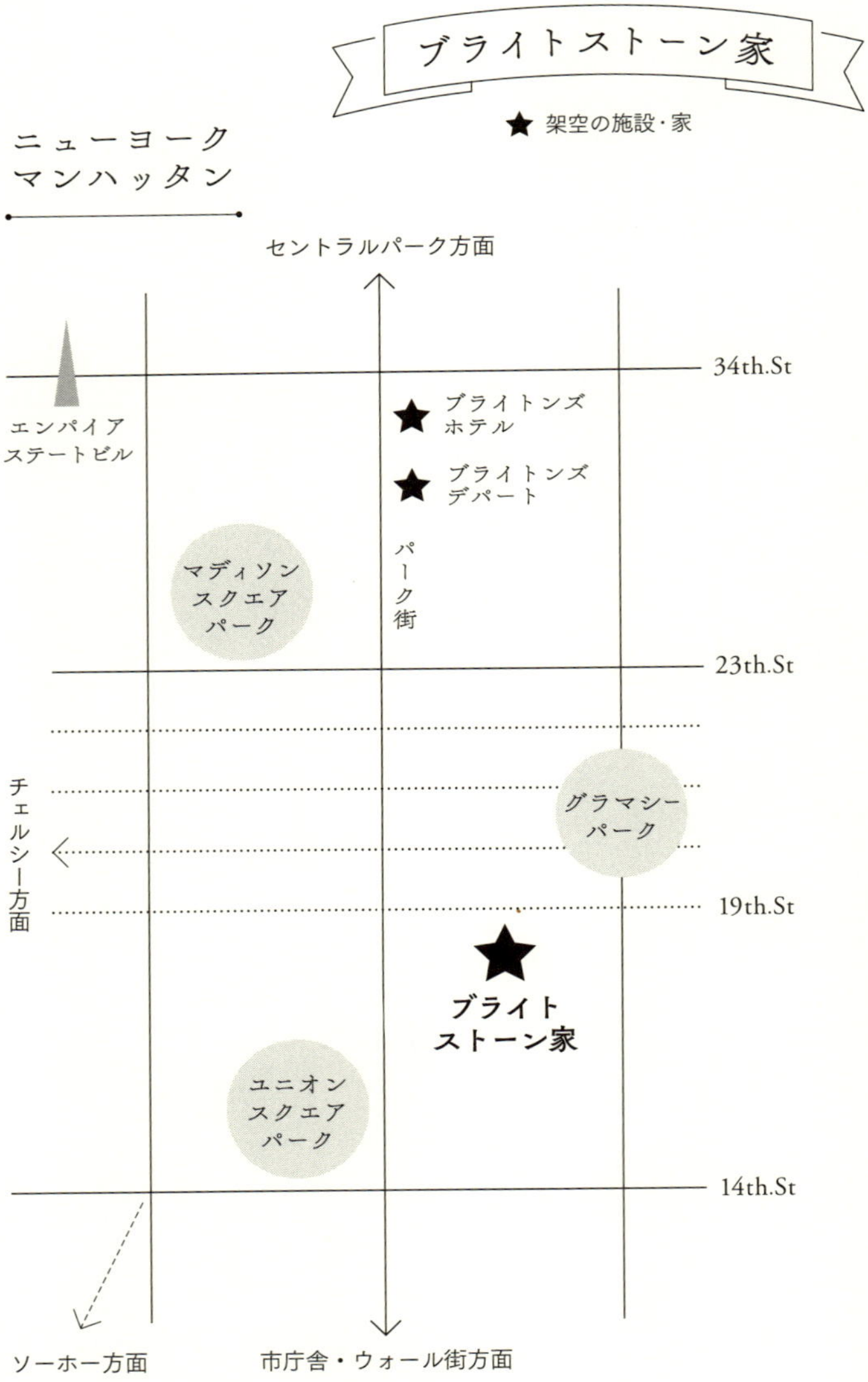
ブライトストーン家
★ 架空の施設・家
ニューヨーク
マンハッタン
セントラルパーク方面
34th.St
エンパイア
ステートビル
ブライトンズ
ホテル
ブライトンズ
デパート
パーク街
マディソン
スクエア
パーク
23th.St
チェルシー方面
グラマシー
パーク
19th.St
ブライト
ストーン家
ユニオン
スクエア
パーク
14th.St
ソーホー方面
市庁舎・ウォール街方面

ウェルワース家

★ 架空の施設・家

ピーク・ディストリクト

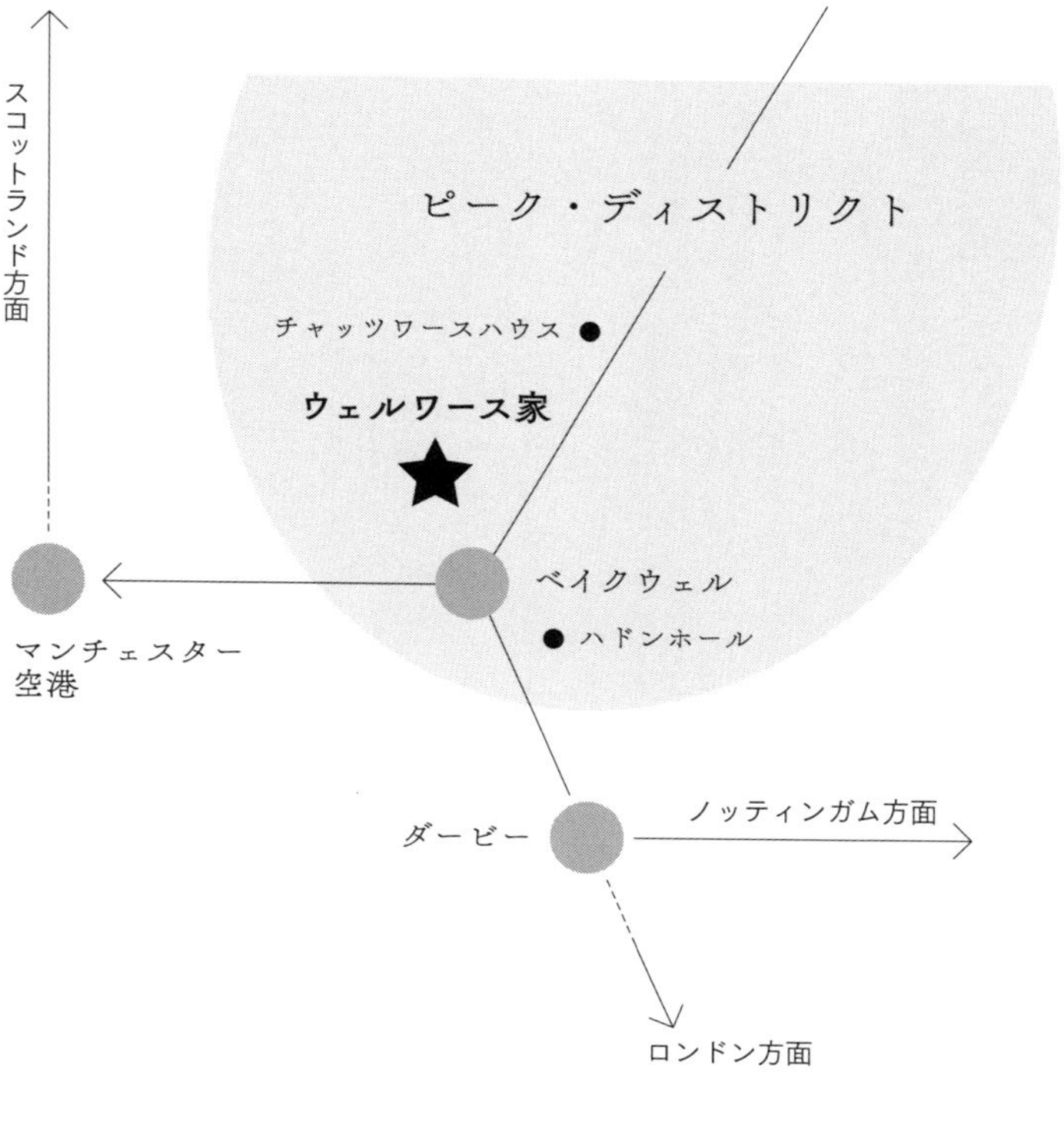

相関図

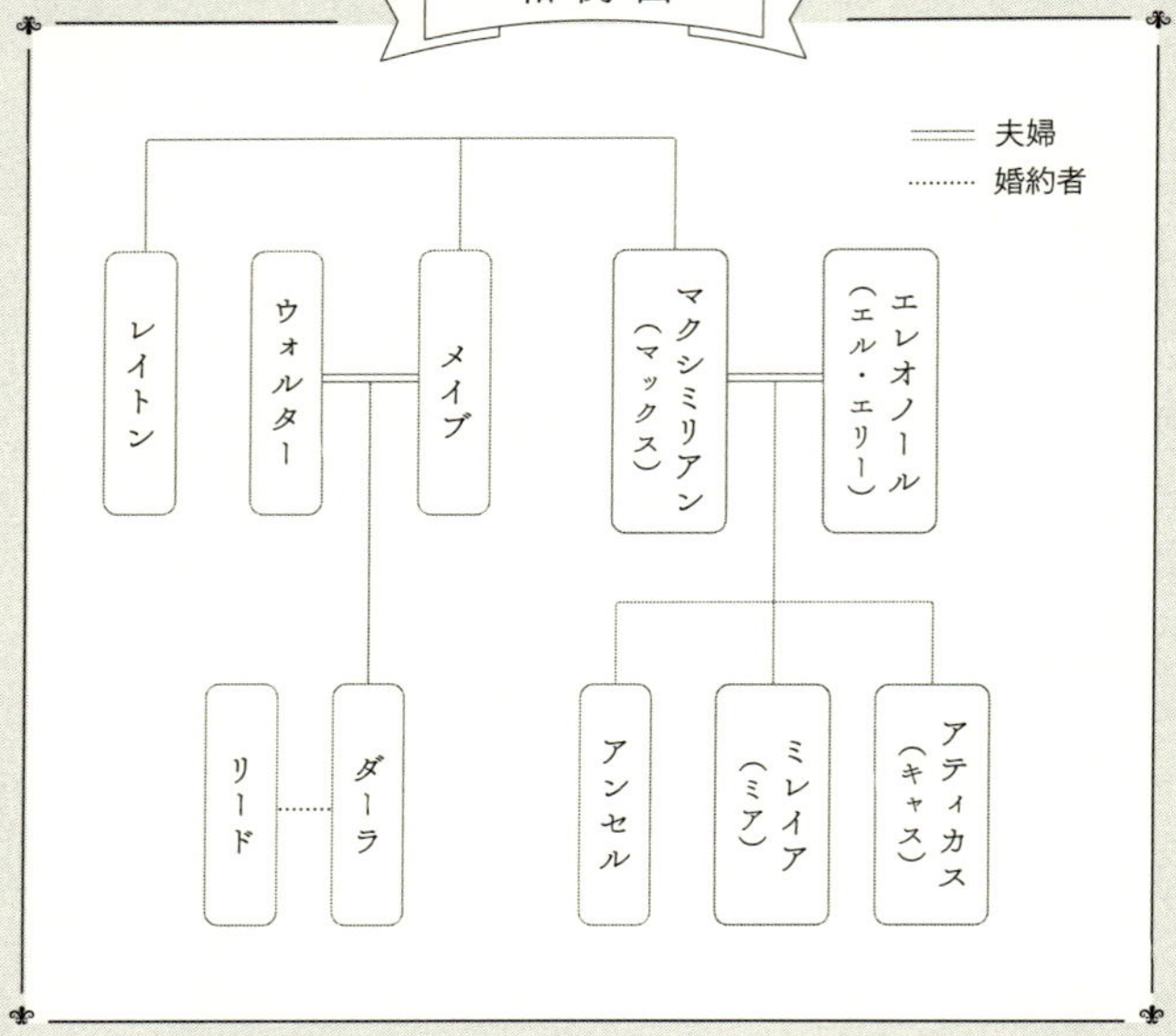

夫婦
婚約者
レイトン
ウォルター
メイブ
マクシミリアン（マックス）
エレオノール（エル・エリー）
リード
ダーラ
アンセル
ミレイア（ミア）
アティカス（キャス）

contents

1. ニューヨーク　グラマシー　―ミレイア、一人旅を決心する―　11
2. グラマシー　アティカス　―兄として自覚せざるをえないこと―　37
3. 再びイギリス　ミレイア　―ミレイア、旅の楽しさを味わう―　45
4. ピーク・ディストリクト　―ウェルワース家との出会いとメイブの告白―　57

5. ミレイアとソフィア —力の役割とソフィアの告白— 131

6. グラマシー　アンセル —小さな野望と才能— 151

7. ウェルワース家 —次々と明かされる秘密への戸惑い— 167

8. グラマシー　ミレイアとアンセル —ビジネスワークと家の中の不思議— 199

9. どこかの場所 —後悔と見えてきた能力の意義— 267

303 10. グラマシーにてディレイニーと
―大切だと気づいた互いの存在―

321 11. アイルランド　ミース州
―母が遺してくれたもの―

347 あとがき

349 プロフィール

chapter

1

ニューヨーク　グラマシー

―ミレイア、一人旅を決心する―

「この家には二度と帰らないし、家事なんて一切お断りよ」

ミレイアはそう言い放って育った家を飛びだし、ロンドンからケンブリッジを経てピーク・ディストリクトをめざしている。レンタカーの開閉式の屋根を開け、弱い日差しと髪を後ろへなでつける心地いい風を受けながら、来て良かったと心から感じていた。以前から何となく思い描いていた、イギリス旅行をやっと決行したのだ。

十一歳で両親を失って以来、引き取られた叔母の家では料理や掃除などをさせられてきた。辛い子ども時代だった。兄と弟が一緒だったとはいえ、越してきたその日に家の雑事を言いつけられたのは、戸惑いでしかなかった。父の妹であるメイブが三人を引き取った理由は、今でもはっきりしないのだけれど。

アイボリー色をした四階建てのその家を見上げたとき、首が痛くなるほどの大きさに三人は目を丸くした。アーチ型の窓辺に取り付けられた錬鉄製のプランター置きからは、色あざやかな花々が咲きこぼれている。歩道に面した玄関を中心にして、対称的に作られた植え込みの片方に大きな門があり、その先は地下へ続いているようだ。駐車場だろうか。ここはグラマシーという地区らしいが、どこも大きな建物ばかりで本当にここで暮らしていけるのか、ミレイアたちは不安だった。

裁判所や市役所での手続きを終え、家に到

着したときは夕方になっていた。窓からこぼれているやわらかなオレンジ色の光は、優しく三人を迎えてくれているような気がした。

　思ったとおり地下は駐車場になっており、車を降りて家の中へ続く階段を上がると、メイブはすぐに使用人を呼び三人を部屋へ案内するよう指示をした。

「こちらはモニカよ。これから部屋へ案内させるわね。あなたたちはすぐに荷物を片付けて、それが済んだら夕食前に少し話があるの。あとでモニカに呼びに行かせます」

　部屋があることに多少の嬉しさを感じながら、動きの早いモニカを慌てて追った。部屋へ行く途中、壁に掛かった大きな絵や、豪華な花が活けられているガラス製の花びんを目にしたとき、家の中のものには触れないでおこうと三人は思った。

　ミレイアの部屋は、二階へ上がり奥から一つ手前にあった。兄のアティカスと弟のアンセルの部屋が一番奥で、モニカによると二人は相部屋だと聞いているとのことだった。

　モニカはまずミレイアを部屋へ案内し、シャワー室やトイレなどの場所を説明すると、あとで呼びにきますと言い仕事に戻っていった。ミレイアは、荷ほどきはせず、さきに兄弟の部屋へ向かった。

　二人は衣類の入ったスポーツバッグをベッドへ置き、バッグパックを背負ったまま部屋の中をうろついていた。部屋には、背の高いフロアランプを間に置いて並んだベッドと、壁に机が二つ、そして本棚があった。寝具やカーテンなどのファブリックは青色で統一され、机のある側と反対の壁のドアを開くと、そこはクローゼットになっていた。

アンセルは、机に横付けされた棚にバッグパックを押し込むと、ベッドへ飛び乗った。

「ま、こんなもんかな。思ったより広いし」

とアティカス。

「叔母さんはパパの妹かもしれないけど、なんだか恐そうだね」と言うアンセルの素直な感想に、三人は笑った。

「いい？　このあと呼ばれて何を言われるのかわからないけれど、とりあえずは叔母さんの言うことを聞いておくことにしない？」

兄弟は顔を見合わせ頷くと、年長らしくアティカスが言った。

「たぶん、家のルールとかなんとか、そういうのだと思う。とにかく食事をして落ち着いたら、眠る前にもう一度集まろう」

ミレイアは自室へ戻り、部屋の中を観察した。女の子だから一人部屋を与えられたのだろう。兄弟たちの部屋と同じようにベッドと机があり、小さめのソファーとテーブルが壁際にある。反対側にある壁が窪んだスペースはクローゼットになりそうで、もう一つの壁には備え付けの大きな棚もあった。よかった、本がたくさん置ける。

大きな窓に近寄り外を眺めると、いくつかの建物の向こうに公園のようなものが見えて嬉しかった。これまで住んでいた家は自然に囲まれていたから、こんな都会に来ることになりとても不安だったのだ。

案内された部屋へ入ると、叔母は既にそこにいた。

「来たのね。そこにお座りなさい」

ゆっくりとテーブルの向かい側に座る三人をさっと見て、メイブは言った。

「これからはこの家が貴方たちの家よ。兄夫婦が亡くなって悲しいけれど、私にも娘がいるし三人も引き取るのは大変なことなの。使用人を二人失ったから、その代わりの仕事はあなたたちにやってもらいます」

三人は顔を見合わせた。アティカスとアンセルは無言だった。

「どういうことですか？　代わりにやる仕事って何をするの？」ミレイアは聞いた。

「そうね。ミレイア、あなたはキッチンの手伝い、二人には家や庭の掃除をやってもらうわ。メイド長はサラよ。三人ともサラやモニカの指示にはよく従うように」

わたしたちが来ると同時に、二人の使用人を首にしたということ？　家に置いてあげる代わりに、その分の仕事をやれというわけ？

これまでほとんど会ったことがない叔母とはいえ、身内らしい愛情みたいなものが一切伝わってこない理由が、いまわかった気がした。

「住む家や食事、通学もできるのだから何も問題はないはずよ。十分後に夕食です」

メイブは部屋をあとにし、入れ替わりにモ

ニカが来て言った。

「テーブルに着く前には毎回必ず手を洗ってくださいね。ダイニングルームはこの隣ですが、奥さまや旦那さまが家に居るときは、食事の時間に遅れないようにしてください」

ミレイアは、傷ついた顔をした二人を見ると悲しくなったが、気を取り直して言った。

「パパとママが死んでしまった以上の悲しいことはないんだから、これも何とか乗りきらなきゃ」目を潤ませているアンセルの肩に手を置いたが、弟はただ頷いただけだった。何しろまだ八歳なのだ。ママたちがいなくなっただけでなく、仕事まで言いつけられて訳がわからないんだわ。

わたしだって泣きたい。


学校が始まるまで三日あったので、それぞれの部屋を整え、足りないものを買い揃えたりした。その合い間に、家事や掃除の説明があり手伝いはすぐに始まった。ミレイアの仕事は、主に食事づくりとキッチンの片付けだ。学校がある日は夕食づくりや皿洗いを手伝うだけでよかったが、宿題がある日なんかはくたくたになってベッドへ入った。

週末は家事が免除されるかもしれないと期待したが、甘かった。メイブや娘のダーラが一日中家にいるときは、毎回の食事やお茶の準備などを手伝わされたので、自分の時間を工面するのが難しかった。空いた時間ができたとしても、自分たちの衣類の洗濯や宿題だ。

当然、学校以外で友人に会える時間もなく、好きなことができる余裕なんて三人にはなかった。これっていつまで続くのだろう。

数年が経ち、ミレイアは高校生になった。兄弟たちも身長が伸びて体格もたくましくなってくると、専門業者を呼ぶほどではない家の修理や、庭木の簡単な管理もさせられるようになった。

そんな数年を不思議に思いながら、少なからずの救いもあった。兄弟二人の明るい性格と、使用人たちが優しくて友人のような関係になれたことだ。特に、メイド長のサラと庭師のヒューとは、食事を共にしたり悩みを相談したりしていたので、叔母たちより親しい存在だった。

ある日の朝ミレイアは、今度の日曜日に家で催されるパーティーのことをサラに頼み込んでいた。「パンやケーキはサラにだって負けない自信があるわ。お願いだから、メニューを一つ任せてほしいの」

サラは、ここ数日のミレイアの願いに返事をしぶっていたが、久しぶりに二十人ほどの来客だし、高校生になったばかりとはいえミレイアの料理の才能を認めていたため、最終的にはメニューを二つ任せることにした。

「じゃあ小ぶりのロブスターサンドとキッシュをお願いしようかしら。あなたのロブスターサラダサンドは絶品だもの。ランチパーティーにはうってつけだから、奥さまも満足するはずよ」

自分のメニューでお客さまを喜ばせたい、そんな思いでミレイアはマーケットや市場に通い、材料選びを楽しんでいた。ロブスターサラダに使うマヨネーズはハーブを入れて手づくりしよう。サラにお願いしたら、キッシュのアクセントのためにトリュフを少し分けてもらえるかもしれない。

仕込みの手順を考えながらスーパーマーケットを出ると、向かいにあるデリの前のベンチにダーラが友人たちといることに気づいた。彼女たちがミレイアのほうを見たあと笑い声があがったので、自分のことで何か言ったのだとわかる。ダーラとは歳が一つしか違わなかったが一向に仲良くなれず、ミレイアにいつも冷たい態度をとっていた。家で話しかけても睨むような目を向けられるだけだし、今ではもう仲良くしたい気持ちはなくなっていた。

「もうかんべんしてよ、ミア。この窓は二回も拭いたんだよ、これ以上続けたら割れちゃうよ」

アンセルの不満に笑いながら、さすがに三回はやりすぎかもとミレイアも思い直した。

「もう、仕方ないわね。じゃあクッションをはたいて椅子を並べたら、今日は終わっていいってサラが言っていたわ」

「やった。じゃあこのあとはヒューと一緒にキャスの試合に行ってみるよ。ゲームの終わりくらいなら観られるかも」

「わかった。わたしは行けないけど、キャスにおめでとうって言ってね。きっと勝つってわかっていたって」

「オーケー。でも何でわかるのさ?」

「ただ何となくよ」

「ふーん。ま、いいや。さっさと終わらせて行ってくるよ」

ミレイアも友人と連れ立って兄のバスケ観戦がしたかったが、楽しみにしているパーティーの日の朝に、絶対に寝坊するわけにはいかなかった。

翌日の早朝、まだ誰も起きてこない家を見回しながら改めてミレイアは思った。こんなに広くて豪華な家に、パパとママと一緒に暮らせたらどんな感じがするだろう。きっとアンセルのことだから掃除は一切しないわね。うまくママを言いくるめるわ、それかお手伝いさんを。サラとモニカはアンセルに甘いもの。

サンルーム先の裏庭を見ていると、両親はなぜ死んでしまったのだろうという思いに悲しくなった。小さな疑念だったが、メイブや夫のウォルターに聞いた不慮の事故だという理由だけでは、いつまで経っても納得がいかない。今度また三人で話し合ってみよう。

ミレイアは、潤んだ目をしばたいて、キッチンへ向かった。ピカピカの調理台やシンクを見てにっこりする。最初は嫌々やっていた料理だが、いつの間にか好きになっていた。

パンの作り方やケーキにタルトなど、数々の料理をサラに教えてもらいながら、自分でもネットや本で勉強して真剣に料理に取り組んできた。メイブは、カリナリーセンター（料理学校）の費用を出してくれるだろうか。学費を何とかできるなら通ってみたい。材料を準備しながら、ミレイアは何となくそう考えていた。クロワッサンの生地をこね終わり発酵のためボウルに入れると、サラとモニカがキッチンへやって来た。

「コーヒーはできているわ。わたしはクロワッサンの生地が膨らむあいだに、サラダとキッシュの仕込みに取りかかるつもり」

「本当にいろいろ手際がよくなったわね。大助かりよ、ミア」

「わたしはキッチンが暑くなる前にカトラリーをチェックして、それをサンルームに運んだら朝食の準備をするわ」マグカップにコーヒーを注ぎながら、モニカが言った。

ダイニングルームには一家全員が揃っていた。めずらしくウォルターまでいる。いつも朝早く仕事に出かけるので、朝食の席にいるのはめずらしいのだ。それぞれコーヒーやフレッシュジュースを手にテーブルへ着くと、メイブが言った。

「アティカス、お願いしたとおり今日はパーティーを手伝ってちょうだいね。ゲストの要望や食べ物の減り具合を見ながら、ドリンク類も担当してほしいの。それと、今日はミアにも参加してもらうわ」

　それを聞いたミレイアは驚いた。

「そうだな。キャスは進路を決める時期にきたし、もう二人とも公的な場に出始めてもいいころだ」

「わたしは参加しないわよ。退屈なんだもの」

　ダーラの言葉にウォルターは顔をしかめ、きつい口調で言う。「いや、今日は参加してもらうよ。私の会社で働きたいなら、おまえこそいろいろ学ばなければならないんだ」

「ダーラ、今日のためにワンピースを新調したはずよ。ミア、あなたにも用意してあるからあとで部屋へ届けさせるわね」

　メイブの静かな口調とは対照的に、ダーラは不満げに顔を赤らめたまま食事を続けた。


　ミレイアは、雰囲気のせいなのか叔母の言葉に戸惑ったからなのか、相応しい言葉が浮かばず、ただ「わかりました」とだけ答えていた。


　ロブスターサラダサンドとキッシュの出来は上手くいったはずだ。味見をしてくれたサラはにっこりしてくれたし、兄弟たちは抜群だよと言っていた。でも、ゲストがそう言ってくれるかはわからない。結果を知るのは少し怖いけれど、楽しみでもあった。

　ミレイアにできることは既になくなってしまい、あとはサラたちとイベント業者がやってくれる。ということは、次はわたしの準備だ。メイブは、今日のための服を用意したと言っていたが、わたしたちに対する気持ちが何か変わったのだろうか。

　ベッドの上には、本当にワンピースが置かれていた。驚きと嬉しさが入り混じった思いで手に取り、鏡の前に立つ。グレーがかった水色のワンピースでちょうど膝丈の長さだ。袖や襟の黒いパイピングがアクセントになっており、胸の下あたりで切り替えラインが入っている。髪と目の色に合っていて素敵だ。ミレイアは自然に微笑んでいた。鏡の下を見ると、そこにはサンダルもあった。わ、最高！

　急いでシャワーを済ませワンピースを着た。サイズもぴったりだし何だか素敵にみえる。キラキラしたサンダルはかわいいし、しかも歩きやすい。これなら長く立っていても心配なさそう。仕上げに髪をバレッタで留め急いでサンルームへ向かっていると、後ろからアティカスが追いつき、初めて本格的におしゃれした妹を見てふざけた。

「うん、見た目だけでも〝ママ〟に似なくちゃな」

「なによ。そっちこそパーティーでグラスを割らないようにね」

「そんなことには絶対ならないよ」

「ダーラがいても？」

　アティカスはにやりとして、それは二人して対処すべき重要問題だと言った。

「サイズはぴったりのようね。あなたはダーラと同じくらいの背丈だから、大丈夫だと思っていたわ」

ミレイアをさっと見てメイブが言い、それを聞いたダーラがむっとした。いつものパターンだ。

「サンダルもぴったりです。ありがとうございます」

メイブは頷き、最初のゲストの到着を合図にパーティーの指示を始めた。ミレイアは緊張してきたが、食べ物がサイドテーブルに運ばれると早速そこへ向かった。

大丈夫、キッシュはきれいにカットできているし、ロブスターサンドも美しくトレイに並んでいる。カナッペやフルーツが運ばれたとき、メイブに伴われ数人のゲストが入ってきた。みんな口々に庭の様子を褒めている。

と思ったら、女性たちはドレスやアクセサリーの話題に移り、男性たちはアティカスがいるバーカウンターへと直行した。

ゲストが全員到着したころには、既に減り始めていた料理のことが気になって仕方なかった。ミレイアは、同じ年頃の子を見つけおずおずと話に参加したが、内容は年配の人たちとほとんど同じ、アクセサリーやボーイフレンドのことだとわかり退屈した。そのためサイドテーブルへと戻りながら、ゲストが何か困っていないか気を配った。

キッシュやロブスターサンドが半分に減っている！　まだ一時間しか経っていないのに。嬉しさが込みあげてくる。こそっと周りのおしゃべりを聞いたとき、今日の食事はどこの業者に依頼したのかとメイブに尋ねている人もいた。メイブは、自前で用意したものだと答えていた。

サラとモニカがいたので何か手伝いが必要か聞いたが、今のところ大丈夫だから楽しんでと言われたので、ミレイアはアティカスのそばへ近寄った。

「わたし思ったより楽しい。そっちは？」

「まあ、特に楽しいとは感じないかな。でもビールはうまいよ」

「ちょっとダメじゃない、酔っ払ったらどうするつもり？」

「心配いらない、味見しただけだ。大人になってこんなパーティーをしなくちゃならないなら、ビールを飲むのだって勉強のはずだ。見てみなよあの太った人、またキッシュを手に取った」

ホールで二つも作ったのに、もう三切れしか残っていなかった。美味しかった証拠だ。やったわ！　ミレイアはうきうきしてゲストのところへ戻り、何か入り用なものはないか確認してまわった。

そんな様子を、メイブはじっと見つめていた。ミレイアがメイブのほうを向いたとき、メイブはさっと視線をずらす。その様子もまた、アティカスとダーラが見ていた。アティカスは不思議そうに、ダーラはふくれっ面をして。

パーティーは終わりになり、最後のゲストが引きあげたころには夕方近くになっていた。

サンルームの清掃は業者の仕事だったので、キッチンの片付けを済ませたミレイアたちは、今日はもう自室へ引きあげていいか聞くために、連れ立ってリビングへ行った。

するとメイブが、「サラ、今日の料理は最高の出来だったわ。特にロブスターサンドが一番人気で、どこのベーカリーのものか、聞くゲストもいたほどよ。はい、これはボーナスよ」と言い、サラに封筒を渡そうとした。

サラはニコニコして、「それでしたら奥さま、このボーナスはミアさまに差し上げるべきかと。あの小ぶりのサンドのほかにキッシュもミアさまが担当したんですよ」と、得意そうに伝えた。

その言葉は、メイブだけでなくウォルターまでも驚かせるものだった。

「本当かいミア、すごいじゃないか！　いつのまにプロ級の腕前になっていたんだい？　内緒にする理由でもあったのかい？」

「いえ、そんな。その、なんというか、何か一人だけで完成させてみたかったし、味見でもみんな美味しいって言ってくれたから、サラに無理を言って作ってみました」

真っ赤になりながら言うミレイアをよそに、サラは続ける。「旦那さま、奥さま。普段のお食事用のパン類も、最近はほとんどミアさまが担当しています。料理の才能がおありのようです」

メイブは、このやりとりにどう反応したものか困った。

「まあ、学業に影響が出ない範囲でこれからもお願いするわ。ではボーナスはモニカと三人で分けたらいいわ。三人とも今日はもう休んで構わないわよ」

「奥さま、そうさせていただきます。ありがとうございます」

「キャス、きみには私が何か考えておこう。メイブと私はもう少しワインを楽しむよ」

ウォルターの言葉にアティカスは頷き、さっとミレイアへ合図する。集合のサインだ。アンセルも加わり、パーティーの残りの食べ物を手に入れミレイアの部屋へ集合した。

「いいなあ、ボーナスがあるなんて。ぼくはいつパーティーへ出してくれると思う？」

羨ましそうに言うアンセルに、「グラスを割らないようになってから！」と、上の二人が口を揃えて言ったので大笑いする。

「でも正直いって、ミアは本当に料理が上手いよ。将来その方面を考えているとか？」

「うん、ソーホーにあるカリナリーセンターへ通えたらなって少しは思っているの」

「少しだけ？」

「だって学費のことがあるわ。それまでにどれくらい貯金できるか疑問だし、叔母さんたちに頼んでいいのかどうかわからないもの」

「そうだ、貯金のことで思い出したけど、二人ともよく確認しているかい？　アンセルと混ぜて置いているからか、なんだか最近金額がおかしい気がするんだ」

アンセルをちらっと見ながらアティカスが

言うので、アンセルは顔をしかめた。

「なんだよ、キャス。ぼくはごまかしたことなんかないぞ」

「待って、わたしも変に思っていたの。勘違いかと思ったけれど、置き場所を変えたばかりよ」

三人は心配になり、黙り込んだ。

「今後はノートに日付と金額をきちんと記録してみる？　それでも合わないなら何かが起こっているのかも。たとえば泥棒がいるとか」

と言うミレイアに、アンセルが目玉をぐるりと回し、「きっとダーラだ。だってこの前ミアの部屋の前にいたよ！　ぼくが近寄ると、本を返しにきただけだって言うから、そのときはあまり気にしなかったんだ」と言った。

「本を貸した覚えはないけど、ダーラだと決まったわけじゃないわ。とにかく今後はみんなで気をつけなきゃ」

「それと、話は変わるけど、今日メイブはよくミアをじっと見てた。何かやらかした？」

兄の言葉にミレイアはきょとんとする。

「特に覚えはないわ。でも、それを言うなら二人のこともよく見ているときがあるわよ。何か言うわけじゃないから、気にしなくてもいいと思う」

「うん、そうだな、わかった。じゃあ次の貯金の隠し場所は…」

相談を終えたあとシャワーを済ませ、三人はやっとベッドへともぐり込んだ。

ミレイアは、今日のことを少し振り返って

みた。メイブのことを冷たく感じることが最近少なくなってきている。今日のために服やサンダルも与えてくれたし。そういえば越してきて二、三か月後、ピアノをいじっていたらメイブが見つめていることがあった。後日、ピアノ教師はダーラのことは諦めているようだから、あなたも一緒に練習を受けなさいとメイブに言われ、月に数回ピアノレッスンを受けるようになった。今では弾ける曲も増えている。それに三人には最初から自室があったし、家事をさせられてはいても学校の活動やイベントへの参加を止められたことはない。

メイブは、わたしたちのことが好きになっているのかな、そんなことを思いながらミレイアは眠りへと落ちていった。

七月のある土曜日、アティカスから就寝前の集合がかかった。「大学が決まりそうだ。ほとんどウォルターが相談相手だったんだけど、費用は心配しなくていいって言うんだ」

「やっぱりＭＩＴ（マサチューセッツ工科大学）へ行くの？」

「うん、そう決めた」

アティカスの考え込むような顔つきに気づき、聞いてみる。「何か心配事？」

「うん、まあね。なんていうか、要望をあっさり聞いてくれるのが気にかかるんだ。寮に入ることになるし学費だって十万ドル以上もかかる。でも生活費も学費も心配いらないって言われた」

ミレイアは、アンセルはまだ将来のことなんて気にしていないだろうと思ったが、一応聞いてみた。「進学とか将来のこととか、何か考えていることはある？」

案の定アンセルは目をぐるりとさせてから、「まだ早いよ、そんなこと。学校や宿題で手いっぱいだし、今は庭や屋上でヒューを手伝うのが楽しいし」と答えた。

「わたし、ダーラが押し付けようとする用事を上手くかわせるようになったの。パーティーの回数が増えたから暇な時間ができたわけじゃないけど、メイブが買ってくれた服や靴が、かなりの数になってる」

「そういえば、ぼくたちの服や靴を買うところは叔母さんたちのデパートだよね。これまでにいくらぐらい使ったのかな。これって普通のこと？」アンセルは二人を見る。

「普通とはいえないと思う。三人分だし金額もかなりの額になるはずよ。今まで気にしてこなかったけど、今度、夕食後にでも叔母さんたちに聞いてみる？」

「その前に少し時間がほしいな。いろいろ気になることがあるから調べたいんだ、父さんと母さんのこと。もしかすると二人に関係があるんじゃないかと思う」

「大丈夫？　そんな時間あるの？」ミレイアは、驚きと不安な気持ちが同時に起こっていた。

「大学へ行く前に心配事は一つでも減らしたいからね」

「わかった、じゃあわたしも手伝う。今まで深く考えないようにしていたけれど、パパとママのこともっと知りたいから」

アンセルは、そんな二人を交互に見て自分の相談はまた今度にしようと胸にしまい、黙って二人の言葉を聞いた。

翌日からは、アティカスの指示でやることが増えていった。両親のことが載った新聞記事など、ネットで確認できる情報を読んでみるようにとのことだった。ミレイアは、今なら事実として受け止めることができる気がした。まあ十六歳なりにだけど。

それはよくある交通事故だった。夜中に、パパが運転していた車がスリップして二人は死んでしまった。胸が張り裂けそうだったが頑張って記事を最後まで読む。車は大破し、二人は痛みを感じる時間はなかっただろうと、どの記事にも書いてあった。苦しまなかったということがわかり、救われた気がした。

別の日、はじめは何気なく目をとおしていた記事に、あることが載っていたため不審に思った。ミレイアは、さらにネットを調べ確信した。三人ですぐに集合しなくては。

「この記事を読んでみてアンセル。何か気づかない？」と言いアンセルへ渡しながら、今度はアティカスに聞く。

「前からわかってたの？　もしそうなら、どうして黙ってたの？」

「落ち着けよ、ミア。アンセル、どう思う？」

「そうだな。パパとママは、自分の会社の慈善パーティーの帰りに事故を起こしたってある。でもその会社、いま叔母さんたちの会社だよ、ブライトンズコープ社なんだから。どういうこと？」

「うん、そうなんだ。わかったことを繋げるとこうなる。ブライトンズコープ社は、前は父さんとウォルターの共同経営だった。そして今はウォルターとメイブが引き継いでいる、ってことさ」

「それなら、パパは社長だったのよね。わたしたちに、何か残してるってことはない？」

「そうか、だからお金のことで何も心配する必要がないんだ！　でも待ってよ、じゃあどうしてぼくらにあんなに家の手伝いをさせるのさ。もしかして、たくさん借金があるのかな」

「でもここはニューヨークよ。それだとこんな大きな家に住めるはずないし、あれこれ好きな買い物だってできない。それにキャスの学費や生活費は大丈夫だなんて、何だか気になるわ」

二人のやりとりを聞いてアティカスは言った。

「よし、明日ウォルターは出張から戻る。二、三日は家にいる時間が多いはずだ。そのあいだに話を聞こう」

「どうしたんだい？　改まって何かあったのかな？」

三人はアティカスを真ん中にして座った。

話はダイニングルームでと希望したので、ウォルターとメイブまでも緊張しているように見えた。何かを感じ取ったようだ。

「少し父さんたちのことを調べてみました。以前、会社は共同経営だったようですね」

ストレートな言葉に、ウォルターとメイブははっとして顔を見合わせ頷いた。

「そうだよ。初めのうち、私はきみたちの両親を手伝っていたんだ。今ほどの規模ではなかったんだが、数年のうちに百貨店や複数のホテルも軌道にのってきて多忙になった。だから共同で経営することになり、今のブライトンズコープ社になったんだ」

「ブライトンズコープ社になってから、どの事業でも店舗数が増えてさらに忙しくなったわ。そんな時期にあの事故が起こって、ウォルターが主に仕事を引き継いだの。私も手伝っているわ。慈善事業も多いから」

「わかりました。では、単刀直入に聞きます。ぼくらの両親に、財産があったのかどうか教えてください」

アティカスの質問に、メイブはため息をついた。「こんな時期が来ると思っていたけれど、もう少し大人になって法律のことがわかるようになってから話したかったわ。そうね、財産はあります」

「ぼくたちのお金があるの?」アンセルが我慢できずに口走る。意外にも二人は笑った。

「ああ、あるよ。ただし、二十一歳になったときに受け取る決まりだ。でも、学費や生活費は本当に心配しなくていいんだよ。私たちの許容範囲だからね」

「許容範囲って何？　いくらもらえるの？」

「もうアンセル、お願いだから黙っててよ」

「学校のお金は私とメイブが出すよって意味だ。キャス、きみが最初に受け取ることになる金額だが、およそ二十万ドルだ。きみたちが大人になって望むなら経営にも参加できるし、私はそう望んでいるが、まあ強制するつもりはないよ」

そう言いながら、ウォルターはメイブをちらっと見た。異論はなさそうだ。

「きみたちもこれから大人になって、いろんなことに興味が出てくると思う。お金が入りこの家を出て行きたくなるときが来ると思うが、好きなだけいてくれて構わないことも付け加えておくよ」

「将来的にダーラは結婚してここを出るし、キャスは大学へ行く。私たちは出張で留守が多いから、実際、あなたたちにいてもらったほうがいいの」

三人は予想外の結果にただ呆然とするしかなかった。二十万ドルなんて想像できないし、会社を持つなんて考えられなかった。話を聞き終えると、すぐにミレイアの部屋へ直行し、アティカスが言った。「誰か、すぐに法律を勉強してくれ」

「大人がお酒を飲むのはこんな気分になるからね、きっと」と言いながらミレイアは窓を開け、新鮮な空気を吸い込む。

「キャス、お金を受け取ったら何を買ってくれる?」

どうやらアンセルは、お金のことが頭から離れないようだ。

「二十万ドルあったら何でも買えそうだな。とにかく、遺産があることは確実になった」

アティカスは、でも、という顔をして続けた。

「もう少し調べなきゃいけないことがある。いいか、父さんたちが残してくれたものがこれで全部かどうか、どうやってわかる? 書類での説明は何もなかったんだぜ」

「書類って、弁護士とかが作るやつ?」とアンセルは不安そうに聞く。

「そうだよ。仮にも、会社を経営するどころかホテルやデパートがいくつもあるんだ。何かの書類があるのが当然だろ?」

「じゃあ、わたしたちこれからは弁護士を雇うってこと? そうしたら、叔母さんたちと争うことになるの?」

何だか、違う世界で起きていることのような気がして、ミレイアは落ちつかなかった。

「でも弁護士はお金がかかるよ。ドラマでは大体そうだ」と、アンセル。

「それもそうか。そうなると手持ちの資金で雇うのは無理そうだな。それか、二十一歳まで請求を待ってあげてもいいっていう弁護士を見つけるか、だな」

ミレイアは、叔母たちに対して弁護士なんて、なんだか自分たちらしくない気がした。

「弁護士にいくらかかるかわからないし、ウォルターもメイブもわたしたちを家に迎えてくれたのよ。争いたくないわ。そんなことして、もしお金を受け取れなくなったらどうするの？キャス」弁護士を雇って争うなんて、やっぱり間違っているとミレイアは思った。

「そうだな、わかった。今日はこれ以上何も考えられないから、続きはまた今度にしよう」

一人になって、ミレイアは改めて部屋の中を見た。自分で選んで買ったドレッサー、その横にはシェードに天使の飾りがついたフロアランプ、そして手元に置いておきたい本がぎっしり並んでいる、天井まである大きな棚。いろいろ自分の好きなもので囲まれ、今では一番ほっとする空間になっている。

この家に来たときは、家事の手伝いや新しい学校のことなんかで毎日があっという間に過ぎていった。友人たちとは好きなように会えず、ほとんど自由時間がないことだけが不満だったが、三人がどこかの施設や里親制度を利用されずに済んだのは、メイブやウォルターのおかげだ。裁判とかになって、この家を追い出されたくなかった。ミレイアは、いつの間にかこの家が好きになっていた。

後日、三人でまた相談をした。保険金の書類を見るだけでも見てみようかとアティカスは言ったものの、最終的には両親が遺した財産を、裁判なんかで失うのは避けようという結論になった。

また一つ学年が上がり、ハロウィンやクリスマスを終え毎日があっという間に過ぎていった。とうとうアティカスが大学の寮へ行く日が来てしまい、ミレイアとアンセルは寂しさを感じていた。その気持ちを脇へやり、ヒューの運転で空港へ向かう車中では、ずっと冗談を言い合って笑った。休みには必ず帰ってくるからと約束し、アティカスは大学生活へと旅立った。

　ヒューは、二人が寂しがっているのを感じたのか、帰りは寄り道しようと言ってくれた。行き先を相談し、アトラクションゲームとショッピングが一度にできるところに決まった。二人はゲームで競い欲しいものを手に入れ、大きなアイスクリームを食べるころには明るさを取り戻していた。

　そうか。ヒューは、わたしたちを元気にすることが目的だったのね、とミレイアは気づいた。

chapter

2

グラマシー　アティカス

―兄として自覚せざるをえないこと―

持っていくものを並べてみたところスーツケースは不要だったので、スポーツバッグに無造作に衣類を詰め込み、グラマシーへ戻る準備は完了した。

明後日で二十一歳か。本当に父さんたちの遺産を受け取る日がやってくるんだな。自由にできる現金が手に入ることを素直に喜ぶことはできなかったし、二人のことを考えない日もなかった。ウォルターやメイブは、今ならもっと何か教えてくれるだろうか。

グラマシーではミレイアが誕生日の食事を用意してくれるため、それだけは楽しみだ。よし、お金を受け取ったら、みんなに何かプレゼントを買おう。ウォルターたち、ヒューやサラたちにも。それで少しは気が晴れるはずだ。

ウォルターとメイブとは銀行で待ち合わせた。到着して名前を告げると、係に案内され奥の個室へと連れられていく。ウォルターたちは先に席へ着いていた。

「さあキャス、覚悟はいいかい？　書類に目をとおして、たくさんサインをしなくちゃならないが、そこは我慢してくれるね」

「はい、わかりました」

「たくさんあるからって無駄遣いしないようにね」メイブは少し不安なようだ。

「大丈夫だと思います」

それから二時間後、ウォルターたちは仕事へ直行したが、家へ戻ったアティカスは、リビングルームでミレイアとアンセルに口座記録を見せていた。

「すっげー本当だ。なあキャス、中古でいいから車を買ってよ」

「バカ言わないで。車ならウォルターのがあるじゃない」

いま家には三人だけだったが、ミレイアお手製のフルーツタルトにサンドイッチ、そしてシャンパンとジュースが用意されていた。パーティーの開始だ。アティカスは銀行での緊張から、やっと解放された気分だった。

「でも本当のところ、このお金で何か計画していることはあるの?」

「いや、すぐには何もしないよ。だけど、もらっていた小遣いはさすがに断ったよ。二人もわかってくれた」

「そうね。わたしの番が来たら、わたしもそうするかも」

「ほんとに?」

アンセルは嫌そうだ。まだ子どもだな。アティカスはタルトを頬ばりながら、話題を変える。

「なあ、ところで二人とも何か変わったことはないか? あと、相談したいこととかさ」

言いながら、タルトの美味しさに驚く。絶品だ。

「変わったことって、たとえばどんなこと?」

ミレイアは不思議そうに聞いているが、アンセルのやつ黙っているな。目を合わせようともしないし、何かあるのだろうか。

「うーん。いや、何もないならいいよ。忘れてくれ」

　自分が受け取る番になったら、どんなことをやってみたいかで話が盛り上がったあと、小さなパーティーをお開きにした。

　その後、ミレイアはモニカと食材の買い出しへと出かけ、アンセルはヒューと庭仕事をしていた。なぜか楽しそうに庭仕事をしているアンセルを見ながら、アティカスは手のひらを閉じたり開いたりを繰り返し、銀行でのことを思い返していた。妹と弟には伝えていないことを。

「アティカス、きみだけに話しておきたいことがある」

　ウォルターは、係が席を外したタイミングで言った。

「これから言うことは、ミアとアンセルにはできるだけ、いや、よっぽどのことでもない限り話さないでほしいんだが」

「それはまたどうしてですか？」

「兄夫婦からの遺産はこれだけじゃないから、よ。ほかに不動産がいくつもあるし、今日受け取る金額も、実はほんの一部なの」

「えっ、いったいどういうことですか？」

「理由を説明するには今日は時間が足りないから、日を改めて必ず説明するよ。その前に、アティカス、きみ…」ウォルターはメイブを見た。メイブが言葉を引き継ぐ。

「アティカス。あなた、何か変わった力があるんじゃない？　ほかの人たちには普通はできないような」

驚きのあまり椅子を立ち上がってしまった。返事をすることができなかった。そのあとは、どの書類を見ても、各種の説明を受けても半分も理解できなかった。指示されるところにサインを繰り返し、いつの間にか手続きが終わっていた。

アンセルの笑い声に、再び庭に目を戻す。どうしてメイブたちがこのことを知っているんだ、ほとんど使ったことはないのに。ほかにも同じことができる人がいるのだろうか。まさか、アンセル？　いや、あいつなら、こんな力があったとしたら黙っていられるとは思えない。とにかく、ウォルターたちから詳しい説明を聞くのが先だ。それから考えよう。

その日の夕方メイブから電話があり、明日の午前十時にブライトンズデパートのオフィスへ来てほしいが、都合はどうかとのこと。行くに決まっている。

翌朝、妹と弟には友人と出かけると言って家を出た。デパートまで自家用車で行ってもよかったのだが、昨日はあまり眠れず寝坊したため、地下鉄を利用することにした。道路の渋滞で遅れたくない。

普段したことはなかったのに、店舗前で思わず建物を見上げる。まさか不動産ってこれかな、まいったな。まてよ、昨日、いくつもって言ってなかったか？　首を振りながら中へ入り、オフィスへ直行した。

「ああキャス、来たね。さあ、座って。朝食は済ませたかい?」

「いいえ、少し寝坊してしまったので」

「ならコーヒーとペストリーを頼もうか。少し待っていてくれ」

ウォルターは、ペストリーとフルーツが載ったワゴンとともに戻り、言った。「私もコーヒーにしよう。メイブは遅れているが、先に話していてもいいかい? きみは食べながらでいいから」

アティカスは頷いて、そのままウォルターの言葉を待つ。

「悪いが、今日の話もまたきみを驚かせてしまうだろうな。でもその前に、これまできみたちにほとんど何も伝えていないのは、私たちがきみたちの安全を最優先に考えてきたからだということを、まずは忘れないでほしい」

「はい」

「昨日も伝えたが、きみたちの両親の遺産は、実をいうとかなりある。会社の株にホテルや百貨店、賃貸ビルなどからの不動産収入が主だ。現金は信託になっていて、三年おきにあと二回渡されることになっている。いまその金額を知りたいかい?」

「え? はい。あ、いいえ、やはり今はいいです。知りたくない」

「わかった。全てファイリングして保管してあるが、確認したいときはいつでも言ってくれ。信じられないなら、税理士を手配してくれても構わないよ。それから、ミアとアンセルには、今は話してほしくないことも忘れないでくれるね？」

「でも、どうしていけないのか、ちゃんと理由を知る必要があります」

「うん、そうだね。理由はこれから話そうと思うが…」ウォルターは間を置いた。

「では。まあ予想はついているんだが、アティカス、正直に言ってくれ。きみの持つ力はどんなものだい？」

「どんなものだと思いますか？　それに、どうしてそのことを知っているんですか？」

「それはね、あなたのお父さんもそうだったからよ」

　メイブがそう言いながらオフィスへ入ってきた。誰かが後ろにいる。

アティカスはコーヒーカップを無意識にテーブルへ置き、その人物を一心に見つめた。目をそらすことができなかった。嘘だ、そんなはずはない！

chapter

3

再びイギリス　ミレイア

—ミレイア、旅の楽しさを味わう—

ケンブリッジで厳かな教会や歴史的な地所を見て回り、長いドライブを楽しんで宿泊するコテージへ到着した。もうすぐ夜になる一歩手前の、この何とも言えない紫がかった青色に染まる時間がミレイアは大好きだった。

車寄せでエンジンを止めトランクを開けていると、すぐにオーナーらしい男性が満面の笑顔で近づいてきた。まさに誰かのお祖父ちゃん、といった感じだ。

「荷物は私が運びます。中に家内がおりますから、受付をお済ませください」

「ありがとうございます。よろしくお願いしますね」

小さなカウンターに温かい笑顔を浮かべた女性がいた。「お待ちしていました。私は、クレアと申します。お疲れだと思うけれど、宿帳に記入をお願いします。お支払いはどうなさいます？」

アプリコット色の宿帳にサインをしながら、ミレイアはクレジットを使用したいと伝えた。

「お申込みでは、朝食のみご希望でしたね。では、荷物も運び終えたようですので、お部屋へ案内します」

近くで軽い食事ができるパブを教えてもらいながら案内された部屋は、壁の片側が低く、高い方の壁に大きな窓があった。おしゃれな屋根裏部屋という感じで、広さも十分だった。

「素敵ですね。ここなら、ゆっくりくつろげそうです」

「ありがとうございます。どうぞ私どもの宿を楽しんでくださいね」クレアは、外に出かけるときは声をかけてほしいなど、宿のルールを簡単に説明すると、下へ戻っていった。

さっそく両開き式の大きな窓を開け深呼吸をする。少し先に教会が見え、その近くのひときわ明るく輝いているあの辺りが教えてもらったパブだろう。楽しみだ。


パブに入りおすすめ料理とワインを注文すると、席へと案内された。中は食事やお酒を楽しんでいる人々でにぎわっている。よかった、一人客も何人かいるようだ。

ミレイアは食事を終えるとタブレットとノートを取り出した。まだ三日目だから記録は少ないが、旅を終えるころにはたくさんの思い出で埋まるはずだ。さっそく、ケンブリッジのことを書き始めた。

キングスカレッジチャペルで、〝ホグワーツ魔法魔術学校〟の気分を味わえたことは忘れずに書かなくちゃ。ラウンドチャーチも歴史があって素晴らしい建造物だった。

そういえば、ラウンドチャーチで奇妙なことがあった。近づいてレンガの壁に触れたとき、足元から微風が起こり、くるくると自分を巻いていくような感覚があった。すぐに壁を離れたものの、手が痺れている感じもした。今の、いったい何？　と思いながら周囲を散策しているあいだに、痺れは治まっていた。ここはイギリスだもの、そんなこともあるわよね。根拠のない理由で自分を納得させ、記録を続けた。

　ノートを閉じ、二杯目のワインを飲みながらゆっくりと周囲の人々を眺める。サラによく似た人を見かけたとき、いつしかミレイアは、この旅のきっかけとなったグラマシーでの出来事へと気持ちが戻っていた。


　ミレイアが五月二日に二十四歳の誕生日を迎えた翌週に、それは起こった。ボーイフレンドと呼べるほど深い付き合いではないが、時々、時間を見つけてコリンと映画や食事に出かけていた。

　コリンはその日、遅ればせながらもミレイアの誕生日を祝うディナーのために家まで迎えに来たのだが、早く着いてしまったためミレイアの準備ができていなかった。

　あまり待たせるのも悪いから、この星のピアスをつけたら終わりにしよう。ビーズバッグの中身を確認し急いで階下へ行くと、コリンが一人で待っているはずのソファーで人がもつれ合っていた。コリンとダーラだった。

　慌てるコリンとは対照的に、見つかっちゃったわね、とでもいうような笑みを浮かべながらダーラはゆっくりとブラウスを直す。

「こ、これは何でもないんだよ、ミア。ちょっとその…、なんて言うか、と、とにかく早く出かけよう」

「悪いけど、もうそんな気分になれないわ、コリン。ダーラ、あなたも相変わらずね」

「あら、あなたのものは好きにしていいはずよ。これまでだってそうしてきたんだし」

「これまでそうしてきたって…それってどういう意味?」

ミレイアは、目の前で起きていたことより、今の言葉のほうがはるかに気になった。ダーラは、ミレイアが怒りそうだと感じ少しだけ慌てたが、勝ち気なところは相変わらずだ。コリンは、そんな二人を交互に見つめている。

「ここはわたしの家なんだから、この家にあるものは何だって使っていいはずだわ。お金だろうと人だろうと。あなたは居候で使用人よ。ママやわたしの役にたってもらわないと困るの」

なんという言い草だろう。これまでダーラから受けた数々の嫌がらせを思い出し気分が沈んだが、それと同時にミレイアはあることに気がつき、静かに言った。

「あなただったのね。わたしたち兄弟が頑張って貯めていたお金を取っていたのは、あなただったというわけね? わたしが作ったアクセサリーやなんかも…」

「それがどうだって言うの? この辺りの住宅事情を知らないの? 少しばかり取ったからって、全然足りないわよ。デートする暇があったら家の掃除をしていたらどうなの?」

まだ子どもだったころ、メイブやウォルターがくれた小遣いの中から、将来のためにと少しずつ貯金していた。ときどき金額が合わなかったりしたときは、何が節約できるかを相談し合ったりもした。本当はダーラが取っていたからなのに。あのころ、親のいない三人にとって、現金はお互いの次に大事なものだった。ダーラの最後のほうの言葉は、わたしたちを引き取り、家を与えてくれた叔母夫婦への恩までも忘れさせるものだった。

「あなたのために掃除や料理をするのはもう止める。家賃が足りないというのなら、わたしにできることは一つよ。ここから出て行くわ。二度と戻らないし、あなたのために家事をするなんて絶対お断りよ！」

そうよ、どうしてもっと早く思いつかなかったの？　ミレイアは、怒鳴りながらもそう考えていた。

「ふん、できるもんですか」車のキーを取りながらそう言い捨て、ダーラは足早に出て行った。

「今日はもう帰ってコリン。わたし本気よ」

ミレイアは自室へ戻り、ＰＣの電源を入れネットで検索しながら荷物をまとめ始めた。最初は手ごろな家賃のシェアルームなどを見ていたが、旅行サイトの広告が目につき何気にクリックをした。そしていくつかのツアー情報を見ているうちに、むくむくと旅行気分が湧き起こっていた。

クローゼットからスーツケースと大きめのバッグを取り出してみた。三年前、アティカスが連れていってくれたオーストラリア旅行で使っただけだが、いい状態だったので買い換える必要はなさそうだ。ここ数年、ブライトンズ社系列のホテル厨房はもとより、ウォルターやメイブの出張にもよく随行していたため、パスポートの期限も問題ない。

しばらくサイトを見ていたが、友人たちとよく、旅をするならどこへ行くかという会話をしたことを思い出し、一気に決心がついた。まずは、旅行に持っていくものをスーツケースとバッグに入れた。ほかのものは箱詰めしなくてはならないが箱が足りないようだから、明日、サラに持ってきてもらおうと思ったとたん、サラたちと離れるのが辛くなった。でも、近くに良い物件が見つかれば会うのはいつだってできるのだと思い直す。

日を置くと弱気になり中止してしまうのを恐れ、三日後のロンドン行きのチケットとホテルに二泊の予約を入れた。その先のプランは向こうで考えることにした。一か月、うぅん二か月だって構わない。ミレイアは、イギリス全土を自由気ままに楽しむことにした。

翌朝早く、キッチンからコーヒーとマフィンを持ち込み、食べながら作業の続きに取りかかる。そのあいだにサラとモニカ、ヒューまでもが考え直してほしいと説得にやって来たが、これはわたしにとって必要なことで、ダーラとのことはほんのきっかけにすぎなかったのだと説明した。

午後になり一段落つくと、アティカスと、大学の寮にいるアンセルには電話で経緯を説明した。そしてメイブたちには手紙を書いた。これまでのお礼と、仕事と住む場所が見つかるまでは荷物を置かせてほしいことを書きとめた。

ミレイアは、パブの中で我に返り今回の旅のきっかけとなった出来事を頭から払いながら、そういえばどうしてキャスはあんなに反対したのだろう、と気になった。確かに一人で旅行したことはなかったが、何事にも最初はある。意外だったが、十分に気をつけるし頻繁にスカイプする約束で、なんとか説得したのだ。

まあいいわ、そろそろ戻って休まなくては。明日は、ピーク・ディストリクトへの長いドライブが待っている。

翌朝、朝食を済ませ手早く荷物をまとめた。オーナー夫婦は、途中のおやつにとサンドイッチとスコーンを持たせてくれ、その温かなもてなしに感謝を伝えミレイアは出発した。

ピーク・ディストリクトは、イギリスへ向かう飛行機の中で見た映画の影響でぜひ立ち寄らなくてはと決めた場所だった。チャッツワースハウスに着いたら、建物や庭園を映画のヒロインと同じように歩き回りたかった。

どこにも立ち寄らずに運転したので、思ったよりも早く宿泊予定のラトランド・アームズへ到着した。チェックインを済ませ一息入れてから周辺を散策したのだが、長いドライブのせいか疲れを感じ、早めにベッドへ入ることにした。

翌日、すぐに向かったチャッツワースハウスは、映画で見たとおりだった。今にもそこから「高慢と偏見」のダーシーとリジーが出てきたって驚きはしない。芝生にすわって二人のことを考え、いつか自分にもそんな人が現れるのだろうかと物思いにふける。そして両親のことを思った。パパとママに会いたい。二人からの遺産を旅行に使ってしまった。でも、わたしの今後の人生を考えるのに必要なことだったの、だから許してねと心のなかで呟いた。

夕食を済ませホテルの部屋へ戻ると、真っ先に家族の写真をベッドサイドテーブルへ並べた。子どものころ住んでいたバーモントで、キャンプに行き夕食をとっているときのものだ。アンセルは六歳ごろだろうか。それから、オーストラリアでの自分を真ん中にした兄弟との写真。ミレイアは、その二つの写真を交互に見つめるうち、眠りへと落ちていった。

今日は午前中に公園の鍾乳洞へ行き、午後は、昨日見つけた可愛らしい家が並んだあの村を訪ねよう。ギフトショップが何件かあったはずだ。ノートとカメラがきちんとバッグに入っているのを確認し、何が発見できるかを楽しみにホテルを出発した。

公園での少しハードな散策のあと、ホテルでランチをとろうかとも思ったが、カフェかパブがあることを期待して直接村へ向かうことにした。前日のように歩いて行ってもよかったのだが、気に入った雑貨やお土産を買い込んでしまうと大変だと思い、そのままレンタカーを走らせた。

　スピードを落とし、村を眺めながらゆっくりと車を進める。奥に向かうにつれ緩やかに傾斜しており、目にする家のほとんどが石造りだ。まだ肌寒い日も多いのに、ハンギングバスケットには色あざやかな花々が溢れている。なんだかおとぎ話にでも出てきそうで素敵だ。こんなところに住むのはどんな感じがするだろう。村のほとんどを周回したところで、駐車スペースがあったギフトショップへ行くことにした。その少し上のほうにパブらしき建物も見えたので、ランチを出してもらえないかお願いしてみよう。

　ギフトショップは二件並んでいて、ショウウインドウにガーゴイルや天使像がディスプレイされているほうのドアを開けた。チャイムの美しい音色が店内に響き、カウンターで作業をしていた女性が顔をあげた。茶色の髪と素敵なグレーの目をしたその女性は、ミレイアに明るい笑顔を向けた。

「いらっしゃいませ」

「あとで買い物に寄りますから、散歩するあいだレンタカーを駐車させていただけないでしょうか。わたしは、ミア・ブライトストーンといいます」

「あら、気にしないでください。予約のお客様はもうお帰りになったし、共有のスペースがほかにもありますから。どちらからいらしたの？」

「ニューヨークからです」

「まあ素敵。あとで寄ってくださいね。ニューヨークのことも聞かせていただきたいわ」

「ええ、よろこんで。素敵な小物がたくさんありますね。お土産を選ぶのが楽しみです。あの、この近くにカフェはありますか？」

「ええ、店の横の道を入って少し歩いたら二件あるわ。この地域は坂が多いから散策するなら腹ごしらえが必要ね。うちでもお茶とクッキーをお出しするわ」

「ありがとうございます。では後ほど」

バッグを肩にかけ直しさっそくカフェをめざした。午前中かなり歩いたから、ランチをとって足を休めなきゃ。

横道を入ると、低木や花々に囲まれた石造りの家と、石畳の歩道が織りなす素晴らしい景観が目に飛び込んできた。ずっと先のほうには、森にかくれた屋敷の一部らしいものも見えた。あれもマナーハウス（宿泊施設）だろうか。

風景を楽しみ、訪れる者を歓迎しているかのようにドアが開いたカフェに入ろうとしたとき、はずれのほうにあるパブが目に入った。そのパブは二階建てで、何やら人が出たり入ったりしている。何となく気になり目が離せなかった。先に向こうに行ってみよう、ランチもとれるかもしれないし。

chapter

4

ピーク・ディストリクト

—ウェルワース家との出会いとメイブの告白—

ナディアがウェルワース家に来ることを引き受けてくれて助かった。自分もソフィーも料理はほとんどできない。それに一人でパブを続けさせるわけにいかないじゃないか。ディレイニーは、そう思いながらナディアがこれまで住んでいたパブの掃除を続けていた。

よし、屋内はこれでいいだろう。あとは、ウェルワース家の家事の手伝いと、ソフィーと好みが合わなくなってきたから自分の食事を担当してくれる人を見つけなければ。そんなことを悶々と考えながら、最後の仕上げにパブの玄関前とその周囲に手早く水を撒いた。

ディレイニーは都合よく店子が見つかるかどうか少し心配になり、募集文をチョークで試し書きしてみたものの、気に入らなかったため書いたものを消した。家に戻り仕事の調整と食事を済ませてから仕上げようと思い、看板を元の場所に置いた。

空気の入れ替えのため窓や玄関は開けたまま、いったん家に戻ろうと一分ほど歩いたとき、ふと何かを感じてパブを振り返った。すると、淡い日差しに輝くミルクティー色に近いブロンドの髪をした、華奢な女性が目に飛び込んできた。

ミレイアがそのパブに到着すると、人の出入りは止まっていた。掃除の途中なのか、店舗前が打ち水で光っている。仕方なく店の前にある看板を見ると、何か雑に消されたあとの上に、パブ営業兼管理人の募集が記入されていた。しかも住み込みだ。

少し話を聞いてみたくて一歩踏み出したとき、濡れた地面に足を取られてしまった。ミレイアは尻もちを覚悟したが、なぜか衝撃や痛みは起きず、代わりに誰かに抱きとめられた感覚があった。えっ、どういうこと？　と思ったとき、人の声がした。

「大丈夫かい？　悪かったね。まだ掃除の途中だったんだ」

ミレイアは、お礼を言おうと閉じていた目を開くと、まるで光を乱反射している夏のプールの水面のような青い目が、ミレイアを覗き込んでいた。うそでしょ、こんなハンサムな人って本当にいるのね。だめよ、落ちつかなくちゃ。あらでも、この人は今どこから来たの？

「あの、ありがとう。大丈夫です。わたし、看板の募集が気になって下をよく見ていなかったから」わたし、ちゃんと声に出して言ったわよね。このハンサムな男性は何に驚いているのかしら。言葉を失っているみたい。

「きみ…この看板に書かれているのが読めたの？」

この人、キャスと同じくらいの年のようだけど、残念、少し失礼だわ。「わたしアメリカ人だし、英語くらい読めるわ。失礼します」

今度は滑らないように気をつけながら下にあるカフェに向かおうとしたが、男性は失態に気づいたらしく慌ててミレイアを引きとめにかかった。

「ごめんよ、そういう意味じゃなくて、何ていうかその…」

男性がまいったという感じで看板を指したので、視線を下げたミレイアはきょとんとなった。どういうことだろう、募集文がない。

「そんなはず…。さっき見たときは募集文があったわ。住み込みでパブの営業を兼ねた管理人募集って確かにあったはずよ、話を聞きたくて中の人に呼びかけようとしたときに滑ったんだもの」

「まあ落ち着いて。とにかく、中でお茶か冷たいものでもどう？」

ミレイアは今のことが腑に落ちず、幻を見るほど疲れているのだろうかと思いながら、その男性に腕を取られ店内へ入った。

「さあここへ。何がいい？」

「えっ？」

「飲み物は何にする？」

ミレイアは落ち着きたくて、とりあえず冷たいお茶をお願いした。男性が、わかったというように微笑んだため、ミレイアはその笑顔にくぎ付けになってしまった。

「イギリスは旅行ではなく仕事探し？　さっきアメリカからって言っていたね」

「ちがうわ、旅行です。今までの仕事を辞めて、次のステップの前にどうしてもイギリスへ来たかったから」手際のいい作業を見ながら簡単に答える。

「さ、どうぞ。ぼくはお茶を入れるのだけは上手いんだ」

「ありがとう。ほんとだわ、美味しい」

気分も落ち着いてきたので店内の様子を見ると、大きさがまちまちの椅子がバランスよく配置されており、色は水色とグリーンで統一されていた。テーブルや大きなカウンターは焦げ茶色で棚のお酒類やグラスを煌びやかに引き立てており、ランプや小さなシャンデリアの淡い照明は店内を家庭的に見せていた。素敵なパブだ。

「ところで、ぼくはディレイニー・ウェルワース。デルだ」

少し顔を赤らめながら彼が手を差し出したので、握手をしながら答える。

「ミア・ブライトストーンです」

「正式にミア？」

「ミレイアよ。でもミアと呼ばれているわ」

まだ手を握られたままだったので、ミレイアは緊張してきた。

「お茶を入れるのは上手いということは、ランチは無理なのね？」

「昼食はこれからなの？」

「この建物が気になったからカフェに寄る前に来てみたの。でもそろそろ戻ります」

手を放しながら立とうとしたとき右の足首に痛みが走り、はっとして座り直した。

「どうかした？」

「やだわ、足首を痛めたみたい。さっき転びかけたときだわ」ディレイニーが足元を確認する。

「少し腫れてきているようだね。きみ、誰かと一緒かい？」

「え？　いいえ、一人旅なの。レンタカーで」

「そう…」彼は聞きたいことがいくつもあったが、それは後回しにして言った。

「酷いことにならないうちに、先に手当てさせてくれる？　上に救急箱があるから取ってくるよ」

「そんなことまでしなくても。面倒をかけたくないわ」

「掃除のあと水を払うのに手を抜いたぼくが悪いんだから、当然のことだよ」

ディレイニーは急いで上へ行ってしまったため、ミレイアは言葉に甘えるしかなかった。どうしよう、車の運転は大丈夫だろうか。気のせいか、痛みも強くなってきたようだ。

「湿布薬と包帯があった。捻挫だと思うけれど、無理に歩いたりしないほうが早く治るんだ。車はどこに停めたの？」

「ガーゴイルと天使が並んでいるギフトショップの前よ。そういえば、あとで買い物をする約束をしたの」

「ジュリアのところだ」ディレイニーは少し考え、頬を赤くして意を決したように言った。

「しばらくは車の運転もしないほうがいい。よければここの二階で二、三日泊まって様子を見させてもらえないだろうか。二階は居住スペースだから必要なものは揃っているよ」

予想外の展開にミレイアは驚き、返事をためらっていると、断られると思ったのかディレイニーが説得を続けた。「経験から言うけど、足はこれからもっと腫れてくるよ。きみのレンタカーを取ってきて宿泊先はチェックアウトしなくちゃいけないけど、本当にぜひそうしてほしいんだ」

「でも、わたしも不注意だったのよ。そんなことしてもらって…いいのかしら」

「どうしていけない？　きみ一人なんだろう？　どっちみちその足で旅行を続けるのは厳しいんじゃないかな。ぼくのことが心配なら、ジュリアに確認してもらって構わないよ」

確かに捻挫では車の運転は無理だとわかっていたが、初対面の、しかも男性のところに泊まるなんて初めてなのだ。すぐに返事ができるはずがない。でも、そうするしかないわね、一緒のベッドというわけではないんだし。

「では、そうさせてもらおうかしら」

ディレイニーが満面の笑顔をみせたので、ミレイアは違う意味でくらくらしてきた。

「よかった。車を取ってくるついでにぼくがジュリアに説明しておくよ。そのあいだ、少しでも足を冷やしていたほうがいいな。ちょっと待ってて」

ディレイニーはビニール袋に氷を入れ、それをタオルで巻いてからミレイアの足首に添えた。そして、すぐに戻るよと言い足早に出ていった。

一人になったので、この状況を振り返ってみる。確かに看板の募集文を見たのだ。でも次に見たときには消えていた。どうもイギリスに来てから不思議なことが起こっているような気がする。そんなことより旅を続けるなら、どうやら怪我をきちんと治すことに専念したほうが良さそうね。

　ディレイニーは、十分ほどで戻り手土産を見せた。

「これ、ジュリアからお見舞いのスコーンとクッキー。ジャムとクリームはここにあるよ。それと、ショップには元気になってから来てほしいと言っていたよ」

「ええ、そうするつもり。デル、申し訳ないけどナプキンをいただける？」

　ディレイニーは、ちょっと待ってというようにに人差し指をさっと示すと、フォークとナイフのセットや、冷蔵庫から取り出したクリームとジャムをトレイに並べて言った。


「冷蔵庫に野菜サラダもあった。スコーン、ぼくにも分けてもらえるよね」

「もちろんよ、どうぞ」ミレイアはなんだか楽しくなり笑った。

　ディレイニーはそんなミレイアを見て顔を赤らめた。素敵なアクアブルーの目と対照的なその顔の赤みは、芸術的な顔立ちの彼を親しみのもてる人物にみせていた。見た目と違って恥ずかしがり屋なのだろうか。

　ミレイアは、急に自分の見た目が気になり始めた。でも捻挫で動き回れないとあっては鏡の前で何も確認できない。

　腹ごしらえを済ませた二人は、すぐにラトランド・アームズへ向かった。チェックアウトを終えるまでホテルの車椅子を利用したので、さほど痛みを感じずに再びパブへと戻ることができた。

「スーツケースはぼくが運ぶけれど、二階までもう少し頑張れる？」

「ええ、大丈夫だと思うわ」しかし思いのほか階段にてこずり、三段目あたりでディレイニーがさっと抱きかかえてくれたので、ミレイアは驚いて彼を見つめた。いま、どちらの顔がより赤いだろう。

ディレイニーはまず、大きなソファーへミレイアを下ろし、クッションを足の下に滑らせた。そしてスーツケースとバッグを一度に運び込むと言った。

「ぼくもここに寝泊まりするから、一度自宅へ行って鎮痛剤と寝袋なんかを取って戻ってくる。気になるかもしれないけれど、きみを一人にしてはおけないし、ぼくは下で十分だから心配いらない」

怪我のこともあり、慣れない場所とあって確かに一人では不安だった。「ええ、それでいいわ。ここにもキッチンがあるのね。あの、できれば食材も手配できるかしら」

「もちろんだよ。ここは前の管理人が出ていったばかりだから今は何もないんだ。先にぼくが下の冷蔵庫をチェックしてくるよ」

それから二人は食材の相談を済ませた。ミレイアのリクエストを不思議そうにしていたため、料理が得意なので、少し手伝ってもらえれば座っていても料理は可能なのだと説明した。そのあとディレイニーは、荷物を取りに自宅へ戻っていった。

家はすぐ近くと言っていたけれど、まさか少しだけ見えた、あの大きな建物がデルの家なのかしら。ぼんやりとそう考えながら住居の中を見渡してみた。

パブの入り口と反対の壁は一面ガラス張りで、そこには素晴らしい森の景色が広がっていた。広めのリビングには暖炉やオーディオ機器が備わっている。リビングの両サイドの一方はオープンタイプの部屋で、もう一方の部屋のドアは閉じられていた。ドアのほうがベッドルームかしら。

よく見ると、階段横は書斎になっていて、その奥に細い階段があった。その階段を目でたどると手すりのある屋根裏部屋へと続いており、リビングを見下ろす配置になっている。

室内の全体的な色調は薄いグレーだが、柱や床、天井は焦げ茶色をしており、ファブリック類の白やラベンダーの配色がアクセントになった素敵な住居だった。

ソファーで少しうとうとしていたとき、下からの物音で目が覚めた。彼が戻ってきたんだわ、怪我がよくなるまで頼らなくてはならないんだから、礼儀よくしなくちゃ。

二階へ上がってきたディレイニーは、大きな箱を抱えていた。食材のほかにもいろいろ持ってきたようだ。

「ここは夜になると寒いから暖炉用の薪と、何冊か雑誌を持ってきたよ。それとワインも」

「ありがとう嬉しいわ。ワインは大好きなの」

と、笑顔でお礼を伝える。

　ディレイニーも笑顔で応え、ミレイアの手が届くようにテーブルをソファーのほうへずらし、持ってきたものを並べた。あとは暖炉に火があれば、言うことなしだ。

　期待どおり、ディレイニーは暖炉の火を熾《おこ》して言った。「セントラルヒーティングもあるけれど、二、三日は暖炉だけで十分だと思うよ。足の具合はどう？」

「湿布薬と鎮痛剤が効いてきたみたい。痛みが酷くなっていく感じはないわ」

　薬を飲んでいるのでワインを控えめにしていたが、即席のディナーでお腹がふくれ、睡魔が近づいていたミレイアにディレイニーは言った。

「眠たそうだけど、少し話を聞かせてもらってもいいかな。旅行先になぜイギリスを選んだのかとか、そんなこと」

　本心をいうと、家族や旅の直接の原因まで詳しく話したくはなかったため、次のステップに繋げたいということだけを伝えようとミレイアは決めた。「わたし、これまでは叔母夫婦の家で暮らしていたの。二人は会社を経営していていくつかの部門でわたしも働いていたけれど、従姉妹と衝突してしまって家を出ることにしたの。だから、これから自分の住む家や仕事を見つける前に、夢だったイギリス旅行をすることにしたの」

　伏し目がちに話すミレイアを見つめ、本当のことを言ってはいるようだが、詳しく話してはいないとディレイニーは思った。でも、彼女には何かある。それを見つける必要にかられたが、急いではいけない。

「一人きりでの旅行は恐くないの？」

「そうね、できれば友人と一緒に来たかったけれど、急だったものだから誰も都合が合わなくて。でも構わなかった。なぜだかイギリスは一人がいいような気がしたから」

「そう。地元では仕事は何をしていたの？」

何だか自分のことばかり話している、少し不公平だとミレイアは思った。

「あなたは？　ここは自宅というわけではないのよね？」

「自宅はここからも少し見えるあの建物だよ。大きいけれど、とても古い屋敷だ。ここは通いで来てくれていたハウスキーパーの住居で、下のパブはご主人が経営していたんだ」

「そのご夫婦はどこかへ引っ越したの？」

「いや、このあいだご主人が亡くなられたから、ナディアには屋敷に移ってもらった。基本的には叔母の世話のためなんだけど、一人でここに居るのは心配だったんだ」

それでここの掃除で忙しいところに、うかつに近づいてしまったんだわ。ディレイニーがハウスキーパーに配慮したことがわかり、だからわたしにもこんなに丁寧な対応なのだと気づいた。優しい人だ。

「それで、仕事はどんなことを？」

「主にホテルのレストランやパーティーで料理をしてきたわ。それに時々は事務仕事を手伝っていたの。たぶん、将来のために」

「料理はどこで覚えたの?」

「十四歳くらいから料理をしてきたし、高校卒業後は料理学校へ通ったの。そのころにはもうレストランを手伝っていたわ。いわゆる実地訓練ね。ねえ、わたしのことばかり話しているわ。あなたはどんなことを?」

少し間をおいてディレイニーは話し出した。

「ぼくは政府関係の特殊調査をしている。家業といえなくもないんだけど、ごめん、詳しい説明はできないんだ。守秘義務があって」

秘密はどうやら聞けそうにないが、それは彼のせいではないと思い直し、ミレイアはワインを一口飲んだ。「大変そうね」

「うん、まあね。さて、これ以上疲れさせると悪いから、ぼくはそろそろ下へ行くよ。ベッドルームまで一人で歩ける?」

ディレイニーが部屋のドアを開けてくれているあいだに、ミレイアは右足をゆっくり踏み出してみた。「痛みは弱くなっているみたい」

そう言いながらドアの前までたどりついたとき、またしてもディレイニーは顔を赤くしてミレイアの手を取った。そしてベッドまで腰に手を添えてくれたのだが、これだけ顔を赤くしていれば、何の悪巧みもないことがはっきりと伝わる。

「枕やシーツ類は新調したものだよ。もし何か困ったら大声で呼んでくれていいからね」

「本当にありがとうデル。おやすみなさい」

「おやすみ」

翌朝、早く目が覚めたミレイアは、まずベッドの中で足を動かしてみた。疼くような痛みがあった。次に床に下りて確認すると、昨日と同じくらいの痛みがまだ残っていた。ま、奇跡はそんなにはないということだ。

一歩一歩を慎重に歩きリビングへ行くと、外の景色に目を疑った。信じられない！　こんな色とりどりの霧なんて初めてだ。これこそ奇跡というものだ。こんなに美しいのだから。

しばらく神秘的なその景色にみとれていたとき、霧のなかに何か動いているものが見えた気がしたが、自然のなせる業だと特に気にせず、コーヒーの準備のためキッチンへ向かった。

透明な姿をしたそれが、少しだけ窓に近づこうとしたとたんに向きを変えたので、ミレイアがそのことに気づくことはなかった。

「コーヒーもオムレツも絶品だ。とても足を怪我した人が作ったとは思えないよ」

「椅子に座りカットしたものを混ぜ、フライパンを振るだけだもの。誰だってできるわ」

「見た目も美しいし、味も本当に美味しいよ」

「ありがとう。でも、美しいといえば今朝のここからの眺めを見せたかったわ。霧が色づいていて、とてもきれいだったの。あなたはそういうの、よく見るの？」

ディレイニーは驚き、返事をためらった。

「いや、霧が色づいているのは見たことはないよ」

「あら、残念ね。そうだわ、ここには野生の動物はいる？　馬とか大きな鳥とか」

「ええとその、それもないと思う。厩舎にぼくの馬が二頭いるけど野生種ではないし、大きな鳥も聞いたことはないな」

「そう。何かいるように見えたんだけど。きっと霧の動きで勘違いしたのね」

ディレイニーは少し考え、三杯目のコーヒーをカップに注ぎながら言った。「イギリスにはどれくらい滞在する予定かな。行き先も全部決めているの？」

ミレイアが答えを渋ると思ったのか、慌てて付け足す。

「仕事上いろんな所へ行くから気になったんだ。きみの怪我のこともあるし」

「行けるところは全部行きたいから、一か月以上の滞在になると見積もっているわ。次の目的地はエディンバラや湖水地方にすると思うけれど、全部のスケジュールを決めているわけではないの」

「では、残念ながら一か月のうちの貴重な一日をつぶして今日も休まなくちゃいけないよ。キッチンを片付けたらぼくは一度家に行くけれど、またすぐに戻るよ」

「あの、あなたの仕事は大丈夫なの？　わたしなら明るいうちは一人でも大丈夫よ」

ディレイニーは、大きな仕事を終えたばか

りだから問題ないと言い、シャワールームの設備仕様をミレイアへ伝え、キッチンの片付けに取りかかった。ミレイアはシャワーを浴びながら、ディレイニーは洗い物をしながら、今後のことについて物思いに耽っていた。

その日のミレイアは、湿布を替え鎮痛剤を飲んでは休み、紅茶をお供に読書をして過ごした。そのあいだディレイニーは、パブのあちこちを修理し、鉢植えの手入れをしていた。

食事については、下ごしらえは手伝ってもらったものの、キッチンに椅子を持ってきてもらい仕上げはミレイア一人でこなした。

夕食は久しぶりに本格的なメニューになった。メインのハムステーキにはパプリカとマッシュルームのソテーを添え、ソースはハニーマスタードにした。一皿ずつ給仕するのはまだ無理なので、ホワイトアスパラガスのポタージュスープも一度にテーブルへ並べたところへディレイニーが戻ってきた。並んだごちそうを見て呆然としている。

やりすぎだったかしら。手当てしてもらったうえに素敵な家に泊まらせてもらっているから、いいお礼になると思ったけれど。

まずスープを一口飲み、ディレイニーは言った。「本当にただレストランを手伝っていただけなのかい？　最高に美味しいよ」

「それを言うのはまだ早いと思うわ。パンは市販のものだし」

「実をいうと、こんな食事は久しぶりなんだ。ナディアの食事は叔母のことを考えたメニューになるから、どうしても物足りなく感じてしまって」

メインを食べ終えると、ミレイアはクレームブリュレをテーブルに置いた。明らかに彼の表情が一段と輝く。ああ、わたしにはこの笑顔がデザートだ。

「きみの前世はきっと天使に間違いないよ。ところでこのハム、少し残ってる？」

「たっぷりと。ええ、言いたいことはわかるわ。明日の朝食はハムとチーズのオープンサンドにするわね」

デザートを楽しみながら心地いい時間が流れるなか、ディレイニーは提案した。「怪我の手当てが目的だったのに、これじゃあぼくばかり得しているみたいだ。足の具合を確かめてからになるけど、よかったら明日少し出かけてみるかい？　車はぼくが運転するよ」

「嬉しい、ぜひお願いしたいわ。地元の人に案内してもらうのが一番だもの。ほんとうに構わない？」

「もちろん。食事のお礼だよ」

ミレイアは、明日が待ち遠しくウキウキしていたのでなかなか寝つけなかった。もう深夜だが、確かハーブティーがあったと記憶していたのでキッチンへ向かった。すると、ドアを開けたとたん奇妙なことがあった。犬か猫のような何かがさっと動いた感じがしたのだ。目をギュッとつぶりもう一度見てみたが、特に何かいる様子はなかった。

気のせいね、と思いながらハーブティーを入れたカップを持ちベッドルームへ戻る。ああ、トラベルノートがぎっしり埋まりそうだ。明日にはキャスに連絡しなくては。お茶を飲みベッドの中でそう考えているうちに、ようやく眠りに落ちた。

翌日、また早起きしてすぐに外の景色を確認したが、きのうのような色鮮やかな霧はなかった。少しがっかりしたものの、それでも森の景色が素晴らしいことには変わりない。

数歩だけ歩いてみて足首の調子を確かめたところ、軽い散歩くらいは一人で行けそうなくらい、痛みはやわらいでいる気がした。杖はまだ必要かもしれないが、ディレイニーがすぐに湿布や鎮痛剤をくれたおかげだろう。これなら、今日の外出許可は確実に出そうだ。そうでなかったら朝食でその権利を勝ち取ろう。となると、ありふれたオープンサンドはもってのほかだ。そうだ、ハーブソルトと黒胡椒をきかせたフレンチトーストにハムとチーズをのせ、フライドエッグを添えよう。フルーツヨーグルトをデザートにすれば完璧かも。ミレイアはさっそく準備に取りかかった。

朝食づくりが半分ほど進んだとき、ディレイニーが階段から顔を覗かせた。「おはよう、もう起きていたんだね。いい香りで目が覚めたよ。さて、足の具合はどう?」

ミレイアは、彼の前を行ったり来たりして歩いて見せた。「正直言うと、まだ二百メートル走には出られそうにないわ。でも痛みは弱くなっているの。早めに手当てしてくれたおかげよ」

「うん、きのうより動きもスムーズに見える。ネットでも確認したけれど、やっぱり湿布と安静が一番らしいから手当は正解だったみたいだ。じゃあ今日は外出だね」

「よかった。実はあなたから許可が出なかったときのために、朝食のメニューを少し変更したの。賄賂のつもりで」

「きみの食事がほとんど癖になりかけているよ。こうなったらギブアンドテイクの精神でいくしかないね」

「大賛成」

「ぼくにも手伝えることがありそうかい？」

「下ごしらえは済ませたから、あとは焼いたりするだけなの」

「わかった。じゃあその時間を利用してまた自宅へ行ってくるよ。伯母のソフィアから呼び出されてしまったんだ」

「それなら早く行ってあげて。そのあいだに仕上げておくわね」

　朝食がほぼ完成というとき、ミレイアの携帯電話が鳴った。発信人を確認するとメイブだった。うそ、どうしよう。まさか連絡がくるとは思わなかった。あんなに詳しく手紙に書いたから、わかってくれると思ったのに。このまま出ないでおこうかと悩んだが、向こうはまだ真夜中だと気づき結局それはできなかった。

「はい。ミアです」

「ああミア、良かった。あなたいったいどうしたっていうの？　大丈夫なの？　まさか一人じゃないわよね？　お友達と一緒よね？」

　電話口でメイブは取り乱している。どうしたのだろう。「いえ、その、一人旅を楽しもうと思って」

「そんな、そんなのだめよ。ミア、お願いだから旅行を中止して戻ってちょうだい」

　何かおかしい。いったいどうしちゃったの？　でも旅は始まったばかりだし、まだどこにも行ってないのと同じだ。取りやめるなんて絶対いやだ。「メイブ叔母さん、手紙にも書きましたが、家から出て独立したいし、仕事は旅のあと探す予定なんです。どうか理解してください」

　しかしメイブは引き下がらなかった。「わかったわ。そのまま旅行を続けるなら私とアティカスでそちらへ行くことにするわ。どこのホテルに滞在しているの？」

　それは困る。親しいとはいえない、しかも男性のところに滞在しているのだ。なんとしても阻止しなければ。「実は、ここもうすぐチェックアウトするし、行き先はその日の気分で決めているの。だからきっと会うのは難しいと思うわ」

「とにかく何とかして向かいます。これはあなたが思う以上にとても大事なことなのミア、本当に。だってあなたには絶対に、絶対に一人になってはいけない理由があるの」

　その言葉を最後に電話は切れた。今のは

いったい何だろう。一人になってはいけないって、どうして？　訳がわからない。それより、メイブたちはここへ来ると言っていた。ああそんな。そういうことから離れていたいのも旅行の理由の一つなのに、これでは意味がない。今日は兄弟に報告を入れるつもりだったミレイアだが、メイブからの連絡はそれさえも億劫に感じさせていた。

　とにかく、今日の外出を楽しいものにするために気分を変えなければ。そう思っていたところへちょうどディレイニーが戻ってきた。彼に気持ちが伝染したのだろうか。何となく様子が変だ。

「ミア。実はその、伯母から、怪我人を狭いところに押し込めているなんてと叱られてしまってね。今日外出から戻ったら、ぼくの家へ移ってもらってもいいかい？」

「そんな、わたしならここで十分よ。これ以上ないくらいにお世話を受けているわ」

「伯母が言うには、怪我が完全に回復するまで見届けたいらしい。今思うと、ぼくが先にそう申し出るべきだった。どうか了承してもらえないだろうか」

　これは困ったことになったわ。すぐに返事はできない。

「先に朝食にしない？　今、わたしも叔母から電話があってなぜか会いに来ると言われたばかりで、一度にどう考えていいのかわからなくて」

　ミレイアはコーヒーを飲み終えると、とり

あえず考えを伝えた。「今日外出したら足の状態がわかるし、落ち着いて考える時間も持てるわ。だから返事はそのあとでも構わないかしら」

「わかった。じゃあ、きみが支度をするあいだ、片付けはぼくに任せて」

二十分後、二人は出発した。まずは聖ピーターズチャーチの見事なステンドグラスの美しさに感動し、そのあとはオールドハウス博物館でベイクウェルの歴史に触れた。ランチのあとは、ミレイアの足に影響がないようハドンホールは車中から眺めを堪能し、帰路に着くころにはミレイアの気持ちは決まっていた。

帰りの車の中でディレイニーは不安になり、再びミレイアへ聞いた。「ぼくの家へ行く件だけど、了承してくれるといいんだけどな。ゲストルームやパウダールーム、それに図書室が一つのフロアにあるし、バルコニーに出れば庭もゆっくり眺められるよ」

「ええ、迷惑でなければそうさせていただきます。あなたが家とパブを行ったり来たりするのも気になっていたから」

返事がよほど心配だったのか、ディレイニーはとろけるような笑顔をミレイアへ向けた。それから車の速度をあげ、帰りを急いだ。

ミレイアは全部の荷物をといていなかったため、わずかな時間で移動の準備は完了した。掃除をする必要もないらしく日があるうちに彼の家へ向かうことができたのだが、家が近づくとミレイアは唖然とした。家ってこれ？

「あなたのいう家ってここなの？　まるでチャッツワースハウスみたい！」

「住んでいるんだから家だよ。ただ大きいだけだ。さあ、まずは伯母へ紹介を済ませてから、ぼくが荷物を運ぶからね」

　玄関へ続く階段ではディレイニーの補助が必要だったものの、屋敷の中へ入ったとたん、ミレイアは足の痛みを忘れてしまっていた。天井は高く、数多くの絵画や調度品は見る者に中世の時代にいるかのような印象を与えた。あっけにとられたまま居間へ案内されると、そこに二人の女性が待っていた。

「あらディレイニーお帰りなさい、待ちくたびれていたところよ。そちらがお怪我をされた方かしら」

「ただいま。そうなんだ、こちらはミレイア。ミア、ぼくの伯母でレディーウェルワースと、となりの女性がナディアだよ」

　いまレディーって言った？　うそ、貴族ってこと？　確かに気品があるしここは豪邸だし、ああ、どうしよう。頭のなかで同時にいくつものことを考えていたので、ミレイアは言葉につかえながら挨拶をするはめになった。

「は、はじめまして。ミレイア・ブライトストーンです。ご親切にお招きいただき、ありがとうございます」

「そんなに固くならないでいいのよ、ミレイア。ようこそウェルワースハウスへ。私どもの不注意でせっかくのご旅行に水をさしてしまって、本当に申し訳ないわ。お怪我がよくなるまで、ぜひお世話をさせてね」

「ありがとうございます。ディレイニーがすぐに手当をしてくれましたので、通常の捻挫より早く回復しているようです。車の運転が可能になりしだい旅行を再開したいと思いますので、それまではよろしくお願いします」

「こちらこそ。私のことはソフィーと呼んでね。ミレイアは、素敵なお名前ね」

ソフィアの親しげな言葉に緊張もとけ、変にかしこまらないほうが失敗はないだろうと思い、微笑みを返した。

そんなミレイアを見つめているディレイニーに気づき、ソフィアの脳裏をある予感がかすめた。でも、もう少し様子を見てからでも遅くはないと気を取り直した。「さあデル。彼女を部屋へ案内して休ませてあげなくては。今日の夕食はお部屋へ用意して、歓迎会は明日のランチかディナーにしましょう」


部屋は一階に用意されていた。家具の一つ一つや寝具に至る何もかもが豪華で気品に溢れていて、どれも普段のミレイアの生活にはない様式だった。ディレイニーは、小さめの部屋のほうが歩き回らなくてすむからと狭さを謝ったが、グラマシーの自室より広いしベッドは天蓋付きだった。

スーツケースを部屋へ運び入れたディレイニーは言った。「さあミア、疲れただろうから休んで。ここの隣はユーティリティールームになっていて、ぼくはその向こうの部屋にいるからね。それと、今日の夕食はぼくもここで同席していいかい？」

彼の申し出に異論はない。こんなに素敵なところに滞在できるんだもの。

「もちろんよ、わたしも聞かせてもらいたいこともあるし」

「ありがとう。じゃあ、またあとで」

部屋は、裏庭が見える場所に位置していた。窓の外には、シンメトリーにデザインされたフラワーガーデンがあり、部屋のバルコニーから直接そこへ出られるようになっていた。もっと素晴らしいのは、庭の向こうへ続くなだらかな斜面が丘へとつながっている景色だ。途中にある建物は教会かしら。あとでデルに聞いてみなきゃ。

ひとまず大きなチェストに衣類をしまい、ベッドの後方にあるバスルームを確認した。バルコニー側にはライティングデスクとソファーセットがあり、景色を楽しめるように配置されていた。ディレイニーが言っていたとおり、部屋の中では足の負担が最小限に抑えられそうなので安心した。何かあれば彼も近くにいる。

ライティングデスクにタブレット端末とノートを置いたときノックがあり、ディレイニーがにこやかに顔をのぞかせた。「落ち着いたなら、そろそろ夕食にしようと思って」

「ええ、ありがとう」

ナディアがすぐ後ろに控えていて、スープにサラダ、チキン料理がワゴンに載せられていた。

ミレイアは、このころになってようやく気持ちを落ちつけてディレイニーを見ることができるようになった。身長はミレイアの頭一つぶん高く、体の線は細いのに彼女を支えてくれた腕は力強かった。そして、いわゆる美形の人にありがちな、それをひけらかすようなところが少しもない。それどころか性格はとても優しい。そんな彼と食事を共にしながら、この不思議な出会いにミレイアは感謝せずにはいられなかった。たとえ足首の捻挫という代償があったとしても、だ。

ミレイアは、デザートワインを味わいながら丘の建物のことを聞いた。「丘へ続く途中に見えるあの建物、あれは教会？　わたしが行くことはできるの？」

ディレイニーはワインを一口飲み、少し間をおいて答えた。「あれは礼拝堂なんだ。残念ながら修復中だから今は中へ入ることはできない。明日、そこに行ってみる？　丘の向こう側の景色はきっと気に入るよ」

ディレイニーはそう言って、彼女の部屋へ来る前にソフィアと交わした会話を思い出していた。

「デル。あなたミレイアのことで言わなかったことがあるわね。あの子のパワーのことよ。何かが寄り添っている気配もあるけれど、ミレイアはまだ気がついていないようだわ」

「ソフィー、彼女のパワーが何なのかぼくもまだわからない。それにそう、彼女、何も知らないようなんだ。だからこそこのままにしてはいけないような気がする」

「そうね。デル、ミレイアのためにも私たちでできるだけのことをしなくては」

「どうやら彼女は旅を続けたいようだけど、少なくとも怪我が完全によくなるまではここにいてもらえるから、そのあいだにどんな能力なのか掴めると思う」

「ミレイアを礼拝堂の中にはまだ案内しないほうがいいと思うわ。おそらくあの子は行きたがるでしょうけど、まずはウェルワースサークルで確認するのが先ね」

「そうしてみるよ。彼女、普段は料理の仕事をしているそうだから、滞在中に何も掴めない場合はその方面でぼくに考えがあるんだ」


ソフィアとの会話を思い返していたため、質問に上の空だったようだ。ミレイアが不思議そうな顔をしていた。

「あ、ごめんよ。礼拝堂の修復のことで気にかかることがあって。ところで、食後に足の具合を確認してもいいかい？　丘には車でも行けるけど、向こうに着いたらきっと降りて歩きたくなると思うから」

「楽しみだわ。ここは本当に素敵なところね。最近は別にして、ほとんどニューヨークから出たことがないから全てが美しく見えるわ」

数本のキャンドルのやわらかな光が二人を包むなかで、ディレイニーは足首を入念に確認している。痛みは鈍い違和感に変わってきてはいるが、今日までは鎮痛剤を飲み冷湿布もしたほうがいいと言うディレイニーに、内心どきどきしながらミレイアは頷いた。

ディレイニーが顔を上げ目が合ったとき、二人の顔は今にも触れそうな位置にあった。一瞬のことに、どちらも動くことができずにいた。いま少しでも動いたら……。

ミレイアは、こんな気持ちは初めてだった。だが、顔を真っ赤にしたディレイニーが先に視線を外し、ソファーへと戻りながら明日のプランを話し始めた。二人とも顔は赤いままだ。明日は軽めに朝食をとり、丘の向こう側で昼食をとることに決まった。

ミレイアは、ついさっきディレイニーとキスをしそうになったことを思い出しながら、夢心地でベッドへもぐり込んだ。その日の夢のなかでは、まるで自分の体がそうしているように翼を広げ大空を飛び、草原や湖、そして村々の景色を見下ろしていた。ああ、なんて素晴らしいのだろう。

そのときディレイニーは、自分の部屋の窓から外を眺めていた。思っていたとおりだ。かつてこの地で自由に活動していただろう生きものたちが集まっている。光っているのはきっと精霊たちだろう。ミレイアが原因に違いない。ディレイニーはベッドへ入ったあとも、彼女のことを思いながら明日のことを考えていた。その顔は、期待に微笑んでいた。

　昼間はいくぶん暖かくなってきているため、保温性の高いタートルネックのインナーの上にパーカーを着れば十分だろう。ミレイアは、丘での散歩がしやすいように、裾がゆったりしたパンツとレギンスで動きやすい服装にした。バッグの中身を確認し、スニーカーを履いたところでドアがノックされた。

「もう出られそうかい？」

「ええオーケーよ。そのバスケットには何が入っているの？」

「丘についてからのお楽しみだよ。ぼくの車でいこう」

　ウェルワースハウスから見えていたその礼拝堂は、近づいてみると思っていた以上に大きく、正面扉の周囲や随所に天使などが彫像された美しい外観をしていた。黒い錠前が付いた扉の両側の外灯には、どちらも植物がからまっている。その扉のすぐ上には三つのステンドグラスの窓と、建物の最上部には変わった十字架があった。

「信者がいて牧師が説教をするわけではないんだ。ソフィーもぼくも、たまに祈りには来るけれどね」と、ディレイニーが説明する。

「ここは美しくて不思議な優しさを感じるわ。林に囲まれていて、なんだか神秘的ね」

「うん、ぼくもそう思うよ。ところで、少し歩けそうかい？　歩道から祭壇側も見られるけど、歩いてみる？」

「もちろん。ゆっくりならもう杖なしでも大丈夫みたい」

歩道は、頂上が礼拝堂の中心部になるように造られていた。そこには、正面側以上に大きな丸いステンドグラスがあった。ディレイニーは修復中だと言っていたが、外部からその様子はわからない。

「中に入れないのが残念だわ、デル。本当に素晴らしいわ」

「堂内には、祭壇と固定式の長椅子が三列ずつ対になって配置されている。地下も何階かあって、受け継がれてきた書物や資料なんかがあるんだ」

「ここはどれくらい前からあるの？　それに、修復はいつまでかかるのかしら」

「言い伝えでは何世紀も前からあって、資料によると修復を繰り返してはいるけれど、建物自体はほぼ原型のままだよ。今回の修理は天井部分で、あと一か月というところかな」

「地下の階数はわからないの？」

「そう、三階部分までは確認済みだけれど、実は今も調査中なんだ」

「ますます中に入りたくなってきたわ。修理が済んだら、また訪ねてもいいかしら？」

「もちろん構わないよ、ぜひ来てほしい。でもミア、昨日も言ったとおり、見てほしいのはここよりも本当は丘の向こう側なんだ」

二人は礼拝堂を一周し終えると車に乗り込み、丘をめざした。近づくにつれ、ミレイアは何だかざわざわした感覚を感じていた。以前にもこんな感じがあった。何だろう。そう考えているあいだに、頂上の手前で車は止まった。

「ここからは歩いて行こう」

ディレイニーがバスケットとブランケットを持った。ミレイアが何か飲み物もあるといいけれど、と考えていると、いつものように顔を赤くしてディレイニーは言った。「あの、ぼくが手を引くから、目をつぶっていてくれる?」

なるほど、驚かそうというわけね。ディレイニーに言われたとおりに歩きながら、ミレイアは自然に笑顔になる。空気は清々しく、何かの鳴き声のようなものも聞こえる。

「さあ着いた。もう目を開けていいよ」

その言葉に、ミレイアはゆっくりと目を開ける。するとそこには、彼女の想像を超えた景色が広がっていた。言葉を発しようとしたが、何の言葉も出ないままディレイニーを見た。彼は笑っていた。

「こんな場所があるなんて信じられない。あ、あれはストーンサークル? それにこの湖。ああデル、なんて素敵なところなの!」

「素晴らしいだろう? ここに来るたび、ぼくもそんな気持ちになるよ。近くまで歩けそうかい?」

「ええ大丈夫。行かないなんて論外だわ」

傾斜が急なところには階段があった。その先には舗装されていない小路が湖に続いており、ストーンサークルは湖の左斜め後方に位置していた。二人は階段へ向かった。

　近づくにつれ、いてもたってもいられなくなり、ミレイアは足早になっていた。

「どうしたんだい？　ミア」

「わからない。わからないけど、何だか早く行かなきゃならない気がするの。サークルの中へは入ってもいいの？」

「それは構わないけど、いいかいミレイア。落ち着いて聞いてほしい」

　ミレイアはディレイニーを見て頷く。

「中で何かを感じても心配いらないからね。きみは気がついていないようだけれど、きみには不思議な力があると思う。でも怖がる必要はないよ。いいね？」

　思いがけない彼の言葉に半信半疑でミレイアは頷いたが、サークルへ入りたい気持ちが逸《はや》るばかりだった。「わ、わかったわ。でも何か起きたらどうしたらいいの？　石は倒れたりしないわよね？」

「それは心配ないよ。大丈夫、ぼくは近くにいるから」

　ミレイアは、内心では怖かったがサークルの中へ入りたい気持ちのほうが勝っていた。到着すると、まず、片手で石に触れてみた。すると、キューンという音のようなものがどこからか聞こえ思わず怯んだが、構わず石に両手をついた。ミレイアの全身は不思議な響きに包まれていた。涙が溢れそうになったが、悲しいのではなく、どこか懐かしい感じがした。それからサークルの中心へと向かった。

先ほどの不思議な音の響きはミレイアの周りをキュンキュンと鳴り続き、サークルを構成する全ての石や地面は、今や波打っているように見えた。その波は石からミレイアのほうへと向かっており、そのまま足元から頭上へ、うねりながら這い上がっていった。

ミレイアは無意識のまま両手を空へ掲げた。やがてそのうねりは、白と銀、そして紫色をした細い螺旋状の光へと変わっていき、ある程度上空までいくと反転して石の外側の地面へと到達し、サークル全体を覆った。

その状態は一分間ほど続いた。やがてサークルの外側の光が地面を離れ、始まったときとは逆のほうへ向かうと、最後にはミレイアが光を吸収するかのようにして終わった。

ミレイアはゆっくりと息を吐きながら両手をおろしていったが、地面のうねりが続いていたため何となく下を見ると、そこには吸い込まれそうなほど濃い藍色の空間が広がっていた。落ちる、という恐怖感に思わず両手を突っ張ってしまったが、実際には何も起こらなかった。よく見ると、そこには緑、青、ピンクや銀など色鮮やかな星団のようなものが見え、もっとよく見ようとミレイアは膝をついた。そこはまるで本当の宇宙空間のようで、目を離すことができなかった。

ふと、ディレイニーのことを思い出すと同時に下の景色が消え始め、やがて地面がぼんやり見えるようになった。彼のほうを向くと、驚いた顔をして片手をミレイアのほうへ伸ばしていたが、動く様子がない。どうしたのかしら。意識がぼんやりしていたもののディレイニーのその様子に怖くなり、両手を地面から離し目を一度閉じたあと彼を見たときには、もう力強い腕がミレイアを包んでいた。

「大丈夫かいミア！　どこも怪我はないかい？」

頷くミレイアの顔を見たディレイニーは、彼女の目から涙が溢れていることに気づいた。優しく肩を抱き、すぐにサークルを出てバスケットを置いたところまで歩くと、ディレイニーはブランケットを敷いた。並んで座り水のボトルを取ると、素早くキャップを開けミレイアへ渡す。

「ほんとにごめんよ。怖かっただろうね」

「デル、わたし…あの中へ入ると不思議なことばかり頭に浮かんできて気がついたら地面に膝をついていて…それに、あなたはわたしに手を伸ばしたまま全然動いていなかった。怖くなって反射的に目を閉じたけれど、開けたときにはもうあなたが来ていたわ」

水を少しずつ飲みながら、今体験したことを詳しく話したものかどうか、ミレイアは悩んだ。あんなこと、とうてい信じられることではない。でも…。

「少し落ち着いたら何があったか話せるかな。それとももう屋敷に戻りたい？」

ふと視線をバスケットへ向けたミレイアは、そこにワインのボトルとグラス、スイーツらしきものを見つけた。ミレイアはまだ帰りたい気分ではなかったし無性に甘いものが食べたくなり、このままここにいることにした。

「バスケットの中身を教えてくれる？」

ミレイアは恐がっていないと感じたディレイニーは、ほっとして持ってきたものを見せた。「シャンパンとフルーツ、それに甘いものもあるよ。クッキーとチョコレートタルト。チョコタルトはぼくの好物なんだ」

そう言ってにっこりした彼の顔を見ていると、安心感に包まれるようだった。ミレイアも笑顔を返し、タルトを手に取った。それをシャンパンで流し込み、とても甘い白ぶどうとチーズを食べると、ディレイニーに聞いた。

「さっき言っていたわよね、わたしには不思議な力があるって。あなたはどうしてわかったの？　それに、サークルの中に入ると何かが起こることも予想しているようだった。知っていることがあれば教えて。わたしに何が起こっているの？」

ミレイアは落ち着いているが、ウェルワース家のことや彼女自身の能力について話していいものかどうか迷っていた。ソフィーの意見も聞いてからでなくては。「そうだね。今の時点で言えることは、きみには何か特別なパワーがあるってことだけだ。ミア、信じられないかもしれないけれど、世界中にはそんな人たちが大勢いるんだ」

「そうなの？　それがわかるのは、もしかして、あなたもそうだからなの？」

ディレイニーは少し間をおいてから頷き、

そして答えた。「実はそうなんだ。ぼくにも力がある。どんなパワーかはあとで実演してみせるから、今はきみの話にもどろう」

「わかったわ」

ああ、もっとシャンパンが必要だ。クッキーも。

「サークルの中にいたとき、何かが見えたり聞こえたりした？」

「ええ、そのとおりよ。中へ入ると、石や地面が波打ち始めて、その波はわたしに向かってきたの。やがて波は螺旋状にうねり、光りながらわたしをとおり抜け、空へ向かったあと石を覆っていくように見えたわ。上空では、竜のような鳥のような、何か大きな生きものがたくさん飛んでいるように見えた。でも、恐ろしくは感じなかった。逆に嬉しかったわ。もしかして昔この辺りにいたのかしら。でも、力とどう関係があるのか全然わからないけど」

笑い出すこともなく真剣な表情で聞いているディレイニーを見たあと、シャンパンで喉を潤し話し続ける。「やがて竜たちが見えなくなると、うねりや光は弱くなっていったけれど、今度はやけに地面が気になって下を見たの。そしたらそこには宇宙空間のような景色が広がっていて、吸い込まれそうで怖かった。でも、今思うとそこがあの光の元のような気がする。ふとあなたのことを思い出すとその景色は消え始め、わたしはあなたを見た。あなたは、わたしに向かって手を差し伸べているけれど動いている様子が全くなかったの。

わたしも体が動かなくて、また怖くなって思わず目をぎゅっと閉じたら、次の瞬間にはあなたは横に来ていた。わたしが覚えているのはそんなところよ」

ミレイアはため息をつきグラスのシャンパンを飲みほすと、だいぶ気分が楽になった。

「ミア、きみのパワーが何なのか少しわかった気がするけれど、確かめる方法が思いつかない。戻って夕食のあと続きを話すのはどうかな」

「ええそうね、賛成。わたしも思いのほか疲れたみたい。昼寝がしたいわ」

二人で協力して片付けを終え、ディレイニーはミレイアの手を取りバスケットを持った。すると、歩き始めたミレイアがふと立ち止まった。

「どうかした？　足が痛いの？」

ミレイアは不思議に思い右足を見て、何度かつま先立ちを繰り返すと言った。「その逆よ、デル。全然痛くない。違和感もないみたい」

「それはよかった。治りが早いようだね」

ディレイニーは微笑んでいたが、嬉しそうには見えない。なぜだろう。

ミレイアが休んでいるあいだにソフィーに話しておかなくては。もしも彼女がソフィーと同じだとしたら…。

あの日、パブで人の気配に泥棒かと警戒したが、そこにいたミレイアを見たときから何かを感じてはいた。最初、ブロンドとも違うミルクティーのような不思議な髪の色に目がいったのだが、転倒しそうになったところを助け、彼女の顔を見たときにはもう惹かれていたと思う。どうか別のパワーであってほしいと願いながら、ディレイニーはソフィアの部屋のドアをノックした。

「待っていたわ。今お茶を入れたところよ」

「午前中、サークルに行ってみました。ある現象が起きるには起きたけれど、何ていうかミアは、彼女のパワーはぼくらの予想を超えているかもしれない」

「まずはお座りなさい、ディレイニー。それから詳しく聞かせてちょうだい」

ディレイニーは、ストーンサークルでどんなことが起きて自分がどうしたか、彼女は何を言ったかなどをソフィアに話した。そして自分の考えを伝えた。

「ミアがソフィーと同じ癒し手なのは明らかだ。そのパワーに呼応するように竜たちがエネルギーを持ち始めたし、そのパワーがどこから来るのかも見た。でも心配なのはもう一つのほうだ、ソフィー。サークルの中からぼくを見たとき、ぼくは手を伸ばしたまま動きが止まっていた、とミアは言った。それが意味することは一つだ」

ソフィアは、たったいまディレイニーが話してくれたことを考えた。聞いた限りでは、ミレイアが自分と同じ能力を持っていることは間違いないとわかった。仲間がいることは大きな喜びだが、その能力を持つ者の特性にディレイニーの今後のことが杞憂された。やっと心惹かれる女性が現れたようだったのに。でも二人は若い。私のときとは違って、何らかの解決法がないとも限らない。もう少し様子を見るべきだ。

「あなたが言いたいことはわかったわ。ディレイニー、ミアに話をするときは私も同席するわ。アメリカで彼女を助けてくれる人がいれば別だけれど、できれば今後もしばらくここに滞在するようお願いしてみましょう」

ミレイアは、目覚めたときの時間とテーブルに用意されていた食事を見て驚いた。昼寝のつもりだったが、思っていた以上に疲れていたのだろう。だるさが少し残っていたものの、お腹がすいていたので食事の気遣いに喜んだ。ディレイニーはきちんと食事をしたのならいいけれど。

今日はなんという一日だったのだろう、自分にこんなことが起こるなんて。特別な力だなんて、一体どうすればいいのだ。そうだ、こうしてはいられない。キャスとアンセルに話さなければ。

ミレイアは、そこではっとした。メイブは知っていたのだろうか。きっとそうに違いない。一人になってはいけないとか、すぐに戻ってほしいなんて絶対に何かを知っているからだ。

電話でメイブは、キャスとイギリスへ来る

と言っていたが二人だけだろうか。どちらにしても明日の朝メイブに連絡し、どこで会えるか確認しなくては。

もうすぐ夜の九時。ディレイニーはまだ起きているはずだから、話ができなかったことを謝りたい。ミレイアは部屋の前まで行くとためらったが、やがてドアをノックした。

「デル、まだ起きている？　ミアです」

すぐに、本を持ったままのディレイニーがドアを開いた。「ミア、よく休めたようだね。顔色がいいみたいだ。どうぞ入って」

その部屋は広く、天井まである書棚は本がぎっしり収まっている。窓の近くにある大きな机の上も本だらけだったが、机の前にあるソファーとテーブルはきれいだった。ミレイアは、アルコーブのベッドに視線が行きすぎないよう気をつけながら、ソファーへ座った。

「今日は夕食のあとで話をすることになっていたのに、眠り込んでしまってごめんなさい。お茶や食事まで部屋に届けてもらって申し訳なかったわ」

「気にしないで、それくらい疲れていたんだ。でもソフィーはもう眠っているはずだから、話は明日にしてもいいかな」

ミレイアはすぐには返事をせずに、少し考えてから言った。「デル、相談したいことがあるの」彼は頷いたので、どうぞ続けてということだろう。

「きのうの朝、わたしの叔母から電話があったと伝えたけれど、覚えてる？」

「ああ、覚えているよ」

「実はあのときね、叔母から言われたの。わたしは一人になってはいけないんだって。それに、旅行を止めてすぐ帰るようにとも。そのときは気がつかなかったけれど、きっとわたしのことで何かを知っているからだわ。だから、あなたたちから話を聞く前に叔母に会いに行ってこようかと思うの」

ディレイニーは真剣な表情でミレイアを見つめていたが、やがて立ち上がり窓から外を眺め始めた。そして両手をポケットへ入れたまま向き直ると言った。「ミア、きみの叔母さんにもここへ来てもらってはどうだろう。まあ、ソフィアにも確かめてからだけどね」

ミレイアが驚いているのを承知でディレイニーは笑顔のまま先を続けた。顔を赤くしてはいるが。「荷づくりをして行って、また荷づくりして戻るなんて効率が悪いし、ここには部屋があり余るほどあるんだ。何人増えようと問題ないし何よりきみの体調が心配だ」

それでもミレイアがまだ躊躇していることを見てとると、ディレイニーは観念したようにため息をつき、言った。「ミア、ぼくらには互いに知らなきゃいけないことがある。これもその一つだよ。さあよく見ていて」そう言った途端、ディレイニーの姿はもうそこにはなかった。一瞬にして目の前からいなくなっていた。

「デ、デル？」

「ここだよ、ミア。ドアの外。そのままそこにいて。今いくから」

彼は来た。しかし、ドアを開けて入ってきたのではない。音もなく目の前に現れたのだ。ディレイニーは言葉を失っているミレイアの目を見つめ、いたずらっぽく笑い言った。「次はこの部屋の中でもう一度するよ」そして、ミレイアのところからパッと姿を消したかと思うとベッド近くへ現れ、また消えて、今度はミレイアの横へと現れた。

「うそ…でしょ…信じられない。つまり、つまり一瞬で空間を移動できるってこと？」

「そう。そして、きみにも何かのパワーがある。パワー、能力、魔法、呼び方は何でもいいけど、たぶんきみはソフィーと同じ種類だと思う。一つは、だけどね」

「一つ？　一つってどういう意味？　こんな力がわたしにいくつもある訳がないわ」

「そのうちわかるとは思うけど、なぜ今まで本人が知ることがなかったのか不思議だったよ。そのへんを確認したいこともあってきみの叔母さんの話を聞きたいんだ。それに、同じように力を持つ者が近くにいれば、きみの助けになれる。だから、ご家族にはここへ来てもらったほうがいいと思う」

なるほど、彼の話は筋がとおっている。とおりすぎるくらいだ。ミレイアも、だんだんそうしたほうがいいような気がして、ため息をついた。

「そうね、そのほうがいいのかも。でも必ずソフィアの了解をとってね、ご迷惑をかけたくないの」

「わかった。疲れが出るといけないから、今日はもう二人ともベッドへ行こうか。あっ、その、そうじゃなくて、それぞれのベッドという意味だよ！」

　年上なのに真っ赤になって言い直すディレイニーのキュートさに、ミレイアの落ち着かなかった気分は消えていた。

「眠れそうになかったらキャビネットにブランデーとシェリーがあるからね。必要なのはぼくのほうかもしれないけど。それじゃあ、おやすみ」

「いろいろありがとう、デル。おやすみなさい」

　ミレイアは、ディレイニーの頬へさっとキスをして、部屋をあとにした。

　イギリスへ来てまだ一週間ほどしか経っていないというのに、何という旅行になってしまったのだろう。自分に何が起きているのか怖かったが、もう、以前とは何もかもが違っていくのだろうとミレイアは感じていた。


　翌朝、素早くシャワーを済ませ身なりを整え、足の状態を確認した。やはり、痛みは全くなかった。はじめから軽い捻挫だったのか、それともきのうの出来事の影響なのかはわからないが、ミレイアは自由に動けることを素直に喜んだ。

　部屋を出たところでディレイニーが声をかけてきた。「おはようミア、よく眠れた？」

「ぐっすりとね。デル、きのうのことだけど、すぐにソフィーに伝えたほうがいいと思うの」

「大丈夫、そのつもりだよ。ソフィーはお茶を飲みながらぼくらが来るのを待っているはずだ」

二人が朝食室へ入ると、ソフィアはカップを受け皿ごと持ち、立ったまま窓の外の景色に見入っていた。「二人とも、おはよう。ここへ来て外を見てごらんなさい」

二人は窓辺へ向かい、言われるまま外を見た。目に飛び込んできたものに驚き、思わずディレイニーの後ろへ隠れたミレイアを見て、ソフィアが楽しそうに笑った。

外では、光を放ちながら何かが空を飛んでおり、庭では花々のなかで小さな何かが動いていた。

「大丈夫だよ、ミア。昔この辺りに普通にいたものたちだ。妖精だったりノームだったりのエネルギー体だ。きっとソフィーときみのおかげで、彼らも何かを思い出したんじゃないかな」

そう言いながら笑うディレイニーは楽しそうだが、ああ、これって本当にわたしに対処できることなのだろうか。

「さあ朝食の前にお茶を飲みなさいなミア。昨日のことはデルから聞いているから、今度は私からもあなたに話があるの」

「はい、あのソフィー、お話の前に一つお願いがあります」そう言って、あとをディレイニーへ任せる。

「どうやらミアの家族が心配してイギリスへ来ているらしくて、旅行を中止してミアを連れ帰ろうとしているそうなんだ。その理由はミアの能力に関係しているようだし、事情を知るために、どうせならここへ来てもらってはどうかと思うんだ」

「もちろん構わないわ、お客さまはいつでも大歓迎だもの。でも、どうして帰ってきてほしいのか、何かおっしゃっていた?」

「はい。昨日、電話で叔母は取り乱しながら、わたしは一人になってはいけないんだと言いました。でも、そんなことを言われたのは初めてなんです。あの、わたしは両親を子どものころに亡くしたので、今は叔母夫婦と兄弟二人がわたしの家族なんです」

「まあ、それは辛かったわね。デルもそうなのよ。でもその話はそのうちにデルから聞いてね」

ディレイニーにも両親がいないことは何となく気づいていた。この大きな屋敷にはソフィア以外に人の気配がないし、彼から一度も家族の話が出たことがなかったからだ。

「では、ミアに家族へ連絡を取ってもらいます。ミア、部屋の用意のために電話のあとで人数を教えてくれる?」

ミレイアは快諾してくれたお礼を二人へ伝え、次はソフィアの話を待った。

「それじゃあミア、今度は私のことを聞いてね。そうだ、その前にミア、あなたは魔法を信じる?」

「魔法？　魔法ってあの、杖を使ったり呪文を唱えたりする、あの魔法ですか？」

ミレイアの反応がわかっていたのか、ソフィアは笑顔のまま眉を少し上げた。

「方法は人それぞれだけれど、デルの能力はもう見たでしょう？　あなたがきのう経験したことも、そうしたことの一つだと思うの」

ミレイアは何も知らずに大人になったようだけれど、何もかも一度に話す必要はない。我が家にしばらく滞在してくれることになったのだから、時間はたっぷりある。そう思いながら濃く入れた紅茶で喉を潤し、ソフィアは先を続けた。「あなたがきのうサークルで体験したことを私たちはヒーリング、または波動クリアリングと呼んでいて、私もずっと長いあいだ同じことをしてきたのよ。ああいった行為は人や自然を元気にするの。自然というのは目に見えるものだけじゃないのよ。さっき外で見た者たちも含まれるわ」

「ええ、昨日はわたし、ドラゴンを見たんです。ストーンサークルは波打っていたし宇宙のようなものも見えたし、こんなこと、とても信じられません」

「それでも世界各地にはポイントがあって、そこで意識を集中するとあなた自身にパワーがやどり、同時にあなたがいる付近の自然エネルギーも回復していく、つまり地球自体が癒されていくの。それは、この私たちの太陽系にとってすごく重要なことなのよ、ミア」

話を聞いて混乱状態になっているミレイア

を安心させるように、ソフィアは根気よく続ける。「ミア、何も全てを一度に理解しなくていいのよ。少しずつ慣れていって理解していけばいいことなの。私とトレーニングをすればいいわ」

ミレイアはぬるくなった紅茶にミルクと砂糖を入れ、黙って飲みほした。そうしているうちに少しずつ落ち着きを取り戻した。

「そうですね、何のためにこの力があるのか、わたしも知りたくなっているのは事実です。でも時間が、わたしにはこのことを受け止める時間が必要かもしれません」

ソフィアとディレイニーは、彼女を安心させるかのように笑顔で頷いた。

「ミア、朝食が運ばれてくるあいだに叔母さんに連絡したらどうだろう。この場所は説明が難しいから、ジュリアの雑貨店前で待ち合わせたほうがいいかもしれない」

「ええ、ありがとう、そうするわ。たぶんロンドンにいるはずなので今日中に到着すると思います。では失礼して連絡してきます」

「あの、ミア、会話中に何か聞きたいことができたときのために、ぼくも一緒にいていいかな」

「え？　ええ、構わないわ」

電話の呼出音が二回聞こえたところでメイブが応答に出た。

「メイブ叔母さん、おはようございます」

「ミア、連絡してくれてよかったわ。私は今ロンドンのブライトンズホテルよ。もうすぐアティカスも到着するわ。ミア、あなたどこにいるの？　私たち、本当に話し合わなくてはならないの」

ミレイアは、ウェルワース家にいる経緯を説明した。予想していたとおり見知らぬ人の世話になっていることに、メイブはすぐさま反応した。

「そんな、見ず知らずの人の家にいるなんて。どういった方たちなの、ミア。アティカスが着いたらすぐに向かうけれど、それまで安全でいられるの？」

「それは心配いらないわ。これ以上ないくらいにお世話いただいています。詳しくは会ってから話したほうがいいと思うの」

「でもミア、よその方たちがいる前でできる話ではないの。私ならどこのホテルでもすぐに手配できるのよ」

「それはわかっていますが心配不要です。必ず納得してもらえるわ。キャスにも、メールで伝えておきます」

ディレイニーは、ミレイアの叔母がここへ来ること、ましてや身内について他人の前で話し合うことを、そう簡単には承諾しないだろうと予測していたので、電話の際はそばにいたかった。案の定、会話の様子からその気配があったため電話を引き継ぐようミレイアへ言った。「少しだけぼくに話をさせてもらえないかな」

「でも…わかったわ、ちょっと待って。メイブ叔母さん、少し電話を代わりますね」

ディレイニーは、心配いらないというように優しく頷き、電話を受け取った。「はじめまして。ダービシャー州ウェルワース家当主のディレイニー・ウェルワースといいます。この度は、私どもの不注意でミレイアさんに怪我を負わせてしまいましたので、当然ながらこちらで看護させていただいています。ところで、何か話をなさりたい件がおありのようですが、ミレイアさんに車の運転はまだ無理です。もちろん、当家は急なお客さまの来訪も歓迎いたします」

メイブの返答を聞いて、ディレイニーは続ける。「そうですね、ここは亡くなった父のウェルワース伯爵から受け継いだものですが込み入った所在ですので、インターネットで検索がしやすい近くのギフトショップ前へお越しいただければお迎えにあがります。はい、そうですね。ではミレイアさんに代わります」

何食わぬ顔をしていたが、やはり伯爵とか何かの貴族だったんだわ。ディレイニーったらそんなこと何も言わないけど、この屋敷を見れば当然といえば当然だ。

「それじゃあ叔母さん、ギフトショップのことはあとでキャスに報告しておくので、近くまで来たら連絡してください。わたしも聞きたいことが山ほどできたので、とにかく待っています」

ミレイアは電話を切り、ディレイニーへ向き直った。

「解決したね。ぼくはもうお腹がぺこぺこだ。

きみは?」

「ディレイニー。あなたの称号のこと、どうして教えてくれなかったの?」

「どうしてって、なぜ? 進んで言うことではないよ」

「あなたは本人だからそう言えるんだわ。相手をする者にとっては知っていたほうがいいこともあるのよ」

「そうか、それならそうだな。ええと、ぼくはここを代々受け継いでいるウェルワース伯爵で、ぼく自身に与えられた男爵及びナイトでもある。敬称はロード、もしくはサー・ウェルワースになるかな。さあ朝食にしよう」

顔を赤くした彼は、この話はこれで終わりとでもいうように、ぽかんとしているミレイアを、なかば強制的にテーブルへ着かせた。

二人のその様子を見ていたソフィアは、ほっとした。どうやら上手くいったらしい。よかったこと。そうだわ。ミアのご家族の部屋を、彼女にも確認してもらおうかしら。一緒に過ごせば、それだけ早く理解し合えるというものだ。

「ねえ、ミア。朝食のあと一休みしたら、私たちにつきあってくれないかしら。あなたの叔母さまとお兄さまのお部屋に不備がないか確認しておきたいの。いらっしゃるのはお二人よね?」

「はい、そうです。もちろん喜んでお手伝いします」

「ソフィー、私たち、の中にぼくも含まれている?」と言ったディレイニーは、二人から同時に睨まれ肩をすくめた。

不自由なく歩けるようになったミレイアは、部屋を整えながら素晴らしい調度品や絵画を鑑賞する余裕ができていた。

ソフィアは、それらについて絶え間なく話し続けている。ミレイアは、ソフィアの説明がさも自分が苦労したかのようにこと細かであることが不思議だったが、興味があったため時おり質問を交えながら話に聞きいった。

中断してランチをとったあとも作業は続いた。ディレイニーは、椅子の入れ替えや、ソフィアからあの部屋のあのクッションを取ってきて、などと言われたときに本領を発揮した。パワーがあるとはいえ、突然消えたり現れたりする事実に、ミレイアは慣れなかった。

「さあ、これでもう十分ね。あとはお迎えするだけよ。私はナディアと少し相談があるから、あなたたちは自由になさい」

ディレイニーは、ソファーのクッションを見つめていたが、ソフィアの言葉にあからさまにほっとしていた。そして、賢明にもソフィアが部屋を出たのを見て言った。「さっきのやつと今のクッションにどんな違いがあるのか、ぼくにはさっぱりわからないな」

「それでじっと見ていたのね。永遠の謎に違いないと思うけれど、そうね、わたしもこのクッションが好きだわ」

「ふーん、まあいいや。ミア、疲れていないようだったら屋敷の中を案内しようか? もちろん歩いてだよ。三階から始めて下りてこよう」

メイブたちの到着までに、まだ一時間以上あるはずだ。そのあいだ、少しでも不安を取り除けるよう気を紛らわせていたかった。

その前に、ミレイアは気になっていたことを尋ねた。「デル、ソフィアが朝食のときに言っていた訓練のことだけど、どんな訓練をするのか何か知っている?」

「そうだな。どんなパワーにも共通することだと思うけど、たぶん意識を集中することやコントロールの仕方じゃないかな。不安かい?」

「もちろん不安よ。全く知らない世界だし、自分がそれを望んでいるかどうかさえ全然わからないんだもの。それはそうと、あなたは自分にパワーがあることを知ったのはいつだったの?」

大きな扉の前に着き、デルは扉を開いた。とても広い部屋で中はがらんとしていたが、天井や窓枠などは凝った装飾になっていた。

「ここは、パーティー用の部屋で、年に一、二回は使われる。招待客は様々で、そのときは村の人たちが手伝ってくれるんだ」

中には入らず、次へ向かいながら唐突にデルは言った。「あれはたしか、まだ十歳にもなっていなかったころだ。父は健在で、よく仕事を兼ねた旅行へぼくを連れて行ってくれたんだ。フランスへ行ったある日、大雨が続き、どこにも出かけられなかったことに退屈していたぼくは、雨上りのホテルのベランダでスニーカーをスケート代わりにして遊んでいた」

その先は難なく予想できたため、ミレイアは両手を口元に持っていき、固唾をのんで続きを待った。

「そう、誤って転んだぼくはベランダの手すりにまっしぐらで、目を閉じていたから、手すりのパネル部分に向かっていたことに気づかなった。当然パネルは割れて、そのまま転落したんだ、五階からね。目を開いて強烈な恐怖感に襲われた次の瞬間、ぼくは知らない人の部屋にいて、そのことにさらにパニックになり大声で父を探しまわった」

次の扉の中は屋内プールになっていたが、ミレイアはディレイニーの体験のほうが気になった。

「そのあとで父から、ぼくらの一族に度々その能力を持った者が現れるという説明があったけど、まだ子どもだったからよくわからなかったよ。でもぼくも訓練はさせられたな」

「お父さまも同じ種類の力があったの？」

「いや、父はまた別の力を持っていた。それはまた今度にしよう。さあ、ここがウェルワースハウス当主の主寝室で、ぼくの部屋だ」

その部屋は、シックな家具があり素晴らしい絵画が飾られていた。壁一面の書棚やオーディオセットなども揃っていて、ディレイニーらしい雰囲気になっていた。部屋の奥には階段があり、その上はクローゼットやシャワールームがあるとのことだった。

彼の顔が赤い。プライベートな空間に女の子を連れてきたことがないんだわ、きっと。ミレイアは心のなかで喜んだ。

「三階は、ほかにユーティリティールームだけだから二階へ下りようか」

棚の一列を占めている、きちんと並んだ写真や勲章のようなものを見たかったが、いつか見せてもらえることに期待しよう。

「二階にはソフィアの寝室と専用の居間があって、ゲストルームのほとんどもこのフロアだよ。ソフィアのところは彼女に案内してもらうほうがいいな。そろそろ一階に下りて、連絡を待つとしようか？」

「ええ、そうね」


階段を下りながらも、一階には応接関係の部屋とゲストルームが二つずつに、大小のダイニングルームと朝食室、そして自慢の図書室があるよとディレイニーは教えてくれた。

屋敷のツアー後、ミレイアは一度自室へ戻り、顔を洗い軽くメイクをした。バッグの中へノートと携帯電話を詰めていると、電話が鳴った。キャスだ。

「ハイ、キャス。いまどの辺り？」

「あと十五分くらいで到着できそうだ。本当にそこに泊めてもらって構わないんだね？　メイブから聞いたけど、貴族らしいね」

「わたしも今日知ったばかりなの。それはまた今度。これから待ち合わせ場所に向かうわ。じゃあね」ミレイアは、電話を切るとバッグを持ってディレイニーの部屋をノックし、二人がそろそろ到着しそうだと告げた。

先にミレイアたちが待ち合わせ場所へ到着したため、ミレイアはディレイニーに断りジュリアの雑貨店を覗いた。彼女は閉店の準備をしていたようだが、笑顔で迎えてくれた。

「いらっしゃいませ。本日は…あら、ミアね？もう怪我はよくなったの？」

「おかげさまで。あの、買いものに立ち寄ることができなくてすみませんでした。それにお見舞いのお礼も言えてなかったわ」

「そんなこと気にしないでいいのよ。いつでも好きなときにいらしてね」

必ず立ち寄ると改めて約束をして店を出ると、ちょうどＳＵＶ車が近づいてくるところだった。ディレイニーが車の前にいたので隣へ立ち、叔母と兄が降りてくるのを見守った。

四人はまじまじと見つめ合い、アティカスがミレイアに意味ありげに眉をあげたとき、ディレイニーが歓迎の声をかけた。「ようこそ。無事に到着されて何よりです」

「このたびはお世話になります」メイブは挨拶を返したが、警戒心はまだ続いているようだ。表情が硬い。

「屋敷はここからすぐですが、ぼくらの車についていらしたほうがいいでしょう」

ソフィアとナディアは揃って玄関の前に立ち、出向かえてくれていた。メイブとアティカスが車を降りるとそこへ近づき、にこやかに声をかけていた。「ようこそいらっしゃいました。お疲れでしょう？　どうぞ中でくつろいでくださいな」

「メイブさんの荷物はぼくが運んでおきますので、直接応接間へお向かいください。伯母のソフィアが案内します」

「わたしキャスの荷物を手伝うわ」

「ぼくは大丈夫だ。荷物は多くないし怪我が治ったばかりだろう？」

「わかった。それなら部屋へ案内するわ」

ミレイアとディレイニー、そしてアティカスの三人は、部屋へ荷物を置くとすぐに応接間へ向かった。ちょうどソフィアがお茶を注いでいるところだった。

メイブの顔つきに緊張してきたミレイアだったが、紅茶の香りにほっとしていた。ずっとコーヒー党だったが、今や紅茶のほうが好きになりつつあった。

「いまミアの怪我について報告していたところよ。私どもの不注意でとんだことになって本当になんとお詫びしていいか。せめてもと思って看病させていただきましたの」

「その点はこの子からも詳しく聞いております。幸い軽傷のようでしたのに手厚く看ていただき、かえってお手間をかけさせてしまいましたわ」

「いいえ、とんでもありません。ですが、ミアと知り合うことができたのは、運命のような気がしています」

ソフィア以外の全員がえっ？　という顔をしたにもかかわらず、ソフィアは笑みを絶やさずに言った。「まずは部屋で一休みなさってくださいそのあいだにダイニングルームにお食事を用意しておきますので。ミア、叔母さまをお部屋へお願いできる?」

ソフィアの提案に従いミレイアがメイブを案内した。部屋は、淡いアプリコットと深みのあるグリーン系で統一された豪奢な内装で、一目で年代を経ていることがわかる家具にメイブは目を丸くしている。

「素敵だわ。大きなお屋敷にも驚いたけれど、あなたの言っていたとおり家柄は心配ないようだわ」メイブはハンドバッグをドレッサーに置き、ミレイアに向きなおり言った。

「ミア、まずはダーラのこと謝るわ。いろいろあったと思うけれど、どうか許してほしいの。あの子はもうグラマシーには滅多に来ないから、あなたが家を出て行くことは考え直せないかしら」

「メイブ叔母さん、その前に、わたしが知りたいことを全部話すのを先にしてほしいの。でも今は荷ほどきをして、本当に少し休んで。食事のとき、呼びに来ますから」

メイブはミレイアを見つめ、どうやら今は、言うとおりにするしかないようだと諦めた。

「わかったわ。あとで話し合いましょう」

ミレイアはそのままアティカスの部屋へ直行し、ドアをノックした。

「キャス、ミアよ。入っていい?」

「ああ構わないよ」

部屋へ入るなり、ミレイアは直球を放った。

「キャス、わたしのこの旅行に反対していたわよね。理由があるんでしょう?　何を知っているの?」

アティカスは、話してしまおうかとも思ったが、少しずつ小出しにしてもミレイアの疑念が膨れるだけだろうと思い直した。「ミア、ぼくもサラたちも元気だ」

ミレイアは、兄の言葉に眉間にしわを寄せ、「ごめんなさい」と謝った。

「ミア、この家の人たちの前で話してもいいっていう確信が、本当にあるんだよな?」

「ええ、彼らは魔法使いよ、きっと。それに、わたしもそうなんじゃないかっていうの。もう何が何だかわからない」

ベッドにドスンと座りながら、ほとんど投げやりに言うミレイアにアティカスは驚いた。

「魔法使いって、たとえばどんな?」

「うそ、信じるの?」

「ミア、とにかくメイブの説明を聞いてから判断してくれないか。ウェルワース家がそういう家系なら話は早いかもしれない」

笑うなら笑えばいいくらいの気持ちで言ったのに、兄が否定しなかったことがミレイアを不安にさせた。やはりディレイニーが言っていたとおり、そういう類の話に違いない。

ドアがノックされたのでアティカスが出ると、ディレイニーだった。

「ミアもここだったんだね。食事の用意ができたので呼びにきたんだ」

メイブにも声をかけ、全員でダイニングルームへと向かった。

「さあ、決まった席というのはありませんので、お好きなところへどうぞ」

ディレイニーとソフィアが先に着席し、ミレイアはソフィアの隣に、アティカスとメイブはミレイアの向かいへ着席した。全員が落ち着くと、若い男性がシャンパンのボトルを抱えて入ってきた。グラスが満たされるとソフィアは言った。

「私もディレイニーも大のワイン好きなの。今日は遠慮なく飲める理由ができたので嬉しいわ。それに、ミアの怪我の完治にも乾杯しなくてはね」

乾杯を受けてミレイアが礼を述べると、給仕が始まりディナーの開始となった。メイブは会社のことをソフィアに話しており、アティカスとディレイニーも言葉を交わしている。ミレイアは、もっぱらメイブが自社の話をするのを聞きながら料理をつついていた。普段なら盛り付けや味に興味津々になるところだが、食欲が全くわかなかった。

「お料理のプロなんですってね。素晴らしいわ、ミア」

ソフィアに急に言われ、ミレイアは我に返った。「料理学校を卒業して少しは経験を積んでいますが、プロというほどではありません」

どうやら、アティカスとメイブがそう話したらしく、アティカスが続けて言った。「デザートは特に腕がいいと思いますよ。自分の店を構えないのが不思議なくらいで、フルーツヤチョコレートを使ったミアのケーキは絶品です」

「まあ！」ソフィアが嬉しそうに言う。

「キャスったら、やめて」

「この子は勉強熱心ですし、将来は私どものフード部門全般を統括してもらいたいと思っているんです」

ディレイニーは、メイブの言葉に驚くミレイアを見て、すぐに料理へ視線を戻した。それを見ていたアティカスは、妹とディレイニーの間で何かが始まっているなと感じた。まあ、そのうちわかるだろう。

食事が終わりに近づくと、ミレイアの緊張が増していった。それを感じたかのように、ソフィアが優しく宣言した。「皆さん、コーヒーは暖炉のある居間へ移動していただきましょう。男性方はウイスキーかしら。ディレイニー、任せるわね」

ソフィアはメイブと並んで居間へ向かった。アティカスとディレイニーも年齢が近いせいか話が弾んでおり、今もワインの話で盛り上がっている。

いよいよだわ。ミレイアは思った。

「さあ、ここでもお好きなところへどうぞ」

「ほんとうに素敵なお部屋ばかりですわね。今度改装するホテルの参考になります。そうだわ、ミア、どうやらアンセルはＩＴ関連に本気になってきたようなの。ブライトンズコープ社での仕事に興味があるようなのよ」

ミレイアは、アティカスが経営に携わるだ

ろうと思っていたので驚いたが、もうすぐ誕生日だとはいえアンセルはまだ二十歳だ。明日にはもう違う職種を希望しているかもしれないと思ったが、それを悟らせないよう曖昧に答えた。「それは良かったわ」

「皆さん仲がよろしくて素晴らしいわね」ソフィアの感想にミレイアはアティカスと目を合わせた。いつまで社交的な会話が続くのだろう。

そんな妹の気持ちが伝わり、イギリスを訪問せざるをえなくなった肝心な話をアティカスは切り出した。

「メイブ叔母さん、どうやらぼくたちには共通点がありそうなんだ。心配いらないから、そろそろ本題に入ってはどうでしょう」

メイブは驚いてアティカスを見つめ、コーヒーカップを持っていた手をそっとおろした。

「そうね、その…。どんなふうに伝えようかとこれまでずっと悩んできたけれど…こんな形はさすがに予想していなかったわ。ごめんなさい、ソフィア」

「いいのよ、デリケートな内容ですもの。ただ、私もディレイニーもこの土地が持つ不思議な力のなかで暮らしているから、いろいろなことを理解できるつもりよ。アティカスが言うとおり共通点があるのなら、お互いのためになると思いますし他言しないと約束しますから、安心してお話しくださいな」

メイブはソフィアの言葉が決め手となり、アティカスが頷くのを見て、ミレイアに話し始めた。「ミア、マックスとエルが亡くなってあなたたちがグラマシーの家へ来たとき、息つく間もなくたくさんの用事を言いつけたことを覚えているかしら。実はあれはね、あなたたちを忙しくさせておきたかったからなの。学校や家の用事で忙しくしていれば、外へ行く時間が減るでしょう？　それだけ危険なことからあなたたちを遠ざけていられる、そばで様子を見ていられる、私たちはそう考えていたの」

「マクシミリアンとエレオノールはぼくらの両親で、父のマックスはメイブの兄です」

ディレイニーは、シェリーが入ったグラスをミレイアへ持たせながら質問した。「危険から遠ざける？」

「ええ。ブライトストーン家には、時々ある力を持つ者が生まれるという特異性があるの。マックスもその一人で、その力を持つ者は、それを他言してはいけないと代々教えられてきたらしいわ。でも、あることが起きてしまって、マックスとエルは、ウォルターと私を頼ってきたの」

「ブライトストーン家のその力というのはどういったものですか？」

ディレイニーの質問にメイブはアティカスを見て、アティカスが代わりに答えた。「父は、空間を瞬時に移動できる能力がありました。そしてぼくもそうなんだ。ミア」

ミレイアの驚きは相当なもので、何も言うことができず、ただディレイニーと見つめ合うだけだった。

「子どものころはわからなかったよ。力に気づいたのはグラマシーに移って二年ほど経ってからだ。アンセルには別の力があるけど、それはまた別の機会に話すことにするよ」と、アティカスはミレイアに言った。

「ミア、驚いたでしょうけれど、アティカスたちのその能力には対応策があるわ。でもね、二人が私たちに相談に来たのは、実はあなたについてだったのよ、ミア。よく聞いてちょうだいミア、あなたはね…あなたは、どうやら時間を止めることができるようなの」

ソフィアとディレイニーは思わず席を立ち上がっていた。

ミレイアは困った。メイブの言葉が理解できず、途方にくれた。いまメイブは、時間を止めるって言った？　いえ間違いよ。何かを聞き逃したんだわ、きっと。そう思って頭を振り話の続きを待っていたが、全員ミレイアを見つめるばかりだ。戸惑いながらアティカスを見たが、真剣な表情のままだ。どうやら聞き違いではないらしい。

「時間…そんなことある訳ないわ、メイブ叔母さん。時間を止めるなんて、わたしできないわ。そんなばかな話ってないわ！」

ソフィアがそばにきてミレイアの手を握り、優しく微笑んだ。「落ち着いてミア。もう少し聞いてみましょう、ね？」

メイブはディレイニーが渡してくれたグラスから一口飲んでみた。ウイスキーだ。少し勇気をもらえた気がして話を続けた。「ええ、そうよね。聞いたときは当然私たちも半信半疑だったわ。でもマックスとエルは、おかしなことが起こり始めたから、家に監視カメラを取り付けたらしいの」

「おかしなことって、たとえばどういったことでしょうか」

ディレイニーの質問に、メイブはミレイアを見ながら答える。「そうね、いま思い出せるのはこうよ。エルが、泣いているあなたの元へ行こうとした瞬間、今までそこに無かったたくさんのぬいぐるみに躓いたり、隙を見つけては外へ出ようとするあなたを急いで抱き上げたのに腕の中からは消えていて、ポーチから笑い声がしたから急いで見に行くと、あなたは一人でそこにいた、とかかしら」

「でも、でもママの勘違いかもしれないでしょう?」

「マックスも似たような経験をしていたし、家電製品の不具合も頻繁に起こるようになったらしいわ。マックスが取り付けたカメラにはそれを裏付けるようなことが映っていて、私とウォルターも録画を見て確認したわ。私たち、何度も話し合ってそういう結論になったの。録画は今でも残してあるわ」

「そのときのわたしは何歳だったの?」

「一歳と少しよ。アティカスは三歳でアンセルはまだ生まれていないわね」

メイブはウイスキーで喉を潤して、また続けた。「これは、事情があってアティカスには先に伝えていたことなんだけれど、グラマシーの家はねミア、本当はあなたたちの家なの。バーモントのほうが私たちの家で、お互いの家を交換することにしたのよ。ニューヨークのようなところでは危険度が高いから」

「おっしゃる危険というのは、いくつもありそうね」ソフィアがため息ながらに言う。

「そのとおりです。幼いあいだは力をコントロールできないから物理的にどんな影響を及ぼすのか誰にもわからないし、私たちが何よりも心配したのは、そのことが人に知られることだった。ミア、その力をどうしても必要だという人に知られたら、そんな人が何人もいたら、いったいどうなると思う?」

「普通の生活はおろか、誘拐されて利用される可能性がある、ということが予想できますね」

ディレイニーが答え、メイブは頷きながら先を進める。「バーモントの家は隣と離れていてプライバシーが確保しやすいし、十分なスペースでのびのび遊んで、いつも機嫌がよければああいうことは起きないと思った。これという解決策はなかったけれど、可能な限りリスクを減らして様子を見るしかなかったの」

「キャス、ママは? ママにも何か力があったの?」

「いいや、母さんには特殊な力はなかったらしい。父さんとぼくらだけだよ」

ミレイアはメイブを見て目で問いかけた。

「私にもないわ、本当よ」

「家を取り換えたあとのわたしの様子はどうだったの?」

「似たような現象はたまに起きていたけれど、幸い大きくなるにつれて減っていったわ。だから、私たちはその方法は正しかったと判断して、そのまま生活を続けた。そのうち会社は成功して大きくなり、マックスとウォルターが順調に仕事をこなしていた矢先に、二人にあの事故が起きてしまったの」メイブは当時を思い出すかのように目を閉じて、少しのあいだ黙っていた。

「あなたたちはグラマシーに来たけれど、力のことがあったから平穏に暮らしていけるのかとても不安だったわ。あまり外に出なければ人目につかずにすむし、自分で力のことを知ることがなければ何とかなるのではと浅かな考えをしてしまって、ウォルターと私はあれこれ仕事を言いつけていたの」

わたしたちのことが迷惑で意地悪をされているのだと思っていた。まさか、こんな理由が隠されていたなんて誰に想像できたというのだろう。ミレイアの頬に、知らず知らずのうちに涙が流れていた。

「ウォルターも私もあなたたちのことが大切だったわ、本当よ。でも、あなたたちに愛情を注いだら厳しくすることができなくなる。あなたたちのことを可愛いと思っているのに、ああいう態度を取るのはとても辛かったわ」

メイブも泣いていた。ミレイアはメイブの隣に行き、座った。

「三人も引き取られたのでしょう？　愛情がなくては誰にもそんなことできませんよ」

ソフィアの言葉にミレイアは頷いて、メイブの手を取った。

「メイブ叔母さん、わたしたちを放り出さずにいてくれてありがとう。この力のことが本当だとして、どうしていいか見当もつかないけれど、とにかく十分気をつけると約束するわ」

「早く打ち明けなければという気持ちと、このまま気づかないで幸せに暮らしてほしいという気持ちでいつも揺れていたわ。でも、伝えることができて良かったと今ならわかる。何かあれば相談できる方たちとも知り合えたもの」メイブはソフィアとディレイニーを見て微笑み、質問した。「ところで、あなたもアティカスと同じ能力があるそうね？」

「はい、そのとおりです。詳しくは許可を得ないとお話しできませんが、政府機関で特殊な任務についています」

メイブはアティカスに目で確認し、話し続けた。「実は私たち、そういう特別な能力を持っている人たちに、支援活動を行っているの。能力のある人は精神的に追い込まれているし、なかには家族から見放された子どもたちもいて、そんな彼らに手を差し伸べているのよ」

メイブはミレイアを見て言った。「あなたのパパがその活動を始めて、今では私たちが引き継いでいるの。ブライトンズコープ社が事業を拡大して利益を上げる必要があるのは、一つにはその活動のためでもあるわ」

「ぼくも本業とは別に、その支援を手伝っているよ」と、アティカスも打ち明けた。

「ミレイア、あなたのご家族は本当に素晴らしいわ。残念ながらイギリスではそんな活動を耳にしたことはないけれど、とても崇高な支援だと思うわ。今後は私たちにも何かできるのではないかしら」

「そうですね…考えてみます」

ミレイアはソフィアの言葉にそう返事をするのが精一杯だった。その日はもう、あらゆることが心にのしかかり、疲れはてていた。


翌日、朝食が終わりかけたところで、ソフィアがアティカスとメイブに言った。「このあと、少しお時間をいただけないかしら」

図書室へ移動し全員が席へ落ち着いたのを確認すると、ソフィアはアティカスとメイブに向かって話し始めた。「きのうは、デルと私も交えて大事なお話をしていただいたことに本当に感謝しています。今日は、私とミレイアの今後のことで提案したいことがあるの」

ミレイアは、きのうは思いもよらない一日だったわりに幾らか睡眠も取れ、元気を取り戻していた。だが、ソフィアの話ならそう気軽なことではないだろうと、気が滅入ってしまった。でも今は黙って聞くしかないと小さくため息をつき、ソフィアの言葉を待った。

「デルと私はミレイアに何らかの能力がある

のは感じていたけれど、時間に影響を与えることには驚きました。ですが、ミレイアにはもう一つの力があることを、二人にお伝えしておきたいの」

「えっ？」メイブとアティカスは同時にミレイアを見た。ミレイアも二人を見て頷いた。

「私たちのこの地所は、イギリスでもかなり重要なポイントに位置しているの。地所内にストーンサークルと礼拝堂を有していて、そこで行う一種の儀式で人々や大地が弱っていくのを防ぎ、それと同時にエネルギーを高めていくという大事な任務が私にはあるの。そして、その能力がミレイアにも」

そのあとをディレイニーが引き継いだ。「ミレイアを初めてストーンサークルへ連れて行ったとき、彼女は自然にサークルのエネルギーを受け取り始め、同時に周辺の土地や空間のエネルギーを癒すところをぼくは見ました」

ディレイニーはアティカスを見ながらその先を続けた。「アティカス、きみテレポートのほかにもう一つ別の力もあるんだろう？　ぼくもそうだ。ぼくたちの見解では、能力者は二種類の力を持つと考えている。つまりミレイアのパワーは、時間を操ることとヒーリング能力、ということです」

ああ、できたら時間を操ることは忘れたい、ミレイアは思わず外に目を向けた。そしてそこに見えたものに驚きの声をあげたので、つられて全員が同じように外を見た。そこには、この前のように明るい色合いの薄い霧が漂っていた。それを見てソフィアが言った。「あら、さっそくその効果がでているわ。土地のパワーに引きつけられて、エネルギー体が集合したようですよ。よく見れば空に何か、それか庭のどこかにフェアリーか何かが見られるはずよ、きっと」

その言葉にアティカスとメイブは首をさっと回しソフィアを凝視したが、ソフィアは、別に驚くほどのことではないという様子だ。

「私には何も見えないわ」と、メイブががっかりしたように言う。

「確かにきれいな色ですが…待てよ、上空で何か光っているのが見える」そう言ってアティカスはさらに窓に近づく。

「以前は自由に空を飛んでいたものたちよ。まだ実態を持つことはないけれど、時間の問題かもしれないわね。待ち遠しいわ」

ソフィアの嬉しそうな言葉にアティカスとメイブは目を丸くしたが、信じられないという感じで首を振りながら席へ戻った。

「おとぎ話でも、あなたたちを担ごうとしているわけでもないのよ。その昔、ドラゴンや妖精たちは普通にいて私たちの暮らしに欠かせない存在だったのに、戦争や人々の私利私欲で大地や空間のエネルギーが低下してしまい、彼らは生きていられなくなったの」

ソフィアは悲しそうにため息をつき、そのまま続ける。「なぜなら、昔から繰り返されてきた多くの戦争で血や涙が大地に染みこみ、あらゆる開発行為で地球の資源も搾取された。

人々の間ではいつも争いが絶えず愛や思いやりを失った結果、マイナスのエネルギーが世界中に充満してしまい、彼らは生きるのに必要なピュアなエネルギーを得られなくなったからなの」

「だから、大地や我々を取り囲むマイナスのエネルギー体、つまり地球自体の波動をクリーンにしていく必要がある、というわけですね？」

アティカスの言葉にソフィアは優しい微笑みを浮かべて頷いた。

「ねえ、ミア。あなたはこのこと、つまりこの能力のことは時間をかけて受け止めていけばいいと思うの。それには、しばらくのあいだ私たちと生活を共にして、能力を習得していくっていうのはどうかしら。そうすれば自分がどうしたいか、そのうちわかってくると思うわ。もちろんこのことは、ご家族の皆さんに了承いただくことが前提ですけれど」

最後のほうはアティカスとメイブに向けられていた。二人はすぐには答えられず、代わりにアティカスはミレイアに聞いた。「しばらく一人になって考えてみたいんじゃないかい？」

ミレイアは迷ったが、大きく頷いた。

「わかったよ。何かあればすぐに来るから、ぼくらは一旦アメリカに戻ることにしよう」

そう言ってアティカスはメイブを見た。メイブはまだ不安だったものの、やがて承諾した。「そうね、それがいいのかもしれないわね。でも十分に気をつけると約束してちょうだい。それにアメリカに戻ったらまっすぐグラマシーに来るのよ、どこにも越さずに。大きい部屋に移るといいわ、あなたのママの部屋だったところに。家はこれから全部あなたたちの好きにしていいのよ」

「叔母さんたちはどうするの？」

「ウォルターと私にはバーモントの自宅があるわ。ダーラは婚約間近で既にグラマシーを出ているし、元々あなたたちの家なんだから遠慮しなくていいのよ。でもニューヨークで仕事のときはお邪魔させてね」メイブはにっこり笑いながらミレイアとアティカスに告げる。

「心配事はなくならないかもしれないけれど、これからはあなたたちと何でも話せると思うと本当に嬉しいわ」

そういうメイブの目には涙が浮かんでいた。そしてソフィアとディレイニーに言った。「ミレイアをよろしくお願いします。お二人も、ぜひアメリカにいらしてください。お泊りはニューヨークのブライトンズかミレイアたちの家でも、どうぞお好きなほうに。歓迎しますわ」

「ええ、ニューヨークはしばらくぶりなのでぜひ伺いたいわ。あちらにはデルのペントハウスがあって、これまではほとんどそこを利用していました。これからはホテルにも寄らせていただきます。ね？　デル」

「ぜひ、そうします。ありがとうございます」

その日、ウェルワース家でランチを済ませたアティカスとメイブは、ひとまずアメリカへと帰っていった。どうしても調整を要する仕事が入ったと言ってディレイニーも慌てて出かけたので、一人になれる時間が早々にできたことに、ミレイアはほっとしていた。

chapter

5

ミレイアとソフィア

―力の役割とソフィアの告白―

翌日の朝食の席で、この地所には滅多に人は入ってこないことをソフィアから聞いたため、午前中のさわやかな時間を利用してミレイアは散歩に出かけることにした。もちろん行き先は、ストーンサークルと湖が見えるあの丘だ。

ディレイニーは朝食の席に現れなかったので、どこまで出かけたのか、そして、どんな仕事をしているのかまだよくわからないのが気になっていた。あとでもう一度聞いてみよう。ううん、そんなことより今は自分のことを考えなければ。

さっき散歩に行くことをソフィアに伝えたら、途中で植物や鳥たちにパワーを与えてみて、と言われた。パワーはあなたの中にあって、ありがとうとか元気でいてね、と思うだけでいいからと。まあ、それぐらいならすぐ可能だ。魔法というわけではないのだから。

外へ出て庭をゆっくりと歩き出したとき、何かが足をくすぐったような気がして下を見ると、きらきらと光るものが動いていた。これも一種のエネルギー体に違いない。妖精か精霊とかかしら。時間を見つけて架空の生きものや妖精に関する本を読んでみなくては。

それに、わたしの力。これまでは、料理の道へ進むかブライトンズコープ社を手伝っていくのだろうと思っていたのに、本当に世界中を癒していくことになるのだろうか。わたしはそれを望むようになるのだろうか。ううん、ソフィアは時間をかけて考えていいと言っていたから、すぐに答えを出さなくてもいいはず。そうだ、ブライトンズスコープ社でのキャスたちや、ソフィア自身がどこでどのように活動するのかを、自分の目で見てから決めても遅くはないはずよ。うん、それがいい。

そんなことを考えながら丘をめざしていたが、礼拝堂をもう一度近くで見たくなり方向を変えた。改めて壮麗な姿を見ていると、なぜか心のなかの不安が取り除かれ、安心感がわいてきた。礼拝堂の向かいに置かれているベンチへ腰かけ、教会が好きだったことを思い出す。ニューヨークでは行く機会がほとんどなかったから、忘れていたのだろう。

ふと、礼拝堂の入り口の花壇を目にしたとき、少し枯れかかった花に気づいたため、ソフィアに言われたことを試した。グラマシーの家の庭や鉢植えには自然にしていたことだ。それくらい何でもないはず。花壇に近寄り、花々に軽く手を触れながら心のなかで呟いた。

〝いつも喜びを与えてくれてありがとう。長く元気に咲いてね〟と。その後、しばらく見ていたが特に変化はなかったので、苦笑いしながら礼拝堂をあとにした。

丘に近づくにつれ少し風が出てきたが、引き返すほどの寒さではない。頂上付近から見るストーンサークルと湖の素晴らしい景色は、見れば見るほど感動せずにはいられなかった。後方に広がる森林が、なお一層の自然の壮大さを感じさせている。ディレイニーが一緒ではないのでサークルの中へ再び入る勇気はないが、湖のそばまでは行くことにした。そういえば水辺も大好きだ。

湖には栈橋がなかったため可能な限り近づいて湖面を覗き込み、軽く手を入れ水に触れてみた。ここには何か生息しているのかしら。それもあとで聞くしかない。そのとき、どこからともなくパシャッ、パシャッと音がしたので慌てて周囲を見回したが、湖面には特に何も見えなかった。まさか、さすがに人魚もいるってことはないわよね。そんなことを考えているうちに、何だかミレイアは楽しくなっていた。

よく考えたら、子どものときは好んでおとぎ話の本を読んでいた。あのころは、大人になったら絶対に妖精や人魚、それにユニコーンを探しに行くんだと心に決めていたのに、そのこともいつの間にか忘れてしまっていた。そういうものは現実には存在しないのだからと。それは間違いだったというの？

ウェルワースハウスへ戻りながら、ソフィアが言っていた同居して行うという訓練のことを思った。すぐにそうすることには、ためらいがあった。

キャスとアンセルのことや、家のことを確認するため一度グラマシーへ戻ってからでも遅くないのでは？　それに、足は完治したのだし本当は旅行を再開して、行けるところまで旅を続けたい。特に湖水地方は絶対にはずせない場所だ。そうよ、旅を続けているあいだに、自分の気持ちもはっきりするかもしれない。デルが戻ったら、ソフィアと彼へこの気持ちを伝えなければ。

ミレイアは、出した結論にようやく満足し、屋敷へ向かった。


サンルームのあたりから声がしたためそこへ行くと、ソフィアとナディアがお茶の時間を楽しんでいた。

「あら、お帰りなさい。一緒にお茶にしましょう。散歩は楽しめた？」

「はい、とても。礼拝堂や湖は本当に素敵なところですね」

「そうでしょう？　長いあいだここで暮らしているけれど、あの場所ほど安らぎを得られるところはほかにないわ」

ミレイアは、二人と一緒に、イギリスに来て好きになり始めたお茶のセレモニーに参加した。まずは紅茶をストレートで味わってから、そのあとミルクをたっぷり注ぎ角砂糖を一つ入れる。そして注意深く、三段トレイからサンドイッチとスコーンを小皿に取り分けた。もちろんたっぷりのクロテッドクリームとブルーベリージャムを添えた。そのときミレイアはふと思いついた。ここを出発する前に料理でお礼をするのはどうだろう。

「あの、ディレイニーはいつ戻るのか聞いていますか？」

「そうね、それほど大きな案件ではなさそうだから、明日には戻るはずよ」

「わかりました。あの、ディレイニーが戻ったらお話ししたいことがあるのですが」

ソフィアは、ミレイアの話の内容は簡単に予想がついた。何しろ気軽に引き受けられることではないのだ。おそらく旅を続けたいはずだけれど、その前にもう一つ話しておかなければならない重要なことがある。ちょうどそのときが相応しいかもしれない。「ええわかったわ。私も家にいるようにするわね」

「ありがとうございます。一度部屋に戻ってから、午後は村へ行ってきます。ジュリアのギフトショップへ寄りたいので」

「あらいいわね。私もジュリアのお店は大好きよ。アロマ用品はほとんどジュリアにお願いしているの」

ミレイアは、昼食には同席できないが暗くなる前に戻ることを伝え自室へ戻り、ライティングデスクで今日までのことをノートにまとめた。携帯電話からタブレットに写真を転送するのは夜にすることにして、シャワーを済ませ軽くメイクをしてからギフトショップへと向かった。

ジュリアの店へ入ると、店内には三人の客がいた。ジュリアはそのうちの一人と話が弾んでいたが、ミレイアを目にすると嬉しそうに声をかけてきた。「いらっしゃい、ミア。お元気そうね、怪我の具合はどう?」

「ええ、おかげさまで。もう杖なしで出歩いても平気になったので、やっとこちらへ来ることができました」

「よかったわ、さあ自由に見てちょうだい。

何か質問があれば遠慮なく声をかけてね」

「そうします。ありがとう」

気持ちがほっとするものが欲しかったので、ミレイアはまず天使のコーナーへ向かった。そこには、大小様々なアクセサリー、ランプ、アロマ用ディフューザーなどが並べられていた。

うわ、どうしよう。どれも可愛くて全部欲しい。散々迷ったあと、アロマオイルを垂らすことができる陶器の天使と、ガラスの天使が回転するオルゴールをそれぞれ二個、そして、シェードに天使の刺繍があるランプを取りカウンターへ預けた。

店内を時計回りに進んでいると、妖精やノームなど、おとぎ話にちなんだ商品が多いことに気づいた。グラマシーの自室の棚には既に似たようなものがあるが、いくつか増えたってなんの支障もないはずだと自分に言い聞かせた。妖精は以前から好きなアイテムだし、メイブは大きな部屋へ移っていいって言ってたもの。ミレイアはそこではっとした。そうか、グラマシーのあの家にこれからも住むことに決めているのね？　と苦笑いした。それでいいと確信したとき、一気に買い物欲に火がついてしまった。そして、アクセサリーがセンスよく陳列されている豪華なキャビネットへと突進した。

星と月のモチーフがついたシルバー製のブレスレットと、メイブ、サラ、そしてモニカのためのアクセサリーも選んだ。ブレスレットは自分用で、贅沢なのではと最初は迷ったが、これから自分の人生で何かがスタートするのだから、その記念として相応しい気がしていた。

カウンター近くへ来たとき、きれいなイラストの本が目に入ったので近づいてみると、それはタロットカードだった。タロットで占ってもらったことはないし、もちろん自分でもできないが、見本がとてもきれいな絵柄だったため気づくと二組も手にしていた。

選んだ品物に満足し、精算のためカウンターの中にいるジュリアへ声をかけようとしたところ、またもやカウンター上に置かれた素敵なものが目に入った。それらが、天使や妖精、ユニコーン型のガラス容器に入った香水だとわかったとき、ミレイアは思わずうめいた。それを聞きつけたジュリアは、「どれも素敵でしょう？　今から表のサインを閉店にして、奥の部屋で一緒にお茶でもいかが？」と、ミレイアを誘った。

ジュリアは、既に預かっていた商品と彼女がいま手にしている分を受け取ったとき、一週間分の売り上げに匹敵しそうだと内心こぶしを突き上げていたが、冷静になり店の奥へとミレイアを促した。

休憩をとれば香水を選ぶ元気が出るだろうと思い、ミレイアは喜んでお茶の誘いに応じた。奥の部屋は、デスクやキャビネット、応接用のソファーなどが配置されていた。オフィス兼休憩コーナーといった感じで、壁の絵やアンティーク調の家具がジュリアらしい雰囲気になっていた。

　ジュリアは商品をサイドデスクへ慎重に置き、お茶の準備に取りかかった。

「たくさん収穫したようだけど、ショップのオープンでも控えているのかしら？」

　ジュリアの冗談にミレイアも笑顔で答えた。

「わたしの好きなものばかりがあって、どうしようもなくて。ほとんどは家族や友人、それにお世話になっている人たちへのお土産なんです。ここは、わたしの好きな天使や妖精のアイテムが充実していて選ぶのが大変でした」

　ジュリアは、ポットいっぱいに入ったお茶とスコーンやマフィン、キュウリとチーズのサンドイッチを載せたトレイをミレイアの前に置いた。ロイヤルブルーのポットやカップ、食べ物が載った二段のトレイは、カフェのように洒落たデザインだった。

「午前中のわりにたくさんのお客様に来ていただいたから、ランチはこれからだったの。お茶はアッサムの茶葉にレモンピールとラベンダーが少しブレンドされているわ。さあどうぞ召し上がれ」

「イギリスへ来てからお茶の時間が習慣になりそうです。特にクロテッドクリームはその土地なりの味わいがあって、どこのものも素晴らしいわ」

　軽食をとりながらお土産の梱包と発送の相談を済ませ、簡単なタロットカードの使い方を習ったあと、ミレイアは会計の前にカウンター上の香水も選びたいと言って、ジュリアをさらに喜ばせた。

「天使のボトルはフローラル系でドラゴンはシトラス、妖精はホワイトティームスクが少し入ったソープの香りになっているわ」

ミレイアは三種類とも二つずつ選び、発送品に加えてほしいと即決した。

「本日は沢山のお買い上げありがとうございます。では、お近づきのしるしとして妖精の香水とバスソルトをいくつか当店からのサービスにするわね。妖精のほうには携帯用のミニボトルがセットになっているの」

「素敵。あ、そのブレスレットはすぐに着けたいの。それと、サービスのミニボトル一つとバスソルト、タロットカード一つは今日持って帰ります」

「いいものを選んだわね。そのブレスレット、とてもお似合いよ」

「ありがとう。こんなに満足のいく買い物は初めてです。でも買おうかどうか迷ったものがまだあるので、また寄らせてもらうかもしれません」

「もちろんどうぞ。お待ちしているわ」

ギフトショップで軽食にあずかれたので食事のためにカフェに寄る必要はなかった。そのおかげでできた時間は、ウェルワース家の図書室で過ごしたいと思い、ミレイアは帰路についた。一度、ディレイニーと出会ったパブの前で足を止め、建物や周囲を感慨深く見つめた。数日前には何も知らないでいたのに、人生はなんて驚きに満ちているのだろうと思いながら。

ソフィアに声をかけ図書室の本を借りてもいいか許可を求めたところ、いつでも自由に利用していいとのことだった。部屋へ戻りショッピングバッグを置き、さっそく図書室へ向かったが、いつもながら本の量の多さには圧倒された。

何かを探すわけではなく、ただざっとタイトルを目で追っていると、本棚の仕切りの横にある金色のプレートに、年号が記されていることに気がついた。一冊の本を手に取ってみると、ケルト神話や各地の神々に関するものだった。

どこが一番古いのだろうと年号だけを追っていると、後方にある大きな本棚にたどりつき、そこを回り込むと壁一面が本棚になっているスペースへと行きついた。棚の中程に手すりの付いた通路と階段が設置されているので、その階段を上った。

見るからに古い背表紙が並ぶ棚の前でふとプレートを見ると〝七二四〟とある。どんな内容かは確かめずに取った一冊を持って階段を下り、テーブルへ着く。

紐で綴じられていて日記帳のような印象があったが、ともかく表紙をめくると文字は少なく絵が大部分を占めていた。色は少ないがはっきりとわかる。描かれているのは、数字のような文字とドラゴンだった。ところどころに文章が記入された比較的新しい紙が添えられていたので、それを先に読んだ。

〝今日はゼファの機嫌がよくて幸いだった。やっと武具を納めることができ、思いのほか王はお喜びだった。今回の報酬で村はさらに豊かになる。ゼファやメルへ十分な餌も与えられる。王はゼファに乗りたがらないが、いつか必ず説得してみせる〟

なんということ。やはり日記のようだがどう見てもドラゴンのことが書かれている。ミレイアはその日記を閉じ別の本を確認しに行った。プレートのない棚を見てみると、綴じられていない、一目で古いとわかる羊皮紙が重ねられている棚があった。丁寧に上のほうの何枚かを手に取り、ひとまずテーブルへと置いた。そして別のコーナーへ行き神話が多く並んでいる棚からケルト神話の本を一冊抜き取り、それらを抱え自室へと引きあげた。

その日はソフィアと二人で夕食を済ませ、読みたい本があるからと早々に退室した。ギフトショップで手に入れたものを眺め楽しんでから、とりあえず羊皮紙を読むことにした。ほとんどは絵だったが、すぐにわかるのはドラゴンだけだった。ほかに、風変わりな生きものもいくつか描かれている。

別の数枚には、明らかに背中に羽がある妖精のような絵もあった。絵は想像によるものといえなくもないが、あの図書室で読んだ訳文が添えられた日記のドラゴンはどうだろう。

やはりこれらの存在を信じるしかないのかも。

羊皮紙を見終え、神話の本をベッドへ持ち込んだのだが、半分ほど読み終えたところでミレイアは眠りに落ちていた。

ノックの音で目が覚め、ドアを開くとナディアが食事を届けに来ていた。慌てて時計を見ると、針は八時を指していた。

「朝食にいらっしゃらなかったのでオムレツとデニッシュをお持ちしました」

「ごめんなさい。本を読んで夜更かししてしまったの。わざわざありがとう」

ここでミレイアは、お礼のための食事会についてお願いをするのにいい機会だと思い、ナディアを部屋へ招いた。「ナディアさん、もしお急ぎでなければ少しお願いしたいことがあるの」と、計画していることを説明した。

ナディアは喜んでお手伝いしますと快諾してくれたので、今日はメニューを考えて過ごそうと決めた。オムレツとバターたっぷりのデニッシュを濃いお茶で流し込み、身支度を整えるとまた図書室へ向かった。料理の本もあるのかしらと考えながら。

神話の本はもう少し手元に置きたかったので羊皮紙だけを元に戻し、別のものを大きなテーブルに広げて眺めていた。気分が落ち着いてきたからか、絵を美しく感じていた。心なしか、きのうより色が鮮やかに見えるのだが、気のせいだろうか。あ、まさか絵までエネルギーを持つようにならないわよね？

　そんなことを思っていると、図書室の入り口のほうから呼びかける声がした。「じゃましてもいいかな？」

「ディレイニー、お帰りなさい。ソフィアに断ってきのうからいくつか読んでいたの。とても興味深いものばかりだわ。あなたはここにあるものは全部読んだの？」

「大体はね。でも訳文がないと難しいものもあるから、ななめ読みもあるかな」

　ディレイニーは微笑みながらミレイアが見ているものを覗き込んだ。「なるほど。それはぼくも好きな本だ。この土地にしばらくいると、実際にそういうものを目にするようになるはずだよ」

「でもこれは一体なに？　ドラゴンやユニコーンは一目でわかるけれど、ほかはどういったものたちなの？」ミレイアは、お手上げだというふうに羊皮紙のほうに手を振った。

「意外ときみも知っているものだと思うよ。ニューヨークでは見かけないのかい？」

　ずっと笑顔を絶やさないデルを見ていると、何だか自分のほうが変なのではと思えてくる。でもグラマシーには絶対にいないと断言できる。だってユニコーンなのよ？「わたしの部屋にぬいぐるみならあるわ、ドラゴンもユニコーンも。それにいろんな妖精たちの本や…」

　ディレイニーがずっと笑っている訳がわかった。わたしは、慣れ親しんでいたどころか元々こういったものが好きだ。お土産にもあんなにたくさん選んだではないか。

「現実にいたっておかしくないんじゃないかな。彼らがいたほうが、毎日が断然楽しめると思わないかい？」

その言葉にため息をつき、ミレイアは否定できない自分を認めた。確かにユニコーンや妖精と一緒にいることを望んでいた。子どものころは。実際に心の親友であったぬいぐるみのユニコーンに名前も付けて、悩み事を打ち明けたりもした。でもその相手は動いたりはしなかった。この羊皮紙に描かれているようには。

ミレイアは、やはり一人になる時間が欲しいと切実に思い、ディレイニーに告げた。「デル、よければ今日中に話があるの。ソフィアも一緒に」

ディレイニーは一瞬、驚いた顔をしたが、すぐに笑顔でミレイアの希望に応じた。「もちろん構わないよ。でも夕食のときでもいいかい？」

「ええ、それでいいわ」

「今日は書類仕事を片付けなきゃならないから、もう行くよ。じゃあ夕食の席で」

ミレイアが頷くと、ディレイニーは図書室をあとにした。

ミレイアも、羊皮紙を全て元の棚に置き、神話の続きを読むため自室へと戻った。また読書に没頭し、かなり読み進んだが夕食までにはまだ時間があった。そこで、バスタブにお湯をたっぷりと張り、ジュリアからもらったバスソルトの香りを楽しむことにした。

お湯につかり、頭のなかでディレイニーとソフィアへ話すことについて手順を組み立てる。感じていることを素直に話す以外にないと思う。これまでは身内に守られてきたのだから、わたしは世の中のことを全く知らないに等しい。ソフィアからこの能力について教えてもらうことも重要かもしれないが、先にいろいろと学ぶべきではないだろうか。それが正しい気がしてならない。

ああ、こんなときパパとママがいてくれたらと思い目を閉じ、そして決心する。一つ一つ、できることをすればいい。二人ならきっとそう言ってくれるはずだ。ナディアも手伝ってくれることだし、旅行を再開する前に、やはり手料理でお礼をしよう。

やるべきことが決まると、勢いよくバスタブを飛び出しルームウェアに着替え、メニュー作りに取りかかった。ランチになるかディナーになるかは今日の話し合いのときに確認するとして、変更が簡単にきくような献立を組み立てていった。

ディナーは今や三人だけになってしまい少し寂しさを感じたが、ディレイニーのすすめるブルゴーニュ産のワインで、ミレイアはあえて酔うことにした。食事は美味しそうだが、神経質になっているためか食欲がない。二人が静かなのも気になって仕方なかった。

「ディレイニー、仕事は順調にいっている?」

ソフィアが話題を提供してくれたので、ディレイニーとミレイアはほっとした。

「今回は、ボスに定期報告しなければいけなかったのを忘れていて、もう少しで大目玉を食うところだったよ」

ソフィアは呆れた顔でディレイニーをたしなめた。「ボスと呼ばれていることを知ったら公爵は何ていうかしら」

「ソフィーが言わなければ問題ないと思うよ」

この会話が気になりミレイアがディレイニーを見ると、逆に質問がきた。

「いろいろあって伝えるのが遅れたけれど、あとでぼくの仕事についても聞いてもらえる?」

「ええ、もちろん。ぜひ」

「ところでミア。お話があるのよね。どうぞ遠慮なく言ってちょうだい」

メイン料理もテーブルに並び、あとはナディアがデザートを持ってくるだけだから話してしまおうと勇気を奮い起こした。

「そうですね…あの、わたしは自分が持つ力のことをここで知ったわけですが、ソフィアさんのようにわたし自身その活動を望んでいるのか、まだよくわかりません。何ていうか、突然過ぎて…。わたしは、これまで家業を手伝っていたとはいえ三年ほどしか経験がなく、おそらく世の中のことを何もわかっていないと思うんです」

ミレイアはそこで言葉を切ってワインを一口飲んだ。次が大事なことだ。「あの、上手く言えないんですが、こういうことです。世の中にとってどんなことが重要で何が必要か、わたしには何が欠けていてどんなことを学ぶべきかがわからなければ、この能力をどう生かせばいいのかわからないと思うんです。そして今するべきことは何なのかを考えた結果、まず自分自身が成長することが最優先だと気づきました。ですから、わたしは旅行を再開し、叔母や兄が行っている支援活動を手伝うことから始めたいと思っています」

勇気を出して顔をあげてみると、意外にもソフィアは微笑んでいた。しかしディレイニーは目を合わせようとしない。

ナディアがデザートを行き渡らせたところでソフィアは言った。「そのとおりかもしれないわね、ミア。すごく大事なことだと思うわ。

そうね、デザートをいただいたら、今度は私の秘密をもう一つ教えなくては。あなたの仕事のことは、そのあとでも構わない？　デル」悲しそうね、デル。ソフィアは心のなかで呟いた。

「えっ？　ああ、はい。それで構いません」

ソフィアはミレイアの意志をわかってくれたように思えたが、ディレイニーは違うようだ。仕事の話のときに理由がわかるかしら。それにしても、ソフィアの秘密って何だろう。

「ありがとうございます。時間はかかるかもしれませんが、この力をないがしろにするつもりもありません。あの、とにかく、こちらを出発する前にお世話になったお礼がしたいので、一度わたしにお食事を任せてもらえませんか？　明日のランチかディナーでも」

「あら、素敵！　本当にいいの？」

「ええ、ぜひ」

今はディレイニーも笑顔でこちらを見ているが、伏し目がちだ。もしかして離れるのが寂しい、とか？　一瞬、喜びが駆け抜けたが、このあとの彼との話に集中できなくなると困るので、ミレイアはその考えを追い払った。

「ミア、あなたは素晴らしいわ。あなたと知り合えて本当に嬉しい。でも、今から伝える秘密もまたあなたを驚かせると思うけれど、受け入れる時間はいくらでも作れるわ。いいわね？」

そこでソフィアはワインを一口飲み、間を置いて言った。「ミア、私は何歳に見える？」

予想外の質問にミレイアはきょとんとなる。

「え？　はい。あの六十代…でしょうか」

「そうね、それは正解でもあり不正解でもあるわ」

「どういうことでしょう？」

「ミレイア、実は私たちのこの能力には、大きな副産物があることをこれから伝えなければならないわ。ミレイア、私ね、ほんとうは七百歳を超えているのよ」

ミレイアは愕然として立ち上がった。そんなばかなことがあるだろうか。ディレイニーも立ち上がり、彼女の手をそっとつかんだ。優しく手を握られ少しして落ち着きを取り戻すと、ミレイアは椅子に座り直した。

chapter

6

グラマシー　アンセル

―小さな野望と才能―

まさか、これまで暮らしてきたこの家にこんな設備が備わっていたとは。アティカスから聞いていたとはいえ、最新式で、しかもそれを任されるのだと思うとアンセルは喜びで胸がはちきれそうだった。それに、目前にせまった二十一歳の誕生日に、ある程度の遺産を手にすることは上の二人が立証済みだ。そのときは、ブライトンズコーポレーションの経営参加についても持ちかけられるはずだ。その日が待ち遠しかった。

今回イギリスへ行くことはできなかったが、アティカスとメイブが戻ったら、ミレイアのことで何か重大な話があると言っていた。それに、二人が戻るまでにセキュリティ強化をするよう指示があったおかげで、こうして自宅のＩＴルームについてわかったのだ。

キャスがいう重大な話とは、ブライトンズコープ社全般にも関連しているはずだ。それに、この力のことも。キャスのようにそれを生かした仕事をしようとは思わないし、普段むやみに使ってもいない。とりあえず力に関してはは心配ないはずだ。よし、サラに冷たい飲み物とランチ、それからデザートをねだってからセキュリティチェックをしよう。キャスたちが戻るのは明日だ。それまでたっぷりマシンで遊べるってわけだ。

アンセルはサラに、レモネードとプレートランチをねだるつもりでキッチンへ向かった。プレートランチは、子どものころから好きだった。サンドイッチやフライドチキン、それにポテトサラダなどが一枚の皿に載っているのは最高だった。

「やあサラ、ここにいたね。言われたとおり荷物の片付けは済ませたよ。これからキャスから頼まれた仕事をする前に、何か食べたいなと思って」

サラはアンセルの要望に、わかっていると言わんばかりに大きく頷いて言った。「サンルームに準備してあります。言わなくてもわかると思いますが、グリーンサラダも残さず食べるんですよ」

うん、これでサラはぼくがまだ十二歳だと思っていることがはっきりした。今後は、好きなことをしていい年齢なのだということを主張していかなければ。

しかし、そう思ったのも束の間で、テーブルの上に期待どおりの食事が用意されているのを見て、まあ、それはもう少しあとでもいいかと思い直した。

食事を終えたアンセルは、まずブライトンズコープ社主要部門のシステムバージョンを確認し、セキュリティをチェックした。ホテルとデパートで十二件、それにこの家の分までだ。まさかこの家の中でここまで徹底して管理していたとは、いったいどんな理由があるんだろう。ここまで大きい企業なら、普通こういう設備は会社にあるはずじゃないのか。さすがに自分たちの部屋の中までは見られていないようだが、この家の監視カメラの多さにも不安を掻き立てられた。これもミアが原因なのだろうか。

確認したところ、海外のシステムはもう少し強化する必要があるが、サイバー攻撃への対策機能は正常で、その他のシステムにも異常はなかった。そうだ、いま自分で開発しているハッカー対策システムを完成させたら、ブライトンズコープ社を最初の取引先にしてもいいな。順に、ほかの企業へ広げていけばいい。

よし、セキュリティはいまのところ問題なしだ。キャスは、屋敷中のカメラも壊れそうなものがないか、じかに見てほしいと言っていた。それが終われば夕食にステーキをリクエストしておかなければ。

いやまてよ、ヒューも誘ってピザにしよう。サラの手づくりピザはいつ食べても最高だけど、みんなで食べたほうがだんぜん美味しい。もう少しで二十一歳になることを強調すれば、ビールを好きなだけ飲んだってサラも怒らないはずだ。大人になるのも悪くないかもしれないな。


翌日、午後三時を過ぎたころにアティカスとメイブが帰宅すると、サラとモニカが飛んできて二人の世話を焼き始めた。「お帰りなさいませ。奥さま、アティカスさま」

「ただいま、サラ。この荷物はすぐほどくからそのままでいいよ。アンセル、システムは大丈夫だったんだろうな?」

「ああ、外も中も万全だった。なんでこんなに…まあ、あとで聞くからいいや。お帰りなさい、メイブ叔母さん」

「ただいま。アンセル、今回はどれくらいいられそう?」メイブはスプリングコートをサラに預けながらアンセルに確認する。

「大学なら、今週中に戻れば問題ありません」

「そう、よかった。少しさっぱりしたいから、そうね、一時間後くらいに居間に集まりましょう。サラ、コーヒーをお願いね」

「かしこまりました。奥さま」

一時間後、サラが入れてくれたコーヒーと数種類のペストリーを前にして、ウォルターを含めた四人は真面目な顔で座っていた。最初に口を開くのは自分ではないと思ったので、アンセルはペストリーに手をのばした。

「それで、ミアは元気だったのかい?」ウォルターの質問にアティカスが答える。

「はい。怪我の心配はもう不要で、お二人から聞いたことも可能な限り話してきました。ぼくもまだ信じられないのですが、でもミアなら大丈夫だと思います」

「キャスったら、まだそんな他人行儀な口調をして。ウォルター、ミアにはもう全て伝えたわ。あとはみんなで見守るしかないんだし、誕生日を待つなんてしないで、アンセルにもいま伝えてしまいましょうよ」と、メイブがそう言いながらアンセルに向かってにっこりしたので、驚いたアンセルは飲み物にむせてしまった。

アティカスは、メイブが全面的に解禁した

らしい自分たちへの愛情表現にまだ慣れず、ウォルターと目を合わせ、その様子を面白おかしく眺めていた。

「そうだな。きみたちがもう立派な大人なんだということを時々忘れてしまうよ。ここへ来たのも、ついこのあいだのことのようだが、あのときは本当に嬉しかった」

ウォルターまで一体どうなっているんだ。アンセルは、ミレイアの話をするだけだと思っていたのに、叔母夫婦のやりとりに目を丸くしてアティカスのほうを見た。

「それは本当よ。キャス、アンセル。さあウォルター早く」ウォルターが頷く。

「わかった。アンセル、今から話すことは一生を左右するかもしれないからよく聞いてもらいたい。来月にはきみも二十一歳になって遺産を受け取る日がくる。以前、金額を伝えたことがあるが覚えているかい？」

「たしか二十万ドルくらいだと…」

いちいち自分のほうを見るアンセルにアティカスは顔をしかめ、二人へ集中するよう首をかしげて合図した。

「それはその、少しばかり控えめに伝えていたようだね」そう言ってウォルターは咳払いをした。

「アンセル、このことはミアにはまだ伝えていないんだけれど、実はね、あなたたちが受け取る保険金は二十万ドルじゃなくて、本当は二百万ドルなの。それも一人あたり」

「えっ二百？　二百なんてそんな、いったいなんで？」

「本当にごめんなさい。早くにこのことを伝えたら、あなたたちが家を出て行くかもしれないと思うと不安で…。ミアのことがあるから全員一緒にここに住んでいてほしかったの」

アンセルは訳がわからなった。金額の桁違いに驚いたばかりなのに、それがミアに関係していているっていったいどうしてなんだ。アンセルは首を振って途方にくれたが、ふとアティカスを見た。「このこと知ってたの？」

「最初に受け取ったのはおれだからね。まあ落ち着いて最後まで話を聞くんだ」

アンセルは、このことはあとできっちり問い詰めるぞという目でアティカスを睨み、メイブに向きなおった。

「アンセル、あなたたちに特別な力があることはもう知っているわ。それは聞いているわね？　でも、ミアの力についてはほとんど知らないでしょう？」

「まあ、ミアも何かあるんじゃないかとは考えていたけれど。でもその程度です」

「アンセル。あの、もう一つ打ち明けることがあってね。実はその…この家は元々あなたたちのものなの。そして、バーモントのほうが私たちの家で、あなたのパパやママと相談して家を取り換えていたのよ」

もう何でも来い、だ。アンセルは既に感情が麻痺してしまい、そう思った。

「それも、ミアが理由？」

「ええ、そうよ」メイブは微笑んでいるが、どこか悲しそうにも見えた。

「いったいどうして家を取り換えたりしたの？」

「その前にアンセル、あなたは具体的にどんなことができるの？」

「え？　あ、ええと、ぼくは念じるだけで自然に影響を与えることができます。手を使わずに火を熾したり、水を凍らせる、といったような。あと、触れなくても物を動かせます」

「すごいな、きみたちは本当に。でも、人前で使っていないこともちゃんとわかっているよ」

ウォルターとメイブは笑っているが、感心しているようでもあった。

「そうね。なんていうか、キャスとあなたの力は目で見ることができるから、慣れればある意味あんまり恐くないの。でもね、ミアの力はそうじゃない。アンセル、実はミアはね、時間を…止めることができるの」

アンセルは聞き違いだと思った。メイブは、姉が車を運転することができる、とでもいうような口調だったからだ。時間を止める？　そんなことができる人がいるわけはないと口を開こうとしたが、三人のいたって真面目な顔を目にすると、言葉がまるっきり出てこなかった。そして、やっとの思いで「ほんとうに？」と、アティカスに聞く。

「ああ、本当らしい」

「最初にわかったのはミアが一歳くらいだから、あなたはまだ生まれていないわね。でも不思議に思ったマックスとエルが監視カメラに録画したものがあって、それを私たちも確認したわ」

「えっそれは絶対見たい。でなきゃ信じられないよ、こんなこと」

「じゃあきみの力はみんな信じられるっていうのかい？」

ウォルターが優しく聞いたので、「あ、それもそうか」と言うしかなかった。

「でも録画テープはまだ残してあるんですね？　とりあえず見てみたい。でもミアは？」

「ええ、あの子は全く知らなかったわ。とにかく私たちは、わかった時点ですぐに話し合って、人も少なくてのびのびと暮らせるバーモントの家とここを交換したのよ。でも二人が亡くなってしまって…」ウォルターがメイブの手を取った。

「マックスとエルが亡くなりあなたたちはここに帰ってきたわけだけど、あれこれ仕事を言いつけたのはその力のことが理由だったの。疲れていれば力を使うことがないかもしれない、時間がなければ外出できないし、そのぶん人目を避けられるから力のことが明るみに出ない、と考えてしまったの。当時の私たちは誰にも相談することができなかったし、あなたたちに優しくして愛情が湧いてしまうと、厳しくするのは難しいでしょう？　本当に申し訳なかったと思うわ。ごめんなさいね」

「私たちは昔、メイブのお腹にいた男の赤ん坊を失くしていてね。きみたちがとても可愛かったよ。よく二人で夜中に、眠っている三人の顔を見に行ったりもした。まあ、とにかく、力のことが原因できみたちに何も起こってほしくなかったんだ」

そんなに厳しくされたかどうかうろ覚えだったから、アンセルは戸惑っていた。サラに甘やかされたことで相殺されていたのかもしれない。それに二人にそんな過去があったことは悲しかったが、なんて言葉をかけていいか全く思いつかない。気がつくと、「子どもならこれから徐々に増えていくと思うよ」と言っていた。

「そうよ、きっとそうなるわね。ダーラも二か月後には婚約しているし、あなたたちだっている。今後私たちはバーモントの自宅に拠点を移すけれど、仕事はニューヨークが中心だし、これからはいろいろ歩み寄っていけると思うと本当に嬉しいわ」

ウォルターとメイブは、やっと安心することができたというような笑顔を二人に向け、アティカスとアンセルも、二人を見て大きく頷いた。

「まずはアンセルのバースデーセレモニーが手始めだな。このあいだ言っていたように、ブライトンズコープ社の経営に興味があるのは変わっていないね?」とウォルターがアンセルに聞いた。

「経営に参加はしたいけれど、特にやってみたいことはIT関連で、そうだ、それで思い出した。この家のITルームには驚いたけれど、海外部門のセキュリティに少し強化が必要なところがあります」

「よし、さっそくアドバイザリー契約を検討しよう。修学に影響のないように調整するが、素案を見てもらって、この際、誕生日に契約日を合わせよう。どうだい？」

アティカスはアンセルを見て、メイブたちへ首をさっとかしげて合図を送った。

まあ、たいしたことではないけど、と思いながらもアンセルは伝えることにした。「実は、ぼくはもう全部の履修科目を終えているので、卒業するか院へ行くかで迷っているところなんだ」と二人へ報告した。

「まあ、アンセル！　素晴らしいわ。いつの間にそんなに優秀になっていたの」

「すごいじゃないか！　それじゃあ、時間があるなら実際にオフィスに来てみたらどうだろう。今後のことを決める参考になるのではないかな？」

ウォルターがそう言っている間に、メイブは部屋を素早く出て行った。

「そうだな、ええと。一度大学に戻ったあとならしばらくここに滞在できるので、そのときに行きます」アンセルはこの展開に驚いたが、優秀な企業であるブライトンズコープ社を見学するのは願ってもない。

「私は各部門のマネージャーと調整しておこう。これは楽しくなってきたぞ。キャス、なんならきみも一緒にどうだい？」

「見学には参加しますが、経営者はこいつで勘弁してください」と笑いながらアティカスが言ったとき、メイブがサラとモニカを伴い慌ただしく戻ってきた。どうやらシャンパンを持参したようだ。それを見て、アンセルは何もこんな大げさにしなくてもいいのにと照れくさくなり、顔を上に向け目をぐるりとさせた。

「さあ乾杯しましょう。お祝いすることがあるのはいいわね！　こうなったら何がなんでも一度ミアに戻って来てもらうわ。報告することがたくさんできたんだもの」

最初は照れていたアンセルだったが、シャンパンの美味しさや、みんなが喜んでいることで幸せな気持ちになっていた。サラとモニカは少し離れたところで飲んでいたのだが、アンセルはそこへ行くという失敗をおかした。どうしてこんな素晴らしいことを早く報告しないのかと、口調は丁寧だったが要するにサラに小言をもらってしまったのだ。

「わかった、わかったよ。今後は気をつけるよ」と言って、シャンパンのお代りをする振りをしてアンセルはその場を逃れた。

メイブはこの場をかりて、好きな部屋を選んで好みのインテリアに変えるなど、自由に家の中を整えるよう二人に提案した。ウォルターはアンセルと今後の連絡方法や次に会う日を決めると、二人は夕食もとらずにバーモントへと帰っていった。

兄弟二人だけの夕食の席では、やはりミレイアのことが話題になった。

「アンセル、ミアも自分の力はまだ知ったばかりで、戻って来たら真っ先に子どものころの録画を見たがると思う。自分以外の者がみんな知っていると面白くないだろうから、録画はそのとき一緒に見ることにしないか？」

「うん、わかったよ。大学や会社のことで考えることができたことだし」

「それと、これはイギリスで知ったことなんだけど…。ミアのもう一つの力もかなり大きなものらしい」

「えっどんな？」

アティカスは少し考えてから、ミレイアが滞在しているウェルワース家と、ディレイニーたちが持つ能力のことを先に説明した。そして、ミレイアの力のことはそこでわかったらしいことも。

「じゃあそのディレイニーってやつもキャスと同じってわけだね。何だかすごいな」

「問題は、ミアの力が本当かどうかどうやって確認できるか、そしてもし本当だと判明したときには、かなりの対策を考えないといけない、ということだ」

「そうだな。絶対に誰にも知られるわけにはいかないからね。でもミアがいなくちゃどうしようもないな。旅行を中断して早く戻って来てもらわないと」

「ミアはこの家のことはもう知っているから部屋のことで相談があることと、実際の保険金額の線で連絡してみよう。おまえからも、特別な誕生日だからとか何とか理由をつけて、一度戻ってほしいと連絡しておいてくれ」

「ならパーティーのためにスペシャルメニューをお願いしようかな」

「よし。あと、ミアと一緒にいるディレイニーは、モデル並みのいわゆるイケメンだぜ」

「ふーん、ぼくは気にならないけど」

「そうか。ならいい」

アンセルは夕食を終えると、ビールを片手に、家中の部屋という部屋を改めて見て回った。居間、応接室、図書室やゲストルームを合わせると十二もの部屋がこの家にはあった。ユーティリティールームを除いても、だ。大学の寮にいるあいだは部屋のことなんてどうでもよかったのだが、これから好きな部屋へ移れるのは嬉しかった。たぶんＩＴルームの近くを選ぶと思うが、キッチンから遠いのが難点だった。

地下へ行くと、奥にあるワインセラーにアティカスがいたので部屋の希望を聞いてみた。

「いま家の中を全部見て回ったよ。どの部屋に移りたいか決まった？」

なんと、地下にも、セラーも含めて三部屋あった。ユーティリティールームだ。あ、キッチンとサラたちのレストルームを忘れていたから十七部屋だな、と数え直したが、プールやシャワールームもカウントしていなかった。くそ、もう一度確認しなければ。

「そうだな。たぶんミアは三階の大きな部屋に移るはずだから、そしたらぼくは今のミアの部屋へ移れる。そのあと壁を取り払い、今まで使っていたほうをワーキングスペースに変えようと思う」アティカスは二本のボトルを交互に見比べながら答えた。

「なるほど、いいアイデアだ。ミアに戻ってもらうちゃんとした理由があるじゃないか。何を処分して何を買い足すか、自分がいないときに決められるのはいやなはずだからね」

「それがベストだな。上へ戻ったらさっそく連絡しておくよ」

アンセルは頷き、三階、いやこの際だからプールと屋上庭園も見ておこうと上へ向かいかけたとき、アティカスが声をかけてきた。

「アンセル、ここにあるワインは勝手に飲むんじゃないぞ。普段用じゃないからな」

「じゃあ自分が手に持っているのはなんだよ」


屋上に来たアンセルは、アティカスにああ言ったものの、ミレイアには自分でも連絡するつもりでいた。今年の誕生日はどうやら重要になりそうだから、本当にミレイアにパーティーの食事を作ってほしかった。屋上で夜景を眺めながら携帯を取り出し、さっそく交渉に取りかかった。

少し待っていたが返信がないため、アンセルはまた部屋の確認へと戻った。結局、ＩＴルーム近くの今よりも広いこの部屋へ移ることになりそうだが、室内の色合いが気に入らなかったためＰＣでリフォーム業者の検索に取りかかった。

同じとき、別の場所では雇い主から叱責されている者がいた。今後の収入源となるべき有力企業の獲得が確実になりそうだと報告を受けていたのに、それが撤回されたからだ。有能な部下がその企業のトップの娘との婚約までこぎつけ、ニューヨークの邸宅へ入り込んだあとは会社もろとも手中に収めるはずだった。だが、ふたを開けてみれば家は親戚名義、つまり、その娘と結婚してもそこに住むことはないと判明したのだ。

仕方がない。こいつは向こうでは信頼を得てはいるのだ。利用価値はまだある。これからもそこの調査を継続させ、今は少しでも活動資金の入手経路を確保しなくては。

「資金や人材にあれだけ犠牲を払っても成果は得られていない。その間はブライトンズコープ社が頼みの綱だということを忘れるな。誰も家に入り込めないとなれば、お前が会社での昇進をめざせ。それができないなら他の者を検討する。いいな?」

部下はこれまでに、能力者を使った実験による彼らの事故死や、計画に失敗した者たちの末路を見てきたため、自分が成果を得られなかった場合を想像し身が凍る思いがした。だが、いくら恐怖を覚えようとも命令を断ることは誰にもできないのだ。誰にも。

「はい、次は必ず喜んでいただけるよう力を尽くします。婚約パーティーには、参加をお忘れなきようお願いいたします」

chapter

7

ウェルワース家

―次々と明かされる秘密への戸惑い―

ミレイアは、ソフィアの言葉を頭のなかで反芻していた。七百歳…。ああ、こんなこと本当に手に負えないわ。力を使えば寿命が延びるってこと？　でも待って、副産物と言っていたから、何もしなければほかの人と同じってことよね？　それならソフィアとデルの関係はどうなっているのかしら。そのとき、ソフィアの笑い声がしたのでミレイアは我に返った。

「あなたの心の声が聞こえるようだわ、ミア。理由としてはこうよ」

ソフィアはホームバーからシェリーをグラスに注ぎながら、説明を始めた。「私たちの力は祈りに似ているわ。この世の存在を思い、全ての源である光のパワーを取り込むけれど、祈るという行為そのものがパワーを与えてもいる。それは同時に私自身にもふりかかるわけだから、私そのものが癒されていく。それが原因だと思うのよ」

「何がどうなっているのかわからないわ、ソフィア。あなたは最初から知っていてそうしてきたの？　でも、じゃあデルは？　デルとの繋がりはどうなっているんですか？」

ソフィアは微笑んだまま答えないので、ディレイニーがその疑問に答えた。「ソフィアとは確実に血縁関係にあるけれど、何代前なのかは歴代図を用いないと説明不能だ。歴代図は礼拝堂にあるから修復を終えたら見に行けるけれど、ぼくにはソフィーと同じ能力はないから寿命は普通だよ」ディレイニーは繋いだ手を一度ぎゅっと強めてから離した。

そんな、じゃあわたしがソフィアのように力を使ったとしたら…。その先は考えたくなかった。デルはそれに気づいていたのね。悲しそうなのはそのせいだったんだわ。喜ぶべきなのか悲しむべきなのか、ミレイアはわからなかったが、感謝の心を必死にかき集め二人へ告げた。「とにかく、明日はお二人への食事づくりをさせてください。旅行は諦めることになりそうですが、ニューヨークへ戻って家族ともう少し話し合うことにします」

「ええもちろん、あなたが思うとおりでいいのよ、ミア。やりたいことは全て実行なさい。私は私のするべきことをしながらあなたのことを待っているわね。さあディレイニー、次はあなたの番よ」

ミレイアは、本音をいうとこれ以上話を聞いても理解できるかどうかわからなかった。それを察したかのように、「今日はもう休んだほうがいいよ。なんだか気分が悪そうだ」と、ディレイニーは言った。

「そうね、ありがとう。では、食事づくりは明日のディナーにしますね。いろいろプランを練りたいので、今日はもう休ませてもらって構わないでしょうか」

「もちろん、いいわ。驚かせてしまって本当にごめんなさい、ミア。でも正直に伝えなくてはならなかったの」ソフィアの言葉にミレイアは頷いた。

「部屋まで送っていくよ」

ディレイニーに何か言わなければと思ったが、何も浮かんでこない。そのまま部屋の前まで到着すると、意外なことにミレイアが断る間も与えず彼は部屋の中へと入り込んだ。

「ミア、明日の食事のことだけど、ぼくらのために無理はしないでほしい。明日はプランを変えて、どこかへ出かけるのはどうかな。もちろん、ぼくは一緒に行くけどね」

気分転換の提案らしい。それはそれで嬉しかったが、いまは料理をしたい気持ちのほうが強かった。「わたし、無理はしていないわ。ナディアさんが手伝ってくれるし、久しぶりに本格的な料理がしたいの。本当よ」

ディレイニーは、その言葉が真実かどうか確かめるようにミレイアを見つめていたが、やがてキャビネットへ向かい、グラスにシェリーを注ぎナイトテーブルへ置いた。

「わかった、きみのディナーを楽しみにしているよ。じゃあ、おやすみ」と言い、ディレイニーは部屋を後にした。

一人になったミレイアは、眠る前に明日のメニューを書いたメモを見直そうとライティングデスクへ向かったとき、ふと部屋の違和感に気がついた。何だろうと思い見回したが、特に変わったところはない。しかし、何かに見られているような感じがしていた。

ジュリアのギフトショップで購入したものを置いた、ドレッサーのあたりが何だかおかしい。ミレイアはそこを見ながら考えた。ドレッサーへ置いたのは、香水ボトルとタロットカード、それに小さな天使の置物が一つだったはずだ。

あれは。でもあれは何だろう。と思うと同時に、ミレイアは悲鳴をあげていた。小さな何かが、透明な何かがドレッサーで動いたのだ。

ドアにノックがあり、すぐにディレイニーの声がした。「ミア！　どうかした？　入るよ」

ミレイアは、ディレイニーへさっと近よりドレッサーを指差した。「何かがいるみたいなの」

ドレッサーへ近づくディレイニーの背中へぴったり張り付きながら、恐る恐る覗くとディレイニーが言った。「あっ動いた」

そしてそれは飛んだと思うと、ぽとんとベッドへ着地した、ように見えた。それは、ピンクやオレンジ色の透きとおった体をして、少し長めの尾が付いていた。

「これって鳥？　クジャク、ってことはないわね。それともこの辺りには野生のクジャクがいるの？」

見ていると、ふわふわっと飛んで（浮かんで？）、次はベッドのヘッドボードへ移動した。

「野生のクジャクはいないよ。鳥のようではあるけれど、うーん、そうだな…」

そこでディレイニーは言葉を切り、ミレイアを前へと押し出した。小さなそれは、ふわりと飛んだかと思うと、今度はミレイアに軽くぶつかり始めた。ときどき姿が見えなくなるがまたすぐに現れ、トントンとぶつかることを繰り返した。

「この子、どうしてぶつかってくるのかしら」

子猫ぐらい小さくてなんだか可愛いが、これまで見たこともない生きものだった。最後に、大きく飛んでミレイアの肩に止まったと思ったとき、急に姿が見えなくなっていた。

「あっ、どこに行ったの？　消えちゃった」

「消えたというか、今のはたぶん、きみのパートナーかもしれない」

「パートナーって、どういう意味？　これも特殊な力がらみということ？」

「うん、そう。ソフィーにもいるよ、別の種類だけど。でもこんなに早く現れるとは思わなかった。ソフィーなら上手く説明できると思うけれど」

「そう。でも、もう遅いから明日にしましょう。デル、あの、お願いがあるの」

ミレイアは、夜中に目覚めて一人で未知の何かに遭遇したところを想像してしまい、少し怖気づいていた。

「なんだい？」

「今日は近くの部屋にいてくれないかしら。夜中にまた何かが現れたら、どうしていいかわからないから」

「あいつに害はないと思うけど、でもわかった。きみが怪我をしていたときと同じ部屋に居るようにするから安心して」

「ありがとう。じゃあ、おやすみなさい」

ディレイニーが部屋を出たあと、しばらくは落ち着かなかったが、あの子の気配はもう感じない。近くでしている物音は、ディレイニーが隣の部屋へ来たからだろう。よかった。明日は朝早いのだから、しっかり睡眠をとらなくては。

ミレイアはドレッサーから天使の置物を取り、家族の写真と一緒にナイトテーブルへ並べた。そしてシェリーを飲みほし、キルトの中へともぐり込んだ。

ミレイアはまず、キッチンの仕様を頭に入れクロワッサンづくりから取りかかった。まだ朝の四時で気温が低く、発酵に時間がかかるからだ。パントリーや冷蔵庫の中に必要なものは全て揃っていた。野菜やほかの材料を洗い、今度はライ麦パンの生地をこねる。レーズンとクルミを入れて仕上げる予定だ。

ミレイアがスープの仕込みに取りかかったとき、ナディアがキッチンへ入ってきた。

「おはようございます。お早いですね。わたしは先に朝食の用意をして、そのあとお手伝いいたします」

「ええ、よろしくお願いします」

ある程度仕込みを終えたので、十時ごろ休憩代わりに庭へ出ることにした。そうだ、キッチンガーデンを見なくちゃ。ディルとバジル、それに食用花があれば最高なんだけれど。

大当たりだ。休憩のつもりだったのに新鮮なハーブ類が手に入ったので、小エビのテリーヌとサラダなどに使おうと、レシピを少し頭のなかで変更した。

わたしはやっぱり料理をするのが好きだ。人が自分の料理を喜んでくれるのは、何よりも満足感と幸福感が得られる。そこでふと、植物に感謝の気持ちを伝えてあげてというソフィアの言葉を思い出した。そうよ、これくらいのことなら一人でトレーニングできるでしょう？　まずはやってみること。そう決めると、〝分けてくれてありがとう、大切に使うわね〟と、心のなかで語りかけながら植物に向かって手をかざした。それを終えると、ミレイアは散歩を再開した。

ディナーは六時からと、ディレイニーとソフィアに伝えてあった。ミレイアがアペリティフとして用意した、ハニーレモンのラム酒シャーベットを携えダイニングルームへ向かうと、二人は時間どおりに着席していた。二人ともフォーマルに装っており、ミレイア自身もプロらしく見えるよう、黒のスラックスとアイボリーのブラウスで給仕にあたった。

可愛らしいグラスに入ったシャーベットを二人の前に置き、説明を開始した。風味づけに庭のハーブを利用したことを伝えるとソフィアは喜んだ。ミレイアは隅で控え、二人がシャーベットを食べ終えるのを見守った。

次に、卵白で灰汁を完全に取り除いたコンソメスープとクロワッサン、そしてホワイトアスパラガスと黒オリーブをアクセントにしたグリーンサラダを運んだ。キッチンガーデンから摘んだ赤のナスタチウムとラディッシュが、サラダに華やかさを添えている。

「とても美味しいわ、ミア。デルから聞いてはいたけれど、本当に嬉しい驚きだわ」

「ありがとうございます。続きまして、小エビとユリネの野菜テリーヌコンソメジュレは、さわやかなソーヴィニョン・ブランとどうぞ。本日のメイン料理、チキンフィレにフォアグラとトリュフを重ねたパイ皮包み、そしてローストビーフにはマッシュルームとグリル野菜を添えてあります。赤ワインソースの隠し味に日本のソイソースを使いました。グリル野菜はハーブ入りレモンバターでお楽しみください。メインディッシュワインとしまして、エルミタージュ・ルージュ一九八八年ギガルをお持ちしました」

そこまでの説明を終えるとディレイニーが一段と嬉しそうな笑顔を見せ、「最高だよ！ミア」と声をかけた。ディレイニーはローストビーフをあっという間に平らげ、おかわりを欲しがったが、デザートの内容をほのめかすと踏みとどまっていた。そしてソフィアも今までになく食欲をそそられたようで、皿の上の料理はきれいになくなっていた。

続いて、レーズンとクルミ入りのライ麦パンを薄くスライスし、ミモレットとパルミジャーノ・レッジャーノを添え、シャトーリユーセック・ソーテルヌを小さなグラスで出す。締めくくりのデザートは、ビスキュイをベースにしてチョコレートとフランボワーズのムースを重ね、それをグランマルニエ入りのガナッシュで包み、濃厚なベリーソースを添えた。ミレイアの自信作の一つで、甘いソーテルヌによく合うのだ。二人の顔を見ただけで喜んでくれているのがわかる。良かった、大成功だ。

「ミア、こんなに美味しいコースは久しぶりだったよ。ありがとう」と言ってディレイニーはワイングラスを持ち上げ、乾杯の仕草をした。

「あとはナディアに任せて、あなたもお座りなさいな、ミア」と言い、ソフィアはミレイアの食事をナディアに頼んだ。

「喜んでいただけたようで何よりです。怪我をしたときからお世話になってばかりで、お礼をするとしたら、わたしには料理しかなくて。久しぶりのコースメニューで、わたし自身も楽しむことができました」

「あなたの料理はこんなに素晴らしいのに、大勢の方に楽しんでいただけないのはもったいないわね。これだけの美味しさなら個人シェフの契約も引く手数多《あまた》のはずよ」

ミレイアは、ソフィアの手放しの褒め言葉に純粋に喜びが込み上げていたが、話題を昨日見た不思議な生きものへと変えられないか、ディレイニーへサインを送った。当のディレイニーは、まだデザートを楽しんでいてサインに気づかない。そこで、ソーテルヌを一口飲み咳払いをして注意をひき、首を軽くソフィアのほうへと傾けてみせた。

ディレイニーは最初きょとんとしていたが、はっと思い出し、慌てて言った。「ところでソフィア、また報告することがあるんだ。きのう遅くにわかったことなんだけれど、どうやらミアに、パートナーが現れたみたいだ」

「まあ、もうなの？　それは想定外だったわ。二人で見たの？　どんな姿だった？」

ミレイアはまず、そのパートナーというものが何なのか知りたかった。「デルが、ソフィアにもいるって言ってました。いったいパートナーって何なのか教えていただけますか？」

「あら、そうだわね。そうね、わかりやすく言えば分身というところかしら」

その説明に目をみはる。「分身…あの、念のため言いますが、見かけたのは人の姿ではありませんでした」

ソフィアは笑い、ディレイニーへ言った。「デル、もうナディアが来ないようにドアを閉めてちょうだい」ソフィアは席を立ち、窓辺の少しスペースがあるところへ移動した。「ミレイア、驚かないでねと言っても無理でしょうけれど、よく見ていてね」

ソフィアは左手を肩の高さまで上げ、手のひらを後ろへ向けて言った。

「セラフィーナ、le do thoil（お願い）」

ミレイアは、あまりの驚きに立ち上がり、またしてもディレイニーの背中へ隠れることになった。あろうことかドラゴンが、ドラゴンにしか見えない生きものがソフィアから現れたからだ。それは黄金色の目を持ち、青緑色をした大きな体を持っていた。

「この子の名前はセラフィーナというの。フィーナ、さあミレイアにご挨拶を」

それを聞いたセラフィーナは、さっと飛び今までソフィアが座っていた椅子の背に着地し、ミレイアに向かってキュルルキュルル、と声を発した。

「頬のあたりを撫でてみて。大丈夫だから」と、ディレイニーがミレイアの肩に両手を置きながら言ったので、勇気をだしてそっと撫でてみた。セラフィーナはミレイアを受け入れたようで、うっとりと目を閉じている。

「フィーナ、お散歩してくる？」

そう言ってソフィアが開けた窓から、セラフィーナは出て行った。

つまり、あれがパートナーということ？　ミレイアは驚きで言葉が何も出てこなかった。

「もう現れたなんてすごいわね。どんな種類だったの？」

ミレイアはどう説明していいかわからず、とりあえず姿を伝えることにした。「わたし、あれが何という生きものかはわかりません。目はブルーで、姿は透きとおったピンクやオレンジ、それにグリーンが混ざっていて少し長めの尾をしていました。飛ぶ姿はおぼつかない感じでしたが、どうも鳥のように見えました」そう言って顔をディレイニーへ向け、助けを求めた。

「うん、見た目はミアの言うとおりだ。ソ

フィー、文献で見たものから判断すると、おそらく、アジアで霊鳥といわれている鳳凰じゃないかとぼくは思う」

「やっぱり。聞いた感じでそうじゃないかと思ったわ。ミレイア、あれはね、私たちのような力を持つ者にはしばしば現れる、いわゆるお助け係りよ」

「お助け、ですか？」

「そう。意思疎通が働くようになれば頼み事を聞いてくれるようになるし、能力も共有できるようになるのよ。もちろん、練習が必要だけれど。大きさはどれくらいだった？」

　昨日見た感じを思い描きながら、「とても小さくて、子猫ぐらいだったと…」と説明すると、ディレイニーも頷く。

「まだまだ赤ちゃんね。頻繁に出てこようとするから、真っ先にするべきことは名前をつけて、あなたの指示で現れることと隠れるように訓練することよ」

　不思議なことに、ミレイアはパートナーのことが不安ではなくなっていた。それどころかなぜか喜びが湧き起こり、正直に二人にそう伝えた。そして、「セラフィーナは名前からすると雌なんですね。あの子はどっちかしら」と、ディレイニーに顔を向けた。

「うーん、見ただけでは何とも言えないな。いま出て来るようお願いしてみたら？」

「そんなに簡単にいくかしら？」

「ミア、心のなかで呼びかけるの。姿を思い出しながら語りかけてごらんなさい」

ミレイアは再び椅子に座りソーテルヌを一口飲んで気持ちを落ち着かせ、半信半疑ながらもソフィアの言うとおりに試してみた。

〝ねえ、もう一度出てきて。怖くないわよ、お友達になってみない？　お願い〟

昨日見た姿を思い出しながら、優しく語りかけてみた。すると、どこからか〝チーキュン、チーキュン〟と鳴き声がして、ミレイアの背後から、それは現れた。小さな羽をばたつかせ、周りをふわふわと危なげに飛び、ミレイアの膝へと着地した。驚いた。本当に現れたわ！

ソフィアは嬉しそうだ。「まあ、なんて可愛らしいの。ディレイニー、あなたが言った鳳凰かどうか、まだわからないかもしれないわ。でもミア、この子は一生あなたを守護してくれるようになるわ。そうね、最終的な大きさは、きっとフィーナぐらいになるかもしれないわね」

「守ってくれるということは、何処にいてもついてくるということですか？」

「ついてくるというのとは少し違うわ、この子はあなたの中にいるんだもの。ふだんは背中の首から腰の間で休んでいるようなものね。でも重さは全く感じないのよ」

それを聞いても安心はできなかった。

「でもコントロールは簡単にいくでしょうか。人前で急に現れたりなんかしたら…」

「あれこれ心配する前に、いますぐ名前をつけましょう。そうしたらこの子も自我が目覚め始めて、訓練が容易くなるわよ。それから、これは推測だけれど、この子には雌雄がないかもしれない。宇宙的な生きものだから」

ああ、なんてこと。知らないことばかりで本当にわたしの手に負えるかしら。ゆっくり撫でているあいだも、キューキューと鳴き声を出している。そっと両手で包み、目の高さまで持ち上げて目を見つめると、くりっとした青い目で一心にミレイアを見返している。

「今から、あなたに名前をつけるわね。でもどんな名前がいいかしら」

ミレイアはいくつか考えたが、ぴんと来る名前が浮かばず、「何かアイデアはありませんか?」と、二人に助けを求めた。

「すぐに浮かぶのは…あなたのミドルネームや好きな都市の名前とか、かしら」

ミレイアはにっこり笑い、「わたしのミドルネームはエリアス。でも好きな都市はよくわからないの、行ったところが少ないから」と付け足す。

続いてディレイニーが、「ラテン語とかはどうかな。光という意味の〝ルーク〟、永遠の〝イーオン〟…そうだ、天や星座を表す〝アストラ〟か、平和という意味の〝パークス〟はどう?」と提案した。

ミレイアは、〝パークス〟という言葉に反応した。

「パークス…何だかきらきらしている印象なのに、平和という意味なのね。素敵」と言い、ディレイニーを見て微笑んだ。

透明になって姿が見えづらくなるため抱くときは危なっかしいが、もう一度目の高さで抱きあげ、言った。「ねえ、パークスという名前はどう？　好きになれる？」聞いたって答えはないが、キュキュッと鳴いたので承諾の返事だと解釈してよさそうだ。

「気に入ったみたい。決めたわ、この子はパークスと名付けるわ。ありがとう」

三人は顔を見合わせ笑い合った。

「あなたはたった今からパークスよ、わかった？」そう言ってパークスに頬をよせた。ふとテーブルを見ると、パークスの食事が気になった。

「そういえば、パークスには何を食べさせたらいいかしら」

「基本的にはいらないと思うわ。疲れたり眠くなったりしたときは自然にあなたに寄り添うから、それでエネルギーを得るはずよ。セラフィーナもそうだから」

続いてディレイニーが、「大きくなったらセラフィーナのように自分で食事を捕るようになるよ、きっと」と笑った。

なるほど。大きくなったときのことはあとで考えることにして、とりあえず餌の心配はいらないようだ。

ソフィアがさらに続けた。「早く意思疎通を図るために、簡単な言葉をかけ続けるといいわ。たとえば、来て、見て、戻ってとか静かに、は必須よ。あとは、ありがとうや一緒に、とかね。体に触れながら心で語りかけるだけでもいいわ。でも勘違いしないでね。ペットではなく、パートナーだということを忘れないで」

ミレイアは少し不安になったが、現れたものは受け入れるしかなかった。「はい、そうします。本当に思いもよらないことばかりで。でもこの子とのことを最初の訓練にしたいので、よければもう二、三日滞在させていただけないでしょうか」

「もちろん構わないよ、ミア」と、ディレイニーは即座に承諾した。そしてソフィアも、「そうよ、ミレイア。私たちがいるのよ、一緒に一つずつ進んでいきましょう」と励ましてくれた。

セラフィーナが戻ってきたので、ソフィアはセラフィーナとパークスを引き合わせた。

ダイニングルームの片付けはナディアが引き受けてくれることになったので、ミレイアは部屋へ戻った。ディレイニーが一緒に来てくれた安心感から、さっそくパークスに呼びかけ、部屋の中で自由にさせてみた。ディレイニーもパークスに興味津々だった。そうだ、仕事のことを聞くなら今だ。

「デル、あなたの仕事のこと、聞かせてくれるのよね？」

ディレイニーはパークスから目を離し、おっと、というような表情をしたが、「そうだった。そのためについて来たのに、こいつが面白くて」と言ってパークスから離れ、ミレイアに倣いソファーへ座った。

「きみの兄さんに同じ能力があると知って嬉しかったな。アメリカでの支援活動も気になるしね。ぼくの仕事もある意味では支援することなんだ。対象者がぜんぜん違うけれど」と、ディレイニーはそこで言葉を切ったので、ミレイアは不満だった。

「ディレイニー、あなたは最初からはぐらかしてばっかりね。今もそう。どうしてなの?」

ミレイアがそう思ったのももっともだが、ボスからはもう承諾を得た。交換条件を出されたが、たぶんミレイアは引き受けてくれるはずだ。よし。「ごめん、今から話すよ。実はぼくは、世界中に散らばっている盗まれた絵画や工芸品を取り戻し、それを国家や個人の持ち主へ返すことを主な仕事にしている。その際に入手した情報もかなりの報酬になる。そして、ロイヤルファミリーのなかの一人が、ぼくの上司だ」

ディレイニーの説明を徐々に理解していくと、ミレイアは両手で口をおさえていた。ファミリーって、あのファミリー?

「そ、それはまたすごい職場ね。なるほど、はぐらかさざるをえないのがわかったわ。世界中と言ったけれど、徒歩やレンタカーを使って、ではないわよね、もちろん」

「ご名答」と、ディレイニーは目を輝かせて答えた。

ミレイアは両手をこぶしにしてこめかみをぐりぐりと押しながら、「ああもう困ったわ、あなたの仕事にも興味がでてきた。その上司って誰なのかは教えてくれるの？　それとも…」と言って促してみた。

「今は名前を明かせないけれど、その…ある報告がきっかけできみのことを話さなくてはならなくて、最終的には、きみが面会を承諾すれば名前を教えていいことになっている。イギリスでは能力を持つ者は国の特別機関に報告する義務があって、法の管理下にあるんだ」

ミレイアは、それを聞いて大きく息を吐いた。「わかったわ。いずれ訓練することになれば長くイギリスにいなければならないから、面会はそのときでも構わない？」

「わかった。今はそう報告しておくよ。でも、何だかそのときが楽しみだ」

「わたしも。このことは、わたしがまたここへ来たときに相談しましょう」

そう言ったのは、早くグラマシーへ戻り、自分の拠点を築くことが先だと思えるからだった。ディレイニーは、「わかった。でも、きみとパークスに会えなくなるのは寂しいよ」と、顔を赤らめながら真剣なまなざしで言った。ミレイアは、「わたしも」と答えるのが精一杯だった。


翌日の朝食の席では、やはりパークスが話題の中心だった。

「いまは姿を現すように呼びかけ、クッションの上に座らせて静かにしていてね、といったことを試しています」

「どう？　パークスには伝わっているかしら」

「はい、呼びかけに出てきてくれます」

次にソフィアは、「小さいうちはあまり離れないほうがいいわ。食後に外へ連れ出してみましょう。デル、あなたは時間の許すかぎり文献をあたってみてくれないかしら」とディレイニーへ頼んだ。

「そうですね、先に図書室を探して、見当たらなければ何とかして礼拝堂の書物庫へ行ってみます。ミア、パークスと親交を深めるためにソフィアとサークルの周辺を散歩したらいいと思うよ。向こうのほうがエネルギーは強いから、パークスとの一体感が早まるかもしれない」

「それいいわね。私がすることも見せてあげられるから、訓練のスタートとして適していると思うわ」

ミレイアはそれくらいなら大丈夫だと思ったので、「ぜひお願いします」と承諾した。

食後は自室に戻り、荷物の整理を少しずつ始めることにした。まずは、ここ数日は着そうにない衣類からスーツケースへとしまう。衣類の間に割れると困るお土産類を詰め、取りあえずの作業は終えた。ふと、ウェルワース家の三人へ何かプレゼントをしたくなったので、あとで時間を見つけて買い物に行こうと思い立った。

ベッドでふわりと飛んではポスンと着地する遊び（？）を繰り返していたパークスへ、

慎重に名前を呼び、〝戻って〟ということを心で念じてみる。パークスは、時間はかかったもののミレイアの言うことを理解したようだ。何とかミレイアの頭上を越え、そして背後で気配が消えたのがわかった。ちょっとしたこの進歩に嬉しくなり、すぐにソフィアを探し散歩へ誘った。

ソフィアから、ずっと徒歩でも大丈夫か尋ねられたので、ミレイアは足の怪我はもう何の問題もないことを伝えた。ソフィアが小さなバスケットを持っているので、きっとナディアがおやつを持たせてくれたのだろう。

礼拝堂へ向かいながら、パークスを呼び出して腕に抱いたり、どこまで飛べるのか放したりした。礼拝堂へ近づくと、ソフィアが驚いた声で言った。「あら、プランターの花が」

ミレイアはパークスを抱いたまま急いでかけ寄り、プランターを見た。花が満開だった。まさかこれは、あのときの結果だろうか。

「実は散歩でここへ来たとき、言われたことを思い出して言葉をかけて帰ったの。ありがとう、またたくさん咲いてねって」

「よかったわ。きっとそれに答えてくれたのよ。これからも機会があったら同じようにしてね。弱った動物にも、体調がすぐれない人にでも。これはこの能力の基本的なことで、同時にあなたの力も高まっていくのよ」

二人は、このあと丘へとコースを変えた。ストーンサークルを見下ろせる位置まで来ると、少しのあいだ、そこからの景色を楽しみ湖の近くへ下りていった。そしてブランケットを敷き、バスケットの中身を広げる。

ミレイアは、この前ソフィアから聞かされたことについて、純粋な疑問を投げた。「ソフィアさん、あなたは長い人生を過ごしているわけですが、その…この国での住民登録のようなものはどうなっているんでしょうか」

「それについてはディレイニーに任せているの。パスポートのこととかもね。ディレイニーは仕事の話はもうしたかしら」

「はい聞きました。ロイヤルファミリーの一人が上司だとか、能力がある者は報告の義務があるということも。ではあなたも？」

「ええそう。簡単にいえば、ある時期まで来ると身分を更新するような感じかしらね。さあ、ミア。この話はこれくらいにして、サークルへ行きましょう。私のやり方を見せてあげる。パークスには戻ってもらったほうがいいわ」

食後の片付けを終え、パークスがミレイアの中へ戻ったのを確認すると、ソフィアは言った。「私たちのこのパワーは、主に宇宙のエネルギーを取り込むことが重要なの。見ていて」

そう言ってソフィアは一人サークルの中へと入っていった。ソフィアは両目を閉じ、手を左右へ大きく広げた。すると、ミレイアが感じたようにサークルが振動を始め、ピンクに色づいた半球体がソフィアを包み始めた。それはまるでソフィアを守るシールドのようでもあったが、徐々に広がっていきストーンサークル全体を覆った。

半球体は、ほどなくして輝きが弱くなっていき、同時に振動も小さくなっていった。ソフィアが手をおろし空へ向かって何か呟くと、どちらも完全に消えてしまい、ソフィアはミレイアのところへ戻った。

「こんな感じかしらね。まずは宇宙の一部になることに意識をもっていき、宇宙の中心部分を想像するの。あくまでも想像よ。そして、いわゆる地球の弱った部分や人々のことを想えば、自然にそこへエネルギーが伝わっていくの。私は特に地震や森林火災といった自然災害が起きたところや、助けが必要な子どもたちのことを想っているわ」

「そのエネルギーはどこにあるのか、ソフィアさんは知っているんですか?」

「そうね、いずれあなたも経験していくと思うけれど、実践しているといろいろなところと意識が繋がるわ。宇宙だとしか思えないようなところよ。きっとそこからだと思うわ」

ミレイアはまだ信じきることができない。きっと顔にそれが出たのだろう、ソフィアが言った。「これぱかりは実践しないと経験できないの。とにかく、植物にパワーを送るのも地球上のどこかにそうするのも、やっていることは一緒よ。だから、ニューヨークへ戻ってもできるだけ自然や動物に触れてほしいわ」

「わかりました。そうすると、パークスたちが存在する理由、つまり彼らにはどんな役割があるんでしょう」

　その質問にソフィアは、そんなことはわかりきったことだというように、「その答えは簡単よ、ミア。私たちの仕事、あえて仕事というけれど、その仕事中に何か困ったことが起きたとき、人にヘルプを求めることができないからよ」と言った。

　なるほど、納得だ。「つまり、完全に意思疎通ができるようになれば、わたしの指示に従うようになるし相談できる友達になる、というわけですね」

「そういうことになるわね。ディレイニーはフィーナとパークスを遊ばせてと言っていたけれど、エネルギーの差を考えると、それはまだ早いかもしれない。そろそろ戻りましょうか」

　二人が屋敷へ戻ると同時に、ディレイニーが図書室から出てきて言った。「調べたかぎりでは、パークスに似た記述は見つけられなかった。もう少し続けたいけれど今日は任務があって、もう出かけなければならないんだ」

　それを聞いてミレイアは少しがっかりしたが、ジュリアのギフトショップか近くの街に行くつもりだったことを思い出した。

「わたしも出かける予定よ、数時間だけど。ねえデル、わたしパークスとうまくやっていけそうな気がしてきたから、調べものは無理しないでね」

「うん、ありがとう。とにかく何か見つけるまでは続けるよ。どっちにせよパークスのことを記録しなくてはならないしね」ミレイアは、ためらいがちに「今日のうちに戻れるの？」と聞いた。

ソフィアはそっとその場を離れた。

「いや、早くても明日の昼ごろかもしれない。ミア、ぼくが戻るまで居てくれる？　きみがここを発つときは、ぼくが空港まで送りたいんだ」

「実は、キャスと弟のアンセルからも帰るよう催促されていて、明後日の飛行機を予約するつもりなの。だから、空港まで送ってもらえたら嬉しいわ」

「わかった。できるだけ早く戻るようにするからね」と言い、ディレイニーは出かけた。


どうしよう、ディレイニーのことを本気で思い始めている。ミレイアはレンタカーで街へくりだそうと思っていたが、歩いてジュリアのギフトショップへ行くことにした。ディレイニーの外出が寂しく、遠くへ出かける気がしなくなっていた。

ギフトショップは、この日も繁盛していた。ジュリアが他の客を対応しているあいだ、ゆっくりと店内を見て回る。今日は、ウェルワース家の三人のための買い物だ。幸い、ソフィアのためにはドラゴンの形をしたランプとアロマディフューザーのセットが、ナディアには淡い水色のショールがすぐに見つかった。さて、問題はディレイニーね。男性用は何があるかしら。

店内をほぼ一周したが、これだと思えるのが見当たらなかった。最後に、ブレスレットを見つけたキャビネットへと向かった。よかった、男性用もいくつかある。パスケース、万年筆、それにサングラスやタイピンがある。

ジュリアに声をかけ扉を開けてもらい、男性用アクセサリーのトレイを出してもらった。よく見ると、ピンヘッドがドラゴンや妖精、鳥の形になっているタイピンがあった。鳥……そうだわ、鳥はパークスを思い出させる。つまり、これを見たらきっとわたしを思い出してくれるかも、と淡い期待を抱いた。

カウンターへ行くと、香水コーナーにガーゴイルのボトルを見つけたので尋ねると、スパイシーでちょっぴりセクシーな香りのする男性用コロンとのことだったので、それを四つ買い求めた。三つはアティカスとアンセル、ウォルター用だ。選んだ商品は全て、プレゼント用のラッピングをお願いした。そしてジュリアへお世話になったお礼を言い、しばらくアメリカへ戻るが必ずまた来ますと伝え、店をあとにした。

屋敷へ戻り部屋で買ったものを並べた。ウェルワース家三人へのプレゼントはドレッサーへ置き、それ以外はトラベルバッグへしまった。

ソフィアとナディアにはディナーのときにプレゼントを渡した。二人とも、とても素敵だと喜んでくれた。そして明後日アメリカへ発つことを告げ、その日はディレイニーが空港まで送ってくれることを報告した。

翌日の朝食後、ミレイアは小雨のなかを一人で散歩へ出かけた。もちろん礼拝堂とストーンサークルだ。今日は、写真を撮るために携帯電話とタブレットも持参した。

礼拝堂やその周囲、ストーンサークルと湖の写真を思う存分撮ることができた。そして電話とタブレットを置いて、恐る恐るだがサークルへと入っていき、ソフィアを真似て腕に意識を集中した。すると、頭のなかに様々な景色が入り込む。そのなかには、見覚えのある外国の遺跡や、イエローストーン国立公園も出てきた。実際にそこに居るような感覚に陥ったので、大変なことになる前に意識を目の前の景色へ戻す。いま見えた景色の所へは、実際に行く必要があるのかもしれない。

最後に丘へ立ち、そこからの雄大な景色を心ゆくまで眺めて屋敷へと引き返す。遠くに見えるウェルワース家の屋敷と、そして近距離からの姿もタブレットへと撮りおさめた。

屋敷の中へ入ると、居間でソフィアとディレイニーがランチを始めるところだった。

「お帰りなさい、ミア。あなたもいらっしゃい」

ディレイニーがミレイアを見て微笑む。

「お帰りなさい、デル。わたし、先に荷物を置いてきますね」

急いで自室へ向かったミレイアは、ディレイニーへのプレゼントを持って居間へ戻ろうとしたが、ふと渡すのは二人だけのときにしようと思い、元へ戻した。

ランチは当然のことながら、数種類のサンドイッチやスコーンのほかに、小ぶりのケーキなどがきれいに盛りつけられた三段トレイと、フルーツがたっぷり盛られたボウルが用意されていた。華やかなティーポットを見てアフタヌーンティーも兼ねているとわかり、ミレイアはひとこと謝り、もう一度自室へと戻った。そして携帯電話を手に取り急いで引き返すと、きれいなテーブルコーディネートを撮影した。美味しいお茶に大好きなスコーンとクロテッドクリームを堪能しながら、今日のパークスの様子や散歩のことなどを話した。

お茶も終わりになったころ、二人の写真を撮りたいとおずおずと申し出た。するとソフィアが、「ナディアに来てもらって三人でも撮ってもらいましょう」と言ったので、ミレイアを真ん中にした写真を撮ることができ、ミレイアは喜んだ。もちろんディレイニーとのツーショットにも。

「ミレイア、ディレイニー。今日の夕食は軽めにしようと思うの。あなたたち、明日の朝は早いのでしょう？　飛行機の時間に支障はないかしら」

「そうですね。時間は七時ごろだと助かります。ミアもそれでいいかい？」

「ええ大丈夫。では、荷物をまとめなくてはならないので、わたしはこれで失礼します」

楽しい時間も終わりに近づき、寂しさが募るが仕方がない。ドレッサーやチェストから衣類を取り出し、今日のディナー用と明日着るものを決め、残りをスーツケースへ詰めた。トラベルノートをしまう前に、午前中の散歩の分を追記した。

シャワーのあとワンピースに着替え、軽くメイクをしてブレスレットを付けた。時計を確認すると、ディナーの時間まであと十分だった。部屋を出る直前に、ミニボトルの香水を一吹きしたところでノックの音がした。

「どうぞ」

「やあミア、素敵だよ。少し入ってもいいかい?」

「ええ、もちろん」なんだろうと思いながらそう言うと、ディレイニーは顔を赤らめながら、手をミレイアへ差し出した。

見ると、ディレイニーの手のひらに金色のリボンがかかった小さな箱が載っている。

「帰る前に、プレゼントを渡したくて」

ミレイアは驚いてすぐにドレッサーへ行き、ディレイニーのために用意したものを取った。そして急いで戻り、「わたしも用意していたの」と言って、それを見せた。二人は、プレゼントはディナーの後で開けようということになり、ダイニングルームへと向かった。

ディナーは、ナディアが心を込めて用意したとのことだった。シャンパンやワインはディレイニーが担当し、和やかに料理を楽しんだ。デザートも食べ終え話題も落ち着いたころ、ソフィアがミレイアに言った。「ではミア、私はこれで。また会えるのを楽しみにしているわ。私が言ったことをできるだけ実践して、パークスと仲良くしてちょうだいね」

「お元気で。時々様子を知らせますから」

「ええ、楽しみにしているわね。ディレイニー、運転には気をつけるのよ。では、おやすみなさい」そう言ってソフィアはミレイアを抱きしめ、自室へと引きあげていった。

このあと二人は、お互いに用意したプレゼントを開けることにした。ディレイニーが用意したものは、星と月のチャームがついたシルバーのピアスだった。

「きみのブレスレットとよく合いそうだと思って」

「素敵。星や月は、わたしの好きなアイテムなの。ありがとう、デル」

そして、ディレイニーもタイピンを見てすぐに言った。「これは、ひょっとしてパークスかな？　このガーゴイルもいいね」

それを聞いてミレイアは笑い、「タイピンはそう言ってくれるといいなと思ったの。ガーゴイルのほうはコロンよ。ボトルが気に入ったし、男性にも合うスパイシーな香りだそうよ。実は兄弟にも同じものを買ったわ」と打ち明けた。

「ありがとうミア、大事にするよ。だけど、パークスと遊べないのは寂しくなるな」

え、パークスとだけ？　と思ったとき、ディレイニーは真っ赤な顔をして、「もちろん、きみとも」と言った。

　恥ずかしがり屋のディレイニーがきちんと目を合わせて言ってくれた。ミレイアは、それだけでもう有頂天だった。ああ、どちらかが一歩を踏み出せば…とミレイアは思ったが、二人とも動けずに見つめ合うだけだった。

「仕事でニューヨークに来ることもあるでしょう？　そのときまた会える？」

「もちろんだよ。二か月後になるけれど仕事で行く予定がすでに入っているし、なくても行くつもりだった」

「よかった。そのときは連絡をちょうだいね。弟にも紹介したいし」

　翌朝二人は、小雨が降るなかをミレイアのレンタカーで空港へと向かった。

chapter

8

グラマシー　ミレイアとアンセル

―ビジネスワークと家の中の不思議―

アティカスの運転でグラマシーへ帰る車中で、家のリフォームや部屋の交換について相談をした。子どものころの部屋を繋いで、ワーキングルームに作りかえたいというアティカスの希望を聞き、家に戻りしだい労働が待っていることがわかった。しかし、その家が自分たちの本当の家だったという事実が、待っている労働に対するミレイアの憂鬱な気分を軽くした。

二度と帰らないつもりで出た家を約三週間ぶりに眺めると、嬉しさが込み上げてきていた。玄関広間へ入るとサラがすかさず駆け寄り、「お帰りなさいませ。ミレイアさま」と言ったときには目を丸くしたが。

ミレイアはサラを抱きしめた。

「ただいまサラ。でもお願いだから、前のようにミアと呼んでちょうだい」

そのそばからモニカが、同じように「お帰りなさいませ…」と言ったので笑いながら睨むと、「ミア…さま」と、どうしても〝さま〟を付けざるをえないらしかった。その様子にみんなで笑い、ひとまず荷物を部屋へ、これからはミレイアの部屋になる三階の一番大きな部屋へ運び終えてから、軽く乾杯しようということになった。

アンセルに荷物の運び入れを手伝ってもらい部屋へ入ると、正面には裏庭に面した大きなバルコニーがあった。どこかウェルワース家を思わせるインテリアにもまた、ミレイアは嬉しくなった。

「すごいな。こんなに広いとかえって落ち着かないな」と言うアンセルに顔をしかめ、二十分後に下りていくと伝え、早々に部屋から追いだした。

ミレイアはまずバスルームを確認し、続いてドレッサーやウォークインクローゼットをざっと見た。続き部屋があったので入っていくと、そこは女性らしいインテリアでまとめられた小部屋になっており、書棚やライティングデスクなどがあった。きっとママの専用だったに違いない。

ミレイアは荷物のところへ戻り、スーツケースの中のお土産類をトートバッグへ移しかえ、一階へと下りていった。そして全員へお土産を渡し終えたとき、ちょうど夕食の時間となった。

サラは、アティカスにミレイア、それにアンセルの三人に向かい、これからはこの屋敷の中にいるのが自分たちだけであったとしても、食事はダイニングルームやサンルームへお出ししますと宣言し、三人をダイニングルームへとせかした。サラとモニカは何だか楽しそうだった。

メイン料理を食べ終えデザートタイムになると、アティカスはミレイアへ言った。「帰ったばかりで悪いけれど、ぼくらから報告があるんだ。まずはアンセル、おまえから」

アンセルは、好物のクレームブリュレを喉へつかえさせ、胸をトントンと叩きながら言った。「なんだよ、まだ食べ終えていないのに」

アイスティーで喉を落ち着かせ、どう言おうか少しのあいだ考えていたが、ミレイアが睨み始めたので慌てて答える。「えっと、実はMITの必修科目は全て単位を取り終えたんだ。だから、すぐにブライトンズコープ社の経営に参加しようと思ってる」

「うそでしょアンセル、すごいじゃない！」

ミレイアは驚くどころではなかった。

「じゃあこの夏で卒業するの？　それにしてもいつ勉強していたの？　びっくりだわ」

「ミアが掃除をして料理をして、イギリスへ行っているあいだに、だ。卒業は一年間保留しておく。大学院は今のところ考えていないけれど、何か学ぶ必要がある科目が残っているとも限らないし」

「なによ、なまいき。でも嬉しい。わたしも会社を手伝うことにしたから」

そして、アティカスからの報告が続く。

「ミア、もう一つ報告がある。こっちも驚くと思う」そう言ってまたアンセルを見たので、アンセルは肩をすくめ、「まあ、悪いことではないから安心して」とミレイアへ言う。

この一か月ほどで人の一生分くらいの驚きを味わったと思っていたのに、これ以上何があるというのだろうと、ミレイアは兄を見て身構えた。

「ミア、二十一歳になったときに受け取った二十万ドルの件だけど、実は、本当の金額はそうじゃないんだ」

「えっどういうこと？　少し使っちゃったわ

よ、まずい?」そう言うミレイアに兄弟は笑い、「違うミア。その逆だよ」とアンセルが言ったので、ミレイアは説明を求めた。

「本当の額は、二百万ドルだ。ぼくは既に受け取った。イギリスで話さなかったのは、家族の資産状況はプライベートだから、伝えるのは家に戻ってからにしようとメイブと決めたからだ」

ミレイアは、思いがけない話に言葉もなかった。

「実はその、遺産はまだあって二十四歳と二十七歳になったとき、さらに受け取ることになっている。つまり、ぼくは既に億単位で二回受け取ったことになる。ミア、父さんと母さんはかなり頑張っていたみたいだ」アティカスはそこでワインを飲み、数年前を思い返した。「ミア、何年か前に言っていたよな。遺産のことで弁護士を雇うことはやめようと」

ミレイアとアンセルは頷いた。

「あのとき、ミアの言うことを聞いていて良かったよ」

ミレイアは大きくため息をついて、「わたしにもワインを」と、弟へ要求した。

「メイブ叔母さんが言うには、ぼくらが大金を手にして、この家から出て行ってしまうのを防ぎたかったらしい」

「わたしが原因だということはわかってる。でもそんな大金、現実味が全然湧いてこない」と言いながら首を振り、椅子の背にもたれてワインをもう一口飲む。

「とにかく、ぼくは経営に加わらないけれど、役員として在籍しているから定期的な報酬もある。つまり、よっぽどのへまさえしない限り、収入については三人とも心配なくなったわけだ。二人の経営参加にも賛成だ。きっと向いているよ」

「そうだといいけれど。それじゃあ今は目の前のことから始めるとして、手始めにリフォームの件だけれど、一つアイデアがあるの」そう言って二人に提案する。

「メイブ叔母さんたちが本当はわたしたちのことをどれだけ思っていたか、今回のことでわかったわよね。だから、これからも二人が気軽に立ち寄れるように、この家に二人の部屋も用意するべきだと思うの」

兄弟二人はすぐに快諾した。「もちろん異論はないよ」とアティカス。「でもどの部屋にするかとか、インテリアのことなんかは言いだしたミアが担当だ」とアンセル。

ミレイアは笑いながら、「わかった。メイブ叔母さんと相談しながら進めるわ。だけど費用は分担制にするわよ」と宣言する。

「いや、費用はぼくが持つよ。現時点での資金高は三人の中で一番だからね」

「え、でも」

アティカスは首を振る。「心配いらない。使い道ができて逆に喜んでいるんだ。言い忘れてたけど、遺産は現金だけじゃなく、株や不動産の収入もある。そういった諸々についてもアンセルの誕生日に説明があるよ」

アティカスはさらりと言っているが、ミレイアはもう頭がいっぱいで何も考えられなかった。「これ以上もう何も考えられそうにないから、今日はもう休むわ。明日から部屋の移動を始めるけれど、二人とも荷物運び手伝ってね」

翌日、朝食を済ませた三人はすぐに部屋の移動を開始した。ミレイアの部屋のものは、ほとんど箱詰めしてあったことが幸いし、移動は簡単だった。何しろ力が解禁になったから、アティカスとアンセルの二人であっという間に運び終えたからだ。本当に便利なことこのうえない。

リフォームの業者選定についてはアティカスが担当し、セキュリティはアンセル、メイブたちへの説明や相談はミレイアが担当した。メイブは、電話でミレイアから部屋の説明を聞き、大喜びした。ウォルターも礼を言ってきたが、「お礼を言うのはわたしたちのほうよ、ウォルターおじさん。本当に感謝しています」と伝え、電話を終えた。

同じ日の遅く、寮の退去手続きを終えるため、アンセルは大学へと戻っていった。

バースデーパーティー用のメニューとしてかなりのリクエストがあったので、食材の相談のためミレイアはサラを探しにキッチンへ行った。

ミレイアを見て驚いたサラへ、「〝さま〟、はなしよ」と先手を打ったので、サラはため息をついた。「わかりました。ですが、キッチンの中でだけですよ。キッチン以外やお客さまの前では私が呼びたいようにいたしますから、そのおつもりで」

「もう、わかったわ。サラったら頑固ね」

ミレイアは、パーティーの相談を終えると、弟へのプレゼントと部屋の模様替えのため、ブライトンズデパートへ行く予定だった。アティカスのアイデアに倣い寝室の続き部屋をワークスペースに変えることにしたからだ。そのためには、ＰＣ機器類とファイルキャビネットやデスクなどが必要だった。ウェルワース家のようなアンティーク調にするか、機能性を優先したものにするかはまだ決めかねていた。デパートの家具コーナーを見ればインスピレーションを得られるだろうと、支度を済ませ外出した。

アンセルのプレゼントを選び終え、家具コーナーをゆっくり見ていたとき、ふと強烈な視線を感じて後ろを振り返った。そこには、痩せた長身の男性が立っていた。

「お客様、何かお探しでしょうか。このフロアの直接の担当ではないのですが、喜んでお手伝いさせていただきます。私はハミルトンと申します」

笑顔にどこか不自然さを感じたが、「自宅にオフィス家具を備えたいので見に来ました」と伝える。そうか、目が笑っていないのだと気づいたが、いつか一緒に仕事をするかもしれないと思うと緊張した。

「かしこまりました。すぐに担当の者を呼びますので、何なりとご相談くださいませ」と言い、ハミルトンは去った。何かピリピリしたものを感じた。

あっパークスだわ！　〝いまは出ちゃだめ。家に戻ってからよ、パークス〟と、慌てて言い聞かせる。

「あの、お客様？」

ミレイアは笑顔を取り繕い、いつの間にか後ろに来ていた店員へ家具の相談を持ち掛けた。アドバイスでは、ペーパーワークが多いのならアンティーク家具は不向きだということで、薦められたガラス製のファイルキャビネットやカフェカウンター、一目で気に入った白くて大きな事務用デスクを購入した。それらに合うウィルトン織のカーペットも見つかった。

チェックカウンターでサインをするとき、買ったものの金額に思わず目をつぶってしまったが、これから大いに頑張るのだからと自分を納得させ、サインした。自宅へ戻るころには、ハミルトンから受けた妙な印象は、すでに忘れ去っていた。

六月四日。ミレイアは、アンセルのバースデーケーキを昨日完成させ、今は冷蔵庫で寝かせていた。銀行での手続きにはミレイアも行かなければならないため、朝も暗いうちから料理の仕込みを始め、仕上げはサラとモニカに任せることになっていた。

アンセルは深夜に到着したこともあり、起きたときは既に朝九時になっていた。期待をこめてサンルームへ行くと、思ったとおりサンドイッチやフルーツ、それにスコーンが用意されていた。

これは、重要なことを忘れていたぞ。家にトレーニングルームも作らなきゃならない。こんな食事を続けていると、あっという間に衣類の買い替えが必要になる。

食事を済ませ、仕事の一つであるセキュリティチェックを終えると、ミレイアにせかされ、やっと銀行へ行く支度を始めた。

アティカスの運転で銀行へ向かっている車中で、また二人に報告があった。

「ミア、アンセル。今日は保険金関係のほかにも重要なことがあって、銀行のあとでメインオフィスへ連れて行くことになっている。それもあってぼくも一緒に行くことにした」

二人は、また？　というふうに顔を見合わせて兄の言葉を待った。

「二人はこれから会社に携わるわけだし、もう隠し事はしないと決めたからね。驚くと思うけれど、理由はちゃんと説明するから」

「それどんなこと？」

「それは銀行での手続きが終わって、ブライトンズのオフィスへ行ってからだ」

銀行ではウォルターと共に一連の手続きを行ったが、改めて受取り金額に驚愕した二人だった。ウォルターはそのことをしきりに謝っていたが、これまでのウォルターとメイブの努力を思うと、二人にとってそんなことは問題ではなかった。

ミレイアは法律のことはお手上げだったので、サインするのが精一杯だった。内容が正しいかどうかはアティカスのときで保証済みだし、アンセルもいざというときは頼りになるとわかったのだから、ここで全部の書類を理解する必要はないだろう。それより、このあとのブライトンズでのことが気になっていた。

メインオフィスのあるブライトンズホテルへ向かう車中では、受け取った資金で最初に何を買うべきかが話題になった。アティカスがサラとモニカにもプレゼントを渡したことを明かすと、二人もそうすることに決めた。また、家にトレーニングルームがあるのをどう思うかとアンセルに質問され、アティカスとミレイアは揃って最高だと答えた。

相談の結果、家のリフォームプランにトレーニングルームを追加することと、各階の階段ホールに冷蔵庫を備えたミニバーも設置することが加わった。帰宅後、喉が渇くたびに一階まで行く手間を省くためだった。

メインオフィスへ向かうエレベーターの中で、ミレイアはこのホテルのレストランを手伝ったときのことを思い出していた。あのころは何もかもが新しい体験ばかりで、辛いこともあったけれど全てが単純だったのに。そう考えているうちにエレベーターのアナウンスが、目的の階に到着したことを告げた。

オフィスにはすでにメイブがいて、明るく三人を迎えた。「よく来たわね、みんな！　アンセル、お誕生日おめでとう。これ、私とウォルターからよ」

そう言ってメイブはアンセルをハグし、続いてアティカス、そしてミレイアの順に繰り返した。「ミア、改めてお帰りなさい。会社にも参加してくれて、こんなに嬉しいことはないわ」

メイブ叔母さん、本当は明るい人なのね。いろいろ誤解していたようだ。全員をハグする様子を見て、ミレイアは思った。

「ただいま、メイブ叔母さん。これからもよろしくお願いします」

ウォルターは全員にコーヒーが行き渡ったのを確認すると、ミーティングを開始した。

「ミア、アンセル、会社の定款の修正はこれからだが、共同経営の効力は今日からにする予定だ。私やメイブに張り付いて実践で学び、セミナーなども受講してもらいたい。本格的に忙しくなるが、大丈夫かな？」

「はい、わたしたち二人とも覚悟しています」

ミレイアの返事に、メイブとウォルターは頷いた。

「まず、アンセルはウォルターと、ミアは私に同行してもらうわね。最初は主な役職の方たちに紹介していくけれど、すぐに全員を覚える必要はないわよ」

　メイブは一呼吸おき、笑顔で説明を続ける。

「一か月後には基金の出資者や株主、それに主要な取引先や顧客を招待するパーティーをここで開催して、二人を紹介する予定よ。ということはミアにアンセル、二人ともすぐに買い物をする必要があるわね」

　ミレイアとアンセルが戸惑っていると、「経営者として、今後は相応しい装いを心掛けてほしいの。私たち、ホテルや百貨店のクオリティはトップレベルだと自負しているのよ」

とメイブが説明した。

　なるほど、まずは見かけからいうことか。

「わかりました。わたしもアンセルも、ワードローブをしっかり揃えます」

「では会社の細々とした業務内容は日々説明していくとして、アティカス、次の議題はきみにお願いするとしよう」ウォルターにそう言われ、アティカスとメイブは席を立ち部屋を出て行った。と同時にウォルターが緊張し始めたことが見てとれ、残されたミレイアとアンセルも椅子の座り心地が気になり始めた。

　メイブだけが先に戻り言った。「ミア、アンセル。これから紹介したい人がいるの。私たちにとっても会社にとっても、とても重要な人よ」

　すると、アティカスが一人の男性を伴いオフィスに入ってきた。

　ミレイアは子ども時代の思い出が頭のなかで回り始めた。最初は幻だと思った。アンセルは、不思議そうに目を細め、その男性を見ている。

「パ、パパ?」

そう言ってミレイアは男性に駆け寄り、思わず抱きつこうとしたが何かがおかしいと感じ、立ち止まった。その男性は父親にそっくりだったが、亡くなって十年以上も経つわりに、写真や記憶に残っている姿にあまりにも近い気がした。

「違う、パパじゃない。あ、あなたは…誰?」

アンセルも近づいてきた。

「やあ、ミレイア、アンセル」とその男性は言い、ぎこちなく笑った。

続いてアティカスが、「ミア、アンセル。この人は父さんとメイブの弟だよ。ぼくらの叔父のレイトンだ」と言い、二人を驚かせたが、驚くどころではなかった。血が繋がった人がほかにいたなんて。「どうして、どうして今まで…。わたしたちの叔父さん?」

ミレイアの問いかけにレイトンは頷いて答えた。「ぼくはマックスとは年が十歳離れているから、今はきみたちが覚えているマックスに近いのかもしれない。これまで会わなかったのは、以前から我々の能力に関係するある問題があって、極秘でその調査をしなければならなかったからだ」レイトンは言葉を切り、「座らないかい?」と言ってミレイアとアンセルを会議テーブルへ着かせた。

「ぼくにはアティカスと同じ力がある。さっき言った問題とは力を持つ者が行方不明になっていることで、それを調べるために身元を知る者は最小限にする必要があった。ぼくにも本業があるけれど、でも、これから二人が会社に参加することが決まったから…」と言い、レイトンは左の手のひらを見せながら肩をあげた。アティカスもよくする仕草だった。

「本当に、パパにそっくり…」ミレイアはそれしか言えず、アンセルにいたっては「いま何歳ですか?」と聞くありさまだった。

そんなことどうだっていいじゃない! ミレイアはふつふつと怒りが湧いてきたが、父親が生きているような不思議な気持ちと混ざり合い、いつしか涙がこぼれていた。

メイブがすぐにかけ寄ってきた。「ごめんなさいミア。許して。もう隠し事は一切しないと約束するから」

「ごめんよ。でも、きみたちのことはいつも気にかけてきた。本当だよ。時々こっそり様子を見に行ったこともあるし、キャスのバスケを観に行ったこともある。それに…」

レイトンはメイブを見て、メイブが頷いたので先を続けた。「実は、ヒューはぼくの親友で事情を把握しているから、何か起こったらすぐに対応できるよう、きみたちの近くにいてもらっていたんだ。三年前からはキャスにも協力してもらいながら」

そう聞いて、ミレイアとアンセルは再び顔を見合わせた。ヒューは事情を知っていたと聞き、いろんなことに納得がいった。ヒューは、叔父さんの代わりに見守ってくれていた、ということなのだろう。

二人が頷いたことにほっとしながら、レイトンは話し続けた。「ぼくらの調査や関係者への支援は、会社の収益で維持されている。ぼくは、できれば二人にも支援活動を手伝ってほしいと思っている。そこで、いろいろと話は聞いているが、きみたちのことをもっと知りたいから二、三日、家に滞在させてほしいんだ。ヒューにも会いたいからね」

それにはアンセルがすぐに返事をした。「構わないよ。歓迎します」

なによ、大人ぶっちゃって。ミレイアはため息をつき、「どうぞいらしてください。それに、今日はちょうど家でパーティーをしますので」と言った。

「ありがとう。よかった嬉しいよ」そう言ったレイトンは、すぐにアンセルとパーティーの話を始めた。

メイブはアティカスとミレイアへ、「初めてのミーティングはこれで終了ね。さあグラマシーへ帰りましょうか」と言い、席を立った。

パーティーへの参加者が一人増えたが、サラとモニカは難なく対処していた。シャンパンにワイン、そしてビールが振るまわれ、料理はアンセルが好きなものを中心に、ミレイアがそれを洗練したものにアレンジした。料理は大好評で、ミレイアの料理を初めて味わったレイトンも、話には聞いていたがどこの高級レストランにも引けをとらない素晴らしい味だと絶賛した。

プレゼントを渡す段になると、アンセルは照れながらも嬉しそうに包みを開け、喜んでいた。ミレイアがそんな弟を見ていると、当のアンセルは、メイブとウォルターにギフトバッグを渡しながら、何やら話しかけていた。見ていると、メイブは手を口元へ持っていき、そのあと弟に抱きついている。ウォルターも笑顔でアンセルの腕を軽くパンチしていた。なかなか良いことをするわね、とミレイアは弟を見直した。

その後、アンセルの友人やヒューも到着したので、パーティー会場はサンルームとそこから続く裏庭へ変更になった。

ミレイアはウォルターとメイブに、これからここへ滞在する際の新しい部屋について説明し、完成するまではゲストルームを利用していてほしいと二人を案内した。メイブとウォルターはアンセルからのプレゼントを早く見たいらしく、早々に部屋にこもってしまったため、ミレイアは一人でパーティーへ戻った。そして、シャンパンやカクテルをトレイへ載せ、勇気をだして庭にいるレイトンとヒューのところへ近づいていった。

「ミア、やっと本音で話せるようになって、こんなに嬉しいことはないよ」

ヒューのその言葉に、「ありがとう。これからもわたしたち三人を今までどおりよろしくね、ヒュー」と、感謝の言葉を伝えた。

ランタンの明かりやバーベキューの炭火がいい感じに辺りを照らしているなかで、レイトンとヒューの話をじっくり聞いたミレイアも、イギリス滞在中に自分に起こったことを二人へ説明した。ミレイアは泣きながら二人を交互に抱きしめた。みんな辛かったのだということがわかった。これからは全てが変わっていくということも。

招待客が全員帰りミレイアたち三人とレイトンだけになったとき、ミレイアはあることを思い出し、報告するなら今しかないとみんなを応接室へ促した。ここならカーテンが厚く、外から覗かれる心配がない。飲み物は持たないほうがいいと言うミレイアに、アンセルから不満の声があがったものの、「どうしたんだいミア?」と、レイトンが優しく聞いてくれたのでミレイアは宣言した。

「今からあるものを見せるから驚かないでちょうだいね。あ、ごめんなさい、ものじゃなくてある生きもの、よ」そう言って、左の手のひらを耳のあたりへ当て意識を集中した。

〝パークス、待たせてごめんなさい。さあおいで、出てきていいわ〟

パークスは優しい声に気づいた。あれは、来て、出てきて、というサイン。〝ミレイア〟だとわかった。そして、飛んだ。

パークスは、ふぁさっと飛び出した。そしてミレイアの手のひらが合わせられているのを見つけたので、そこへきちんと着地できるよう集中した。じたばたとだが。

「さあ、この子が見える人は？」

驚いて立ち上がったのはアンセルだけで、「ふわふわしたオレンジ色の光が見える…あ、動いているね」とレイトンが言い、「確かに、そんな感じだな」とアティカスが続いた。

「ミア、これオウム？　触ってもいいの？」

ミレイアは、アンセルがパークスをオウムと判断したことにむっとしたが、一人でもしっかり見えていることに少しほっとした。見えているなら、この子のことを相談していくことができる。

「オウムじゃないわ、失礼ね。この子はパークスっていうの。デルたちが言うにはその…鳳凰らしいの。わたしのパートナーなんですって」

その説明にアンセルは興味津々だった。近づいてそっとパークスに触れ、「あ、何か頭のなかに響いてくる」と言って目を閉じた。

「そうね、わたしもまだそんな感じだけれど、いずれ意思疎通ができていくって聞いているわ。今も、出てきて、さあおいでって心のなかで呼びかけたのよ」

レイトンが何か言いたそうにしていたので、ミレイアはゆっくりとパークスを近づけた。

「ぼくには、何というかエネルギーの塊のようにしか見えない。二人には、はっきり鳥に見えるのかい？」ミレイアとアンセルは同時に大きく頷いた。

すると、レイトンから衝撃的な言葉が放た

れた。「もしかすると、エレオノールの実家のパワーが関係しているのかもしれない」

三人は同時に「えっ!?」と声をあげ、ミレイアはパークスをさっと弟に押し付けた。そしてレイトンに、「ママの…実家?」と言いながら、力が抜けたようにすとんと椅子に座った。

アンセルは、パークスに緊急事態だと話しかけ、ぽんっと空中に放ち自由にさせた。

「母さんの実家か…これまであまり考えてこなかったな。母さんからも、ほとんど聞いた覚えもない」と、まずアティカスが言った。

それを聞いたミレイアも、「わたしも。レイトン叔父さん、ママの実家ってどこかわかるの?」とせっつく。

「アイルランドのダブリン北西部にある、ミース州、といったかな。そういえばきみからさっき聞いた、ストーンサークルのような遺跡の近くとか言っていた気がする。それに、祖先に不思議な力を持つ人がいて、信じられないような分身がいたとか何とか…。ごめんよ、これ以上はあまり思い出せない」

すごく興味深い。ミレイアはアティカスに向かい、「今の叔父さんの話、あとでデルに伝えることにするわ。パークスのことがもっとわかるかも」と言った。すると、アンセルが怖いことを言った。「こいつ、どのくらいの大きさになるんだろう。成長は速いのかな」

ミレイアが手を伸ばすとパークスが戻ってきた。「今は羽を広げて子犬くらいの大きさね。これくらいでいてほしいけど。とにかくあとでデルと話して、何かわかったら伝えるわね」

翌日、ミレイアとアンセルがオフィスへ行くのは午後からで、午前中はレイトンの活動についてレクチャーを受けることになった。場所はITルームだ。ミレイアは、こんなシステムが家の中にあったことに、また驚いた。

「さて、これから話すことは絶対に口外しないでほしい。二人とも約束できるね？」

レイトンは、二人が頷くのを待ってから続けた。「信じられないかもしれないが、ぼくの本業は、現アメリカ大統領の護衛だ。ただし、いまはプライベート時間のみの契約になっていて、キャスも同じ契約をしている。ぼく一人で任務につくこともあれば、キャスと一緒のときもある」

「アメリカ大統領…のプライベートの護衛、つまりシークレットサービスということ？」

その質問にレイトンは笑った。「ぼくらは公の場では活動できない。いきなり大統領の姿が忽然と消えるところを、テレビで放映されるわけにはいかないからね」

「なるほど、だからプライベートに限るわけなのね」

「ヘイズレット大統領はナイアガラの滝やイエローストーン公園が好きで、最近はよくそこへ連れて行っているよ」

「実は、ぼくらのような力がある者の存在については歴代大統領も把握している。アメリカ国内の者に限るが、特に法的措置があるわけではない。しかし、ここ数年で行方不明者が多発しているためキャスと二人で調査を行い、同時にブライトンズスコープ社は能力者に対して支援や保護を続けている。能力者の中には自分の力に恐怖を感じる人もいて、その人たちにはケアが必要だからね。調査はマックスとぼくとで始めたことで、大統領公認だ」

レイトンはここで一呼吸おき、顔をアンセルに向けた。「その極秘事項を守るため、この家にはこれだけの設備があって、ブライトンズスコープ社をはじめ、調査に関する一切のデータが集約された中枢になっている。というわけできみの力が必要なんだ、アンセル。両方の力がね」

アンセルは、俄然やる気が出てきて言った。

「オーケー、わかった。でも、えーとレイトン、叔父さん…」

レイトンは笑い、「呼び捨てで構わないよ。叔父さんなんて呼ばれると何だか落ち込む」と二人に言った。

「それじゃあレイトン、システムの仕組みはもう大体掴んでいるけれど、ぼくらも会社が支援している人たちのことを把握しないと、セキュリティ計画がたてられない」

「そのこともこれから決めていく。しばらくはキャスも参加させて、今後のことを詰めていこう。もちろんミアにも参加してもらうよ」

話を聞いているうちに、ミレイアはレイトンがいつまでグラマシーにいられるのかが気になった。「レイ…叔父さん、次はいつ仕事に出かけるのかしら。それと、住まいはどこなのか聞いてもいい？」

「明日まではここにいて、きみたちとできるだけ話せるときに話しておきたい。二人が外出しているあいだに、ぼくはプランを資料にしておこう。それと、実はぼくの住所は以前からここに置いてもらっている。寝泊まりは大抵ブライトンズコープ社が管理している不動産の空室やホテルを利用しているから、何も心配いらないよ」

アンセルがふと顔をあげ、「ねえレイトン、結婚しているの？」と聞いた。

「いや、ぼくは独身だよ」

「なら、ここに住めば？　部屋は空いているし、いまちょうどリフォームを始めたばかりだ」そう言ってミレイアを見た。

「たまにはいいこと言うじゃない。レイ叔父さん、ぜひそうして。大歓迎よ」

「いいのかい？　不在がちだとは思うが、そうできると嬉しいな。ありがとう」

「いつでも移ってきてね。とりあえずいま使っている部屋をキープしておくわ」


午後になりミレイアとアンセルは出社した。重役へ紹介され月次報告書を読み、そしてまた各部門のチーフたちへ紹介された。

翌日は、海外のブライトンズホテルやデパートの責任者にリモートで対応した。帰宅してからは、ほぼ毎日リフォームについて検討を重ね、レイトンやアティカスが家にいるときは必ずブリーフィングを行い、調査や支援活動について学んだ。

　そうしてあっという間に一か月が過ぎたころ、就任パーティーのためウォルター夫婦がグラマシーを訪れた。三日間の滞在予定だ。最初に完成したリフォーム後の部屋を二人が気に入るかどうか不安だったが、とても喜んでいるのを見てミレイアは安心した。

　メイブ叔母さんは、レイ叔父さんがこの家で暮らしていることを知ったら驚くだろうか。でもきっと安心してくれる気がする。パーティーに出席できないのは残念だけれど、レイ叔父さんが帰って来る日はいつも楽しみだ。

　ミレイア自身の部屋もやっと完成し、快適な状態になっていた。クローゼットの中には整然と衣類が並んでいる。ワンピースにスーツ、各種のブラウスにスカート、そしてあらゆるシーンを考えて揃えた靴やバッグに、メイブは合格点をくれた。そしてメイブは必ずアンセルのワードローブもチェックするはずだとミレイアは予想していたので、買い物には多少手間取りはしたものの、それも解決済みだった。

　ミレイアはアクセサリー類もかなり買い揃えたが、パーティー当日はディレイニーがくれたピアスをするつもりだった。パーティー用に選んだサファイアブルーのワンピースによく似合うし、ミレイア自身がぜひそうしたかったからだ。

　翌日、ミレイアとメイブはブライトンズホ

テルへ行き、パーティーを開催する広いメインロビーとその奥に続くレストランを確認してまわり、当日の部門ごとの主任と打ち合わせを重ねた。ミレイアには、料理主任であるレストランのシェフとの打ち合わせも残っていたので、帰宅時にはくたくたになっていた。だが、充実した毎日であることは確かだった。

パーティーの当日、再び会場を見回り不手際がないか確認していたミレイアは、友人がかけ寄ってくるのを見て安堵した。ハイスクール時代の同級生、ベイリーだ。

ミレイアが働くようになって三週間ほど経ったある日、ベイリーがオフィスを訪れ、客室マネージャーのアシスタントをしていることがわかったのだ。お互いに驚いたが、「ハイスクール時代のつき合いが悪かったのは何か理由がある気はしていたけれど、まさかこういうわけだとは思わなかったわ」と言われ、「実はそうなの」と、自分で何に同意したのかわからないまま、ミレイアはそう答えていた。それ以来、取締役と社員という枠を超え友人同士に戻っていた。

「パーティーのことで心配する材料はもう何もないはずよ。フラワーアレンジメントや照明のデコレーションは完了したし、ウェルカムドリンクと料理にデザートも完璧。つまり、主役は既に支度に取りかかっているはずなのに、いったいここで何をしているの？」

「こんなに大きなパーティーを主催するのは初めてだから、不安で仕方なくて。でもあなたの言うとおりね。ここはコーディネーターやあなたに任せて、ドレスアップしに行かなくちゃ」

「そうして。楽しみにしているわ。もちろんアンセルを拝めるのもね。さあ行って」

友人の気さくな言葉に、「もう、わかったわよ。あとはよろしく」と答え、メインオフィスに隣接しているミレイア専用のオフィスへと向かった。

途中でアンセルのオフィスを覗くと、ぶつぶつ言いながらPCに何やら打ち込んでいるアンセルがいた。スーツを着るまではよかったようだが、もう既にネクタイが緩んでいた。

「そのまま出るつもりならメイブ叔母さんが目をむくわよ、きっと」と声をかけたが、アンセルは何かぼそぼそと言うだけで、一向に作業をやめる気配はなかった。ミレイアはため息をつき、着替えるためにパウダールームへと向かった。


きらめく照明と、フラワーキャンドルが絶妙な光のコントラストを放っている会場では、招待されたゲストが明るい笑顔でおしゃべりや飲み物を楽しんでいた。ミレイアとアンセルはゲストに紹介され、なかには両親のことを気にかけて、残念だよと言ってくれる優しい人たちもいた。二人は緊張を拭い去ることができずにいたが、シャンパンを胃の中へ流し込むことで、何とかごまかしていた。

やがてウォルターが式台に立ち二人を紹介

する時間になったとき、緊張感はマックスまで達していた。ウォルターの軽快なトークで笑い声が溢れているなかで、二人は、社の一員になったことの喜びやそれぞれ得意とすること、ブライトンズコーポレーションのさらなる繁栄のために、全力で取り組んでいくことなどをスピーチした。そして、割れんばかりの拍手が二人に贈られた。

いつしか室内楽団による心地よい演奏はダンスナンバーへと変わっていた。ミレイアは、そのあいだも料理の減り具合を確認し、ゲストが退屈していないかなどを気にしていたため、思った以上に神経をすり減らしていた。さっさと家へ帰ってバスタブのお湯につかり、のんびりすることばかりが頭に浮かぶ。アンセルはと見ると、相変わらず料理コーナーをうろついていた。近いうちきっと、メイブ叔母さんからアンセルにダンス指導が入ることは間違いない。

ふいに、後方からメイブが明るく声をかけてきた。振り返ると、メイブはダーラと二人の男性を伴っていた。

「ミア、やっとダーラの婚約者を紹介できるわ。こちらはフィアンセのリード、そして上院議員のエリック・マコーマックさんよ。リードはエリックの私設秘書をしているの」

メイブが二人を紹介するあいだダーラは黙ったままでいた。ミレイアがそれぞれと握手を交わすと、さっそくエリックからダンスフロアへ誘われた。

「若い女性がブライトンズコープ社の取締役になると聞いて、ずい分思い切ったものだと思いましたが、あなたを見て納得しました。とてもエネルギーに溢れていて、社にとっては素晴らしい新風となってくれるに違いない」

エリックと踊りながら、少し密着しすぎではと思ったが、「ありがとうございます。皆さまがそう思ってくださると嬉しいのですが」と、礼を述べた。ハンサムな男性ではあるが、妙な雰囲気のあるエリックを余り好きになれそうにないと感じたとき、ふとパークスの気配がした。

〝パークスだめ、いまはだめ。あとで必ず遊んであげるから〟と必死にお願いしたが、飛び出しそうだった。焦ったミレイアは、「すみません、緊急事態が起きましたので失礼します。今日はお会いできて光栄でした」と言い、急いでその場を離れプライベートエリアへと駆け込んだ。

すぐにパークスへ許可を出す。出てきたパークスからは不安感が伝わり、しきりにミレイアにくっついてくるばかりだ。「落ち着いてパークス。どうしたの？　人が多くてびっくりしたの？　大丈夫よ。心配いらないわ、ね？」

しばらくしてパークスが落ち着き、また会場へ戻ってみたものの気が気ではなかった。メイブを見つけると、すでにダーラや婚約者とは違う面々に囲まれていて、アンセルの姿もあったのでほっとして近づいた。

「ああミア、戻ったのね。婚約パーティーの前にリードを紹介できて良かったわ。パーティーはリードの仕事上ワシントンD.C.ですることになるけれど、二人ともよろしくね」

「はい、大丈夫です」ミレイアとアンセルはそう返事をし、メイブを安心させた。

「ついでにあちらのブライトンズホテルやデパート、それにオフィスビルの視察を組みたいから、次のミーティングでプランを説明するわね。それはそうと、とても素敵だわ、二人とも。パーティーは大成功だしダンスに誘われたら応じるのよ」そう言ってメイブは新たな人物を手招きし、二人の紹介を続けていった。

ミレイアはパークスが心配だったが、先ほどのような状態になることはもうなかった。

翌日の午前中は出社を免除された二人だったが、遅めの朝食の席に久しぶりにアティカスもいて三人揃っていたので、サラがかいがいしく世話を焼いていた。

「きのうのパーティーでね、ダンスの最中にパークスが出てきそうになって慌てちゃった。お手洗いに逃げ込んで事なきを得たけれど」

「いっそ出てきてもらって、みんなを追い返してもらいたかったな。本当にああいうのは苦手だ」

そう言うアンセルにミレイアは笑い、「来月のダーラのパーティーも逃げられないわよ。それで思い出したけれど、プレゼントを用意しなきゃならないわ」と告げた。それを聞いてげんなりした二人に、「いざとなればメイブに相談すればいいいわ」とアドバイスした。

「キャス、午後時間があったらミーティングに参加してくれないかな。海外のシステムに問題が見つかって、しかも使途不明金がからんでいると思うから」

ミレイアは驚き、「もうそんなことがわかったの？　だから、きのうも直前までＰＣをいじっていたのね」と言った。

「うん、まあね」

「そういうことならわかった、参加するよ」

と、アティカスは弟の依頼に応じた。

「それと、ママのことディレイニーに報告を済ませたの。何かわかりしだい連絡をくれることになったわ」

そこでアティカスはにやにやし、今度はいつ会うのかと聞いた。

「忙しくて今はとてもそんな時間はないわ」

「えっなんだよ、二人はそういうこと？」

「もう、うるさいわね。二人とも」と、ミレイアはこの会話を終わらせた。

ミーティングでウォルターとメイブに、セキュリティの脆弱性がある海外のホテルやデパート、それに加えて使途不明金の可能性があることを説明したアンセルは、さっそくウォルターと出張することが決まった。ミレイアとメイブは近隣の支援施設を視察することになり、明後日まで家にいる予定のアティカスも、同行することを快く了承した。

一番近い施設はブルックリンにあり、警備人が三人を中へ案内した。ここではその警備人と看護師が常駐しているとのことだった。

玄関や広いリビングは清潔で、ペールブルーの大きなソファーと白いリビングテーブルが置かれている。濃い青色の書架がある図書室と合っていて、どこか個人の住宅を思わせる雰囲気があった。ミレイアは、人をほっとさせる施設になっていることに感心した。

「ここには、二世帯の家族と二十代の二人の個人が滞在しているわ。力を持つ者は四人で、そのうち二人は八歳と九歳、それぞれの両親とここにいて、そして二十代の二人が能力者よ」と、メイブは説明した。

「警備と看護師の勤務はどういう体制を？」

「どちらも三交代で二十四時間体制よ。それに月に二度、カウンセラーの往診でメンタルケアをしているわ」

「子どもたちは学校へ通っているのかしら？それに二十代の二人の今の状況は？」

ミレイアのその質問には、アティカスが答えた。「子どもたちは初めて力を使ったときに怪我をして以来、恐怖心が消えず未だに外へ出ることができない。二十代の一人もそうだ。もう一人は比較的元気だけれど家族とは疎遠でね。子どもたちのために、教師にも週に二、三回は来てもらっている」

そのとき一つのドアが開き、中から子どもと数人の大人が出てきた。すると一人の子どもが駆け寄ってきて、「キャス！　来たんだね」と、嬉しそうにアティカスに抱きついた。アティカスもハグを返し、頭を撫でた。

「こんにちは、皆さん。今日は私の姪を紹介したいの。これからは一緒にここを手伝ってくれることになったのよ」

ミレイアは、膝をおって子どもと目線を合わせた。「ハロー、わたしミアよ。キャスはわたしの兄さんなの。よろしくね」

ミレイアが手をさし出すと、「ハロー、ぼくはジャック。キャスは、こんど屋上で一緒に遊んでくれるって約束したんだよ。ミアは鳥をかっているの？」そう言って、ジャックはミレイアを驚かせた。

「いいところに気がついたな。でも今日は一緒に連れていけないんだ。さて、ぼくはこいつと上へ行ってくるよ」アティカスはジャックの手をとり、鳥について説明しながら階段へと向かった。

ミレイアは看護師とジャックの親へ自己紹介を済ませ、ジャックの生活の様子などを尋ねた。そのうち、一人の若い男性が二階から下りてきて会話に加わり、時間はあっという間に過ぎていった。今回の訪問をきっかけに両親やメイブたちが行ってきた活動に改めて感銘を受け、ミレイアは自分がやるべきことについて何かが掴めたような気がしていた。

それからは月に二度、車で行けるこの施設を訪問し、アンセルと一緒に行く出張の際にも、必ずその地の施設を訪問した。自宅で子どもたちのことを思い出したときには、施設の方向に向かい、彼らが安心していられるようミレイアは祈った。

毎日多忙な日々を過ごしていたため気がつかなかったが、ダーラの婚約パーティーが来週にせまっていた。メイブとウォルターは、すでにワシントン入りしているらしい。ダーラとの関係は改善したとはいえないものの、ワシントンのブライトンズホテルや支援施設の訪問、それに少しは観光もできるのではと、ミレイアはパーティーに思いを馳せた。

買い物をする時間を節約するため、パーティードレスやアクセサリーは手持ちのものを選んでいたが、アンセルが何を着るのか、あとで必ず確かめなくてはならない。それにサラたちが最近訴えはじめた、キッチンや家の中で起こっている不思議な現象についても今日で確認したかった。

さっそくサラを探しに行くと、図書室で掃除中のところを見つけ声をかけた。「サラ、ここにいたのね。家の中の例の話を聞きたいの。いまいい？」

「でしたらモニカも同席させたいのですが」

「それなら居間に集合ね。わたしはアンセルを呼んでくるわ」

ミレイアは携帯で、〝至急、居間でサラたちとミーティング。レベル不明〟と送信すると、すぐに〝了解〟との返信があった。サラとモニカはレモネードとクッキーを用意してくれていた。

「何か困ったことが起きたって言っていたけれど、どんなことがあった?」と、まずアンセルが聞いたが、サラとモニカは顔を見合わせたまま返事に窮している。ミレイアがしびれを切らしそうになったとき、やっとサラが話し始めた。「起きたとは言っていません。起きているかもしれない、と言ったんです」

今度はミレイアたちが顔を見合わせた。「具体的にはどんなこと?」

「主にキッチンでのことが多いのですが…あの、その前にミアさま、ときどき気分転換とかで片付けをするために、今でもキッチンにいらしたりしているのですか?」

ミレイアは驚いた。「いいえ、最近は忙しくて、やりたくても時間を見つけるのが難しいわ、ごめんなさい。でも、どうして?」

「実は、こういうことなんです。就寝前の見回りのとき、使用済みのグラス類を見つけた場合は取りあえずキッチンへ運び、ディッシュウォッシャーへ入れておくんです。スイッチは入れずに。ですが翌朝になると、きれいになって棚に戻されているのでモニカだと思ってお礼を言うと、モニカではないというんです。そのようなことが何回もあって」

ミレイアはモニカを見た。「はい、サラの言うとおりです。わたしの場合はこうです。窓や棚のお掃除をしようとしたら、どこも清掃後のようにきれいなので確認したところ、サラは自分が掃除をしたのではない、とのことでした」

「確かに不思議といえば不思議だな。それっていつごろ気がついたの?」

サラとモニカは再び顔を見合わせ、ようやくサラが、「ミアさまがイギリスから戻られてからです」と言った。

ミレイアは唖然とした。「ちょっと待って、いくら家事が得意だからってくたくたになったあとでは…。待って、そういえば…」

初めは否定しようとしたが、以前、自分にも似たようことがあったのではなかったか。あれは確か家事に慣れず、くたくたになりキッチンでそのまま眠ってしまい…。

「わたしにも似たようことがあったかも。バーモントからここに越してきて間もないころ、キッチンの片付けを引き受けたのはいいけれど、くたくただったから五分だけ休憩するつもりが、思った以上に眠ってしまったことがあったの。でも目が覚めたらキッチンはピカピカになっていたから、わたしは二人がしてくれたと思って部屋へ引きあげたわ。わたしたち、よくお礼を言い合っていたわよね。だからそのときは特に変に思わなかったのかも」

「まさか、この家で妖精なんか雇ったりしてないよね」とアンセル。三人から睨まれたアンセルだったが、「それ以外に何か気づいたことはある?」と尋ねると、サラとモニカは首を横に振った。

「気味が悪かったので、ときどき二人で夜中に確認したことがありますが、これといってわかったことはありませんでした」とモニカが答えた。

「わかった。取りあえず屋内の監視カメラを確認することにして、もうしばらく様子を見ることにしてもいいかい？　でも、あまり心配せずに夜はきちんと休んでもらいたいな。いいね？」

「はい、わかりました。ミアさまも家の中とはいえ、気をつけてくださいね」

「うちは万全なセキュリティシステムだから安心していいわ。もちろん、わたしも気をつけるわね」二人が出て行くと、ミレイアは言った。「わたしの部屋ですぐにミーティングよ」

　部屋に入るなり、ミレイアは切り出した。

「どうしようアンセル。さっきのこと、あながち的外れじゃないかも」

「妖精のことだろ？　ぼくは本当にそう思ったよ。だってパークスだっているんだ」

　弟のその言葉にミレイアは動揺した。

「どうしたらわかるかしら。もしも本当に何かがカメラに映っていたら…。わたし、これ以上はもう手いっぱいよ」

「とにかくカメラを確認してみないことにはね。何か映っていたとしても、みんなで相談すればいいけれど…」

「ほかにも何かあるの？」

「ミアは前にも似たような経験があって、イギリスから戻って毎日くたくたになって家に帰るようになったら、また起こるようになった。その辺りに真相があるような気がするな。

妖精だったとしても、これまで害はないし逆に助かっているのが事実だ。それならそれで、サラたちへの説明に苦労しそうだなと思って」

「ほんとそうだわ。ねえ、わたし屋上でパークスと遊んだら少し休むわ。このこと、次のミーティングでキャスとレイ叔父さんに説明するとして、カメラの確認は任せていい？」

「りょーかい」そう言ってアンセルは部屋を出ようとしたが、「ねえミア、今度パークスが自由に遊べる場所をどこか考えないか？　グラマシーパークは人目が多いことだし」と持ち掛けた。

ミレイアは嬉しくなり、「それいいわね、ありがとう」と、弟の気遣いを喜んだ。


ミレイアは、うちの会社は結構すごいと思ってはいたが、今日もまたその一部を見せられることになった。ワシントンD.C.へ向かうために今乗っている飛行機は、なんとプライベート機だ。信じられない。もちろんそれは会社所有で、D.C.にあるホテルや不動産の視察予定があるため許可が出たのだ。

今回は二人しか乗っていないのでCAはきっと暇を持て余すに違いない。二人とも機内の設備に初めは盛り上がったが、家のキッチンやパークスのことを話し合いたかったので、飲み物を受け取ると仕事があるからと言ってCAを遠ざけた。

「ミア、まずはニュースだ。例のキッチンのことだけど、カメラにばっちりそれらしいのが映っていたよ」

ミレイアは力が抜け、シートにぱたんと体を預けると、目を閉じてアンセルの言葉をかみしめた。「どんな姿だった？」

「子どもでいうと三、四歳くらいの大きさで四、五人いると思う。正確な顔つきはわからないけど、カラフルなエプロンと帽子のようなものを被っている、ように見えたよ」

そう言ってアンセルはお手上げのポーズをとった。

「そう。わたし、実際に見たことはないわ。というか、誰も見たことないわよね？」

「うん、キャスからも聞いたことがない。当然メイブたちも知らないんじゃないかな」

「これまで何も被害はないわけよね。それどころか家のことをしてくれている。これって見方を変えればすごくいいことかも」

「そうだね。ぼくはキャスとメイブに聞いてみるから、ミアは例のイギリスの友だちに聞いてみたらどうかな」

「いい案だわ。取りあえずそうして、みんなが家に集まったときに改めて相談したほうがよさそう」

その後、二人は議題を変えトレーニングルームに備える器具の種類やオーディオ機器を検討し、パークスが自由に遊べるスペースについて議論を続けた。
D.C.のワシントンブライトンズも、ニューヨークのホテルに引けを取らない、優雅で上品、それでいて最新式の設備を備えたホテルだった。ミレイアたちはさっそく、オフィスやプライベートルームへ向かった。

一時間ほど休憩をはさみ重役クラスとの顔合わせを兼ねたミーティングを行い、それが終了するとパーティー会場の確認が待っていた。ダーラからのクレームを受けたくない一心から、ミレイアは各部門の主任との打ち合わせにも念を入れた。最終チェックは当日の朝に行うため、ワシントンでの初日は、残すところダーラと婚約者ファミリーとのディナーだけになっていた。

ミレイアとアンセルがレストランの貸切りルームへ入るとウォルターがいたので、明日のパーティーは問題なく開催できることを報告した。すると入口のほうが騒がしくなり、メイブとダーラ、そして婚約者のリードと家族が到着した。

ミレイアは、そのなかでも、ひときわ異彩を放っている人物に気がついた。

〝うそ、パーティーのあの議員だわ！　パークス、大丈夫だから落ち着いていてね〟と繰り返し祈っていると、ウォルターが人物紹介を始めた。

「リードは前回で紹介済みだな。アンセル、こちらはマコーマック上院議員で、リードは議員の私設秘書をしている。あちらはリードのご両親でマイクとジョアンだよ」

そのあとをメイブが引き継いだ。「皆さん、こちらは私どもブライトンズコープ社の共同経営者で私の姪と甥、ミレイアとアンセルです」

ミレイアは自分が手本をと思いアンセルより先に、「ミレイア・ブライトストーンです。この度はおめでとうございます」とリード一家へ挨拶した。

「アンセルです。よろしくお願いします」

ディナーでは当然のことながら明日のパーティーのことが話題の中心となり、ダーラ自身はといえば積年のわだかまりを脇へやっているようで、ミレイアの質問にも淡々と答えていた。そして、マコーマック議員から、またしてもパーティー当日のダンスに誘われてしまったミレイアだが、それ以外は特に問題は起こらなかった。しかもディナーが終了し部屋へ引きあげるころには、議員のダンスを断る理由をいくつも思いついていた。

パーティーの開催中、彼は自分の支援者との会話に全く身が入らなかった。ああ、彼女はなんと輝かしいのだろう。とび抜けて美人だというわけではないが、不思議な魅力に溢れている。若さゆえだろうが、加えてこの財力だ。何としても手に入れたい。このあと支援者とのゴルフさえなければ食事に誘うのだが。しかし、用意したプレゼントはきっと喜んでくれることだろう。ダンスは断られたが、この多忙さでは仕方がない。次の機会はすぐに作れる。その考えに満足したところで、彼はパーティー会場をあとにした。

一方ミレイアは、このパーティーを意外に

も楽しんでいることに驚いていた。昼間の開催が功を奏したのか、陽気で幸せな雰囲気が会場を満たしていたことに満足した。実はデザートケーキはミレイアが仕上げたのだが、最高の仕上がりになったことをダーラに報告するつもりはなかった。

そういえば、ダーラが自分からのプレゼントに驚いた顔をしたのは見ものだった。本物の宝石をあしらった、シルバーのハート付きペアブレスレットを手づくりしたのだ。今後は、イベントに関連したアクセサリーも充実させるべきかもしれない。

パーティーの様子をゆっくり眺めながら、このようなプランを今度の議題にあげなくては、とミレイアは考えていた。シーズンごとに趣向を凝らしてはどうか。たとえば、バレンタイン・デーやハロウィンなどのイベントと絡めるのもいいかもしれない。

テーブル席にメイブがいるのを見つけ、さっそく各種のパーティープランについて意見を聞いてみた。アンセルも加わり議論が過熱したところへ、ミレイア宛てのギフトバッグが届けられた。中には、カードと赤いリボンがかかった細長い箱、それにセロファン紙に包まれた一輪のピンクのバラが入っていた。視線がミレイアに集まっている。カードには〝次の機会に〟とだけ記され、署名はなかった。いやな予感がした。まさかあの議員からだろうか。

「そのリボンのかかった箱は開けないの？」

と、メイブが期待した笑顔をミレイアへ向けた。仕方なく箱を開けると、サイドストーンに囲まれた赤い石のペンダントがあった。それを見たメイブはすかさず言った。「まあ、ピジョン・ブラッドのルビーよ、美しいわね。どうやらファンがいるようね、ミア」

ミレイアは笑ってこの場をごまかし、戸惑いながらパーティープランの話を再開させた。

今日の成果に満足しながらやっと部屋へ戻ったミレイアだったが、贈り主がわからないプレゼントには気が滅入っていた。それを目につかないようスーツケースの一番下へ入れ、ホテルのスパで気を晴らそうと予約を入れた。

明日は支援施設を訪問する予定になっている。アティカスやレイトンに会えることを思い出し、少し元気が出たのでスパを存分に堪能した。今日はもう重たい食事はとりたくなかったので、夕食は部屋でサラダとワインで済ませることにした。

ミレイアの部屋は最上階にあり隣室と段違いになっているバルコニーがついていたので、久しぶりに人目を気にせずパークスと戯れることができた。サラダとワインをバルコニーへ運び、パークスを椅子に置いたクッションへ乗せる。

「飛んでもいいけどこの周囲だけよ、わかった？」と声にだしてパークスへ伝え、そっとキスをする。だが、どうやらパークスはミレイアに撫でられるほうを選んだようで、飛ぼうとしない。結局一人と一羽はワシントンD.C.の夜景を楽しみ、寝室へと戻った。

ワシントンの支援施設は教会の近くに位置していた。ニューヨークの施設より大きな建物であることに驚いたが、レイトンやアティカスがたまに滞在するための部屋も備えているとのことだった。まあ、二人の職場に近いのはいいことだとミレイアは思った。

滞在者は、高校生から四十代まで様々な年齢の、単身者を含めると五世帯の大所帯だった。家族滞在は二世帯で、どちらもシングルマザーと高校生だった。看護師やカウンセラーは常駐ではないものの、いつでも助けてもらえる体制が取られていた。

能力者に女性が一人いることに驚きつつ、ミレイアとアンセルは自己紹介を行った。そして、これからも力になっていくことを伝え、彼らの近況を確認した。途中でアティカスとレイトンも到着したため、ゆったりしたスペースのはずの居間は窮屈になっていた。

高校生の一人で、澄んだ青い瞳と黒髪を持つエレミアは、この家にミレイアとアンセルが足を踏み入れたときから二人と一羽に興味津々で、ミレイアを質問攻めにした。

「来てくれたんだね、やっと会えた」と言ってミレイアの背後に手を伸ばし、「これからはたぶんぼくも一緒に仕事をすると思うけれど、高校生でも雇ってくれる?」と聞いてきた。

あげくの果てには、「こいつの世話もさせてくれる?」と言いだし、どれも返事に困るものばかりでミレイアたちは焦った。

「世話係は必要だけれど高校生は雇えないかも、たぶん。でもこれからいくらでも話し合えるし、そのあいだ、あなたは必要なことを学んで得意なことを伸ばしていくといいと思うわ。わたしたちも今そうしているところなの」

「うん、そうだね、わかったよ。でもさ、こいつに会いたいときはどうすればいい?」と、ミレイアのやや後方に視線をなげるエレミアに、「わかった。どうしてもというときは連絡をくれ。何とかするから、この件はこれで終わり」と、アンセルが小声で応じた。全く、隠し事ができないなんて力があるのも困りものだと思いながら。

エレミアはその言葉に安心したのか、もう一人の高校生とアティカスを含んだメンバーで話が盛り上がっているところへ合流した。

こちらでは、頻繁に往診が必要で外に出られないほど深刻な状態にある者はいないとわかり、ミレイアはほっとした。ここでも話は尽きなかったが、エレミアにメールアドレスを渡しながら「必ずまた来るから」と約束し、施設をあとにした。


翌日の朝食からは、ミレイアたちとレイトンの四人になっていた。これだけボディーガードがいるんだから、それを利用しない手はない。できるだけ観光名所を見てまわろうとミレイアは意気込んでいた。九時にホテルのロビーで待ち合わせて出発し、ホワイトハウスを皮切りにワシントンモニュメントや博物館など、メジャーなところを攻めていった。

午前の日程を終えたあと、ランチの席でレイトンが言った。「ミアもアンセルも、あまり一度にあれこれ頑張りすぎる必要はないよ。支援している彼らと頻繁に会うのは無理があるし、仕事のことも彼らのことも少しずつだ。いいね」と、叔父らしく二人を諭す。

「そうね。ニューヨークやここでも気になる子がいるから、少し焦ったかもしれない。レイ叔父さんが言うとおり、ゆっくりいくわ」

「ところでさ、前から二人に聞こうと思っていたんだけれど」と、アンセルが兄とレイトンに顔を向ける。「一瞬でどこまで行ける？というか、一番遠くはどこまで行った？」

その質問に二人は笑い、「ここでは言えないな。どうしても聞きたいなら家に戻ってからだ」と、アティカスが答えた。

ミレイアはそこでふとディレイニーを思い出した。「そういえばデルにも聞いたことないわ」

レイトンがそれを聞いて、「その彼にも会ってみたいと思っていたんだ。今度スケジュールを調整して、イギリスとアイルランドへみんなで行ってみないか？」と言い出したため、三人は唖然とした。しかしすぐに話が盛り上がり、つい最近発覚したブライトンズ・イン・

ロンドンの設備調査の件と、母のエレオノールの経歴を知ることが最優先事項となった。

ニューヨークへ戻る飛行機の中で、ミレイアはアンセルに伝えた。「ねえ、さっそくエレミアからメッセージが届いたわ。わたしにはボディーガードが必要だって」

「うん、それはぼくもそう思う。セキュリティシステムを強化しただけでは不安だと思っていた。ミアの能力のことだけで言ってるんじゃないよ。ミアはもう大企業のトップでもあるんだ」

まるで自分はそうじゃないという言い方だが、アンセルがいつの間にか大人っぽくなっているのをミレイアは感じた。

「わかった。次のミーティングのときにキャスたちの意見を聞いてから考えるわ。だけど、彼への返事はどうしたらいい?」

「うーん…あいつ、たぶん自分がなりたいんじゃないかな。ミアのファン二号だね」との弟の言葉に、ミレイアは手近なクッションを投げつけた。

「なんだよ、外してばかりのくせに性懲りもなく」

「へんなこと言うからよ、まったくもう。いいわ、とにかく提案のお礼を返信しておく」

エレミアへ返信し、ニューヨークへ戻ってからの日程を確認したあと、ミレイアはほんの少しだが仮眠をとることにした。眠りにつく直前、エレミアがパークスのことを見つめたり、ボディーガードが必要だと言った理由について考えていた。それに、エレミアが、どこかディレイニーを思わせるところも。

グラマシーへ戻ってから三日後、自宅で午後一番にミーティングを開くことができた。メイブたちもワシントンから戻ってきており、久しぶりにグラマシーの家が騒がしくなっていた。

「ミア、アンセル。ダーラのパーティーを成功させてくれてありがとう。これでひとまず結婚式までは落ち着けるわ」

「結婚式はやはりD.C.で、ですよね?」

「ええ、彼の仕事上そうなるわね。十一月一日の予定よ」

「その日は可能な限り全員、つまりレイトンとキャスも参加してもらいたいな」

ウォルターの依頼に二人は頷き、「大統領の出席の可否に左右されるけれど、どちらにせよ二人とも参加できるはずだ」とレイトンは答えた。

「緊急な警護となれば仕方がないが、まあ頼むよ。ところでミア、ボディーガードを雇うことを考えているそうだね」

「実をいうと、そのことは私たちも以前から考えていたのよ、ミア、アンセル。あなたたちは今では有力な企業の経営者よ。いろいろな意味を含めてボディーガードの採用を早めに検討する必要があるわ」

ウォルターに続きメイブの意見も聞き、こ

れは真剣に考えるべきことなのだとミレイアは改めて思った。「わかりました。すぐにでも手配します。でも誰か、その類の会社とかを知っている？」と、ミレイアは不安な顔をレイトンへ向けながら聞いた。

「その件については少し時間がほしい。当てがあるから確認させてくれ」

「ありがとうレイ叔父さん、お願いするわね。あ、でもD.C.のエレミアにこの話はしないでね。いま彼に知られたら家に押しかけてくるかもしれないわ」

レイ叔父さんは警護のプロだ。その道のプロフェッショナルが探すのであれば、ひとまず安心だろう。ミレイアは、エレミアについては冗談のつもりで言ったのだが、ふいにレイトンが真面目な顔をして考え込んだ。え？　待って、まさか彼に？　と不安になったとき、レイトンは言った。「ミア。レミーは頭が良くて、既に高校過程を終了している。でも大学へ行く気はないらしいんだ。そして、彼はぼくと同じ力を持っている。つまり、案外適任者かもしれない」

「でも彼はまだ十七歳じゃなかった？　採用しても問題ないのかしら、メイブ叔母さん」

「あら、高校生でもアルバイトをしている人はたくさんいるじゃない。その点は心配ないわ。問題は、D.C.からここまで来られるかどうかね」

メイブの意見にミレイアとアンセルは笑った。

「実は、わたしにボディーガードを提案したのは彼なの。きっと喜んで来てくれると思うわ。でもレイ叔父さん、彼、本当にボディーガードができるかしら？」

「もちろんある程度の訓練は必要だ。もし彼が引き受けてくれるとして、トレーニングルームがあるこの家で訓練ができるのは都合がいいな。訓練期間中もミアのボディーガードをこなせるからね」

「キャスはどう思う？」とミレイアは聞いた。

「彼は素質があるしメンタルケアはもう十分だと思うよ、それが心配なら。それでも本人への意志確認が先だ」と、一応賛成のようだ。

「わかった。二人がそう言うなら心配なさそうね。ミーティングを終えたらすぐに連絡を取るわ。もし彼が引き受けてくれたら滞在先や報酬額とか相談させてね、レイ叔父さん。わたしだけじゃ相場がわからないもの」

「わかった。これはなんだか楽しくなってきたぞ」と、レイトンは嬉しそうだ。

サラとモニカが飲み物と軽食を運んできたので、「少し休憩して、そのあとロンドンの調査についての検討ね」と、サイドテーブルへ向かう兄弟へ、ミレイアは念押しした。

ブライトンズ・イン・ロンドンについては、設備を目視確認すること、そして支配人との面会が必要であったため、アンセルとウォルターが現地へ向かうことが決まり、今回の議題は終了した。

ミーティング後、ミレイアがエレミアに連

絡を取ったところ、予想どおり大喜びですぐに向かうと彼は言い出した。ひとまず落ち着かせ、母親と十分に相談し、よく考えてから決めてほしいとお願いした。母親のエレンにも、詳細をデータ送信するので熟読してほしいことを伝えた。自分の子が活躍できそうなことを喜んでいることがひしひしと伝わってきて、ミレイアも楽しみになっていた。

夕食のとき、エレミア親子のことを報告すると、ほぼ決まりだという結論から訓練のプランや報酬額といった話になり、とりわけ、どこに滞在させるかで意見が分かれた。ボディーガードになってもらうからにはこの家に滞在したほうがいいと、レイトンに続いてアティカスとアンセルが言ったからだ。そうなると、サラとモニカの負担が増える。それをミレイアが指摘すると、もう一人ハウスキーパーを雇えば解決するはずだということになり、これでエレミアの滞在先はこの家に決定した。

アンセルがデザートにアップルパイを懇願しているとき、ミレイアは例のこの家の不思議について思い出した。

「そうだわ。メイブ叔母さん、ここに住んでいたとき、何かおかしなことや変わったものを見たりしなかった？」

「変わったものって、たとえばどんな？」と、メイブはウォルターと顔を見合わせる。

アップルパイの獲得に成功したアンセルが、

「サラたちが、キッチンや家のあちこちで不思議なことが起こるっていうからモニターを確認したんだ。そしたら…」と、サラたちから聞いたことも交えて説明すると、すぐにＩＴルームへ行き、モニターを確認することになった。

メイブとウォルターは、はっきりとは見えないようだったが薄暗いキッチンで時おり何かが動く気配はわかったようだ。

ミレイアはある程度のことは予想ができていた。モニターでの確認を終えると、また居間へ戻り、あれが何かを話し合った。

「ミアはどう見えた？」とアンセルが聞く。

「はっきりしたことは言えないけれど見たままを言うと、ええとその、エプロンを着けて帽子のようなものを被った、たとえば、おとぎ話のブラウニーのように見えたわ。それに、冬のダイヤモンドダストのような、ちらちらした光も」

「へえ！　やっぱりすごいな、この家は。ぼくがきみたちを見にこっそり夜中に来たとき、キッチンから物音がしていたのは、そういう訳だったんだ。納得だ」

レイトンがそう言うと、メイブが何か思い出したように続いた。「そういえば以前、家がいつも埃ひとつない状態なものだからクリーニング業者の回数を増やしたのか、それともあなたたちが遅くまで手伝いをしているのかサラに聞いたことがあったわ」

レイトンは三人が首を振るのを見て、「それで、どうだった？」とメイブに答えを促す。

「業者は増やしていないし、学校や勉強に支障がでないように気をつけている、という返事だったような気がするわ」

アンセルは困ったような顔をして言った。

「ごめん、メイブ叔母さん。逆にぼくはよく怠けていた。ほとんど何もしなくてもいつもきれいだったし、ぼくはヒューの仕事を手伝うほうが好きだったから」

「アンセルったらやっぱりそうだったのね。まあサラたちが大目に見ていることはわかっていたわよ」とメイブは笑った。

「となると、本当に妖精のブラウニーだと思ってよさそうだね」と言ってアティカスは全員を見渡し、反対意見が出ないかを待っていたが、何もなかった。

「なんだかマジカルね！　こんなことがあるなんて。ああ、私たちにもちゃんと見えたらいいのに」メイブは興奮気味だ。

「でも困ったわ。サラたちに何て説明すればいいかしら」と、はしゃぐメイブを横目にミレイアは聞いた。

「調べたけれど、監視カメラには特に変わったことは映ってないし、何も被害はないから普段どおりに仕事をお願いしたい、と言うしかないだろうな」とウォルターが答えた。

「それでいいと思うわ。サラたちには私からも何も心配いらないと言っておくわ、ミア。それに、もう一人増えることを聞けば安心するんじゃないかしら」

「ありがとうメイブ叔母さん。そうしてもらえると助かるわ。サラとモニカには、この家にずっといてもらいたいもの」

「ぼくも賛成」とアンセル。

「特におまえはサラたちに気を配るように。一番面倒をかけているんだからな」アティカスがアンセルに釘を刺したところで解散となったが、ミレイアはすぐには自室へ戻らず屋上へ行った。

ブラウニーがこの家にいることがわかり、知らず知らずのうちに不思議な力が身近に存在していたことに、今さらながら驚いた。でも、嬉しい驚きだ。何といったってブラウニーが家にいるのだ。ブラウニーは、食べ物と飲み物を少しいただく代わりに、その家の掃除などをしてくれる妖精だ。彼らのために、今後もわかりやすく食べ物を残しておかなければ。

ミレイアがパークスに少し遊ぶよう呼びかけると、パークスはすぐにそのとおりにした。見ると、動きがスムーズになっていて何だか少し大きくなっているように見えた。ベンチに腰掛け、パークスを呼び寄せ抱きあげると、確かに少し重くなっており、尾も長くなっていた。早めにパークス専用のスペースが必要だが、エレミアが来てからでも遅くはないだろうと、ミレイアはぼんやり考えた。

翌日、メイブの指示もあり、エレミアの部屋をどこにするかを検討し、それをサラとモニカへ伝えなければならないため、ミレイアは出社を午後へ変更した。

朝食後、さっそく部屋の確認を一階からスタートした。一応考えはあるのだが念のため空いている部屋を全部見たかった。

一階の空室は二部屋。男の子にはどれも十分な広さで、一部屋は通りに面している明るい部屋だった。もう一つは裏庭側だが、明るさは問題ないだろう。二階も空いているのは二部屋で、一つはミレイアの部屋の真下にある部屋で、一番の候補はここだ。ほかの部屋よりは少し小さいが収納は十分にあるし、シャワールームにも近い。何よりも、キャスたちと同じ能力があれば、何かあったとしても最短距離で真上の自分の元へ来られるのだ。

うん、ここがいいかもしれない。三、四階を確認することなく決定すると、サラたちを探しエレミアのことを説明した。通いになると思うが、もうひとり雇うつもりだから何も心配いらないことを伝えると、二人は大いに喜んでいた。

二日後、さっそくエレミア親子から連絡があり、契約内容は申し分ないから、準備できしだいグラマシーへ向かいたいとの返事だった。その日、レイトンを含め全員が帰宅すると、エレミアがボディーガード契約を承諾したことをミレイアは報告した。

初めは親子でグラマシーを訪問してもらうことになり、当日の空港への出迎えはレイトンが引き受けてくれた。ミレイアが仕事を終えて帰宅したときには、二人は既にくつろいでいた。

「ぼくたち来たよ、ミア」と、エレミアが笑顔で声をかける。

「エレンにレミー、ようこそ。ニューヨークの印象はどう？」

「うん、まあまあかな」

「今回は本当にありがとうございます。ミアさんの警護が十分にできるか心配ですが、この子がこれほど真剣になったのは初めてで」

「母さんは心配性なんだ」

するとレイトンが、「ここにいる皆も心配している。でもぼくは嬉しいよ、レミー」と言って腕に軽くパンチをした。

「ですがあの、こちらに住み込みということで、本当によろしいんでしょうか」

その質問にはレイトンが対応し、エレンは十分に納得したようだった。

それから夕食の準備が整うまでは、家の中やエレミアの部屋を案内してまわった。トレーニングルームとプールが屋内にあることにエレミアが感動しているのを見て、体力トレーニングの一環としてどちらも自由に使っていいことを伝えると、二人は目を丸くして驚いていた。

エレンは、エレミアのニューヨーク滞在が確定すれば自分は実家に戻り両親と暮らすことにしていたらしく、すでにD.C.の施設を引き払い、ここから直接実家へ向かう予定とのことだった。翌日、ミレイアがエレミアと一緒にエレンを空港まで送って（途中でエレンが立ち寄りたいところへ三か所寄り道をした）いき、必ず定期的に様子を知らせることを約束した。

　グラマシーに戻ると、ミレイアは早速エレミアの部屋を訪れ、荷物などがある程度片付いていることを確認した。何か足りないものがあれば、自分かアンセルに相談するよう伝えていると、レイトンから呼び出しがかかり一緒にＩＴルームへ向かった。

　レイトンは自分が不在のときも含めて、一か月のエレミアのトレーニングスケジュールを仕上げていた。そのほかにも、ミレイアのオフィスと外出先への同行や、周囲の確認の仕方などが盛り込まれた資料がエレミアに渡され、同じものがミレイアにも配られた。

「ぼくが不在でもキャスがいれば彼がコーチングするからそのつもりで。ここまではわかったかい？」

「はい、大丈夫です。ただ、あのミア、聞いてもいい？」

「ええどうぞ、何でも聞いて」

「誰かと一緒にエアジャンプしたことは？」

　エアジャンプ？　ミレイアがきょとんとしていると、「誰かと一緒に空間移動したことがあるかってことだよ」と、レイトンが教えてくれた。

「えっ、まさか。したことないわ」

「そうか、言いたいことはわかったよ、レミー。ミア、いざ緊急事態が起きたときは一緒に飛ぶ必要がある。要するに、きみにその訓練が必要だとレミーは言いたいんだ」

それを考えたことがなかったミレイアは、迷いながらも決心した。「わかったわ、わたしも練習する。でも最初はレイ叔父さんにお願いしたいわ。ごめんなさいレミー」

「それは構いません。慣れている場合とそうじゃないのでは大きな差があると思ったので」

「頑張るわ。レイ叔父さん、時間を見つけて時々…そうだわ！　できるだけ早くお願いしてもいい？　そしたら、行った先でパークスを自由に飛ばせてあげられるもの」

ミレイアが手放しで喜んでいるのを見て、レイトンは嬉しくなり、「もちろんだよ。ぼくも楽しみだ」と即答した。そして、これから三日間はD.C.での仕事はないから、さっそく夕食後からトレーニング開始だぞと、エレミアを誘った。

翌日、出社する車中でミレイアは、最初の仕事は服を揃えることだとエレミアに告げた。一度も来たことがない高級デパートへ連れてこられたエレミアは、店内の様子から費用のことが心配になっていた。

「ここは高級すぎて、ぼくに必要な服があるようには思えません」

「ええわかるわ。でもね、レミー。仕事で着る服はきちんとしてほしいの。それに費用は心配いらないわ。ここはうちのデパートなの」

「わかりました。でも最初は選ぶのを手伝ってもらえますか？　どんな服が相応しいのか、ぼくにはわからなくて」

「ええ、もちろん。わたしが叔母のメイブから最初に指示されたのも、服を揃えることだったの」

ミレイアは、不安そうなエレミアをメンズコーナーへ連れていき、ミレイアが一着分を見繕い、エレミアに着用させた。次に、いま着ているものを参考にシャツから靴下までを十セットと、それぞれに合った歩きやすい靴を数足揃えてほしいとスタッフへ依頼した。

それを終業時に受け取りたいと伝え、ミレイアたちはフロアを出た。

帰宅したミレイアは、ハウスキーパーについて相談するためサラを探した。斡旋所を考えていたのだが、誰かを紹介できないか伝えたところ、モニカに伝手《つて》があるらしく確認して報告しますとのことだった。

ふと気になりトレーニングルームを覗くと、エレミアが筋力トレーニングを始めていた。レイトンはミレイアに気づくと、近寄って言った。

「レミーに一時間ほどメニューを組んであるから、時間があるんだ。ミア、例の練習の件、これからどうだい？」ミレイアは頷いたが、躊躇しているのがレイトンにはわかった。

「まずはプールサイドか屋上で、短い距離から始めよう。それならいいかい？」

「屋上がいいわ、レイ叔父さん。わたし、グラスでワインを持っていくことにする」

「それはいいね」二人は笑い合い、エレミアに声をかけて屋上へ向かった。

屋上は、モミジやハナミズキ、大きな鉢に植えられたトネリコ、そして今がシーズンの花々を植えた、これまた大きなプランターで彩られていた。高所から覗かれるのを防ぐためヒューとアンセルが頑張ってくれたのだが、何よりミレイア自身が落ち着ける場所になっていた。それでもミレイアは、ワインを一気に半分も飲み、「まず、どんな感覚がするのか教えてくれる?」とレイトンに聞いた。そして、二人で手すり前にあるベンチへ腰掛けた。

「怖いのはわかるけれど心配ないよ。どんな感覚かを感じる間もないほど一瞬なんだ。本当だよ」と、レイトンは終始笑顔だがミレイアの不安は消えない。

二人は、しばらく夜景を眺めた。するとレイトンが、「あの木は何ていう名前だい?」と聞いてきた。

「あれはトネリコよ」

「こうしよう、ミア。最初は、ここからあのトネリコまでにしよう。そのあいだは目を閉じているといい」

それならいけそうだと覚悟を決め、ミレイアは大きく頷いて立ち上がった。レイトンは「さあおいで」と言い、ミレイアの肩を軽くつかむ。

「力を抜くんだ。よし、それでいい。じゃあいくよ」

両目を閉じ思わず手に力が入ったとき、足裏に軽い刺激を感じたがレイトンの動く気配がしない。そのまま待っていたが何も起こらない。「レイ叔父さん？」と言いながら顔を上げると、いたずらっぽい笑顔でレイトンがミレイアを見下ろしていた。

「とっくに終わったよ。周りを見てごらん」

「えっ⁉」

本当だった。距離にして十メートルもないが二人はトネリコの下にいて、足元にはミレイアの好きなペンタスの鉢植えがあった。

「すごいわ！　本当に何も感じなかった。本当に一瞬だったわ、レイ叔父さん」

「さあ、これでわかっただろう？　次は、どことは言わずにやってみるけど、信用してくれるね？」

それはまだ少し怖かった。しかし、「ええ、でも目をつぶったままでいるわね」と答え、顔をレイトンの胸に預けた。そして、今度こそ何か感じるかもしれないと覚悟したとき、「ミア」と呼ぶレイトンの声がした。顔を上げたミレイアは、またしても驚き、何も言うことができなかった。そこは、家の屋内プールだった。

レイトンはミレイアが驚きから立ち直ると、慣れれば肩や手など、どこか体の一部が触れていればいいことや、同時に二人と一緒に移動したこともあるんだと、ミレイアを安心させるのに必死だった。レイトンはまた、今後はアンセルとも練習するが、いつでも平常心でこなせるまでアティカスやエレミアとも練習するよう、ミレイアに義務づけた。

それから一週間後には、新しいハウスキー

パーも来てくれるようになり、エレミアがいうところのエアジャンプも、家の端から端まで実行してもミレイアは平気になっていた。

八月中旬のある日、イギリスから戻ったアンセルとウォルターから招集がかかった。ロンドンでは、セキュリティ設備の欠陥と使途不明金が関連していたことをつきとめ、現地の警察に届け出たこと、そして設備を再点検しなければならないなどの説明があった。

アンセルは、彼のお手柄だというウォルターの言葉に照れながらも、国内にあるブライトンズコープ社の全部門をはじめ、パリやバルセロナも順に確認しなければならないと報告した。そして、レイトンやアティカスも含め経営陣のノートPCやタブレットを新調することとし、問題がないか確認を終えてから各自へ支給するとの報告もあった。

「以上で、今日の議題は終了です。ところで、ここにいる彼は幻ではないよね」と、どこか退屈そうにしているエレミアを見て、アンセルが話題をふった。

「あら、見えないように魔法をかけていたのに。正解、彼は実在の人物で、ボディーガードの仕事を開始したの」

「それじゃあ、きみが言ったとおりになったというわけだね。よろしくエレミア」とアンセルが手を差し出し、二人は握手を交わした。

ウォルターもエレミアに握手を求め、「家族を誰かが警護するのは初めてなんだ。ミレイアをよろしく頼むよ。何か気がついたりしたことがあれば、遠慮せず誰にでも相談してもらいたい」と、エレミアが気負わないよう言葉を添えた。そして、アンセルのボディーガードも早く見つかればいいがと何やらぶつぶつ言いながら、タブレットの操作に戻った。

「キャス。アンセルのボディーガードだが、めぼしい人物をリストにしておいたので目をとおしてくれ。レイトンにもデータを送信したが、何か気がついたことがあればよろしく頼む」

アティカスにそう伝えるとウォルターはタブレットの操作を終え、明日のリモート会議に備えたいからといって、早々と自宅へ帰っていった。


ミーティング中、エレミアがモニター類を興味深げに見つめていることにアンセルは気づいていたため、声をかけた。「家の中ではリラックスしなよ、レミー。ぼくらがミアと同じ場所にいるときは、張り付いていなくても大丈夫だ。それに監視モニターに興味があるなら近くで見てもいいよ。いじらなければ」

「ありがとうございます。機器類が好きなので、つい」と言いながら、エレミアはアティカスを見た。

「弟の言うとおりだ、エレミア。外にいる場合と、家の中でのオンとオフの切り替えは大切だよ」

ミレイアは、兄弟が言うのを聞いて自分が言っておくべきだったと気づき、慌てた。

「そうよ、レミー。オフのときには図書室の本を借りるのも自由だし、前に言ったとおりプールで泳いだっていいわ。トレーニングにもなって一石二鳥ね」

エレミアは三人の言葉を頭のなかで検討した。「いつか全部試してみます。あと、パークスの世話も」

「わたし、明日は久しぶりに一日中オフなの。屋上で一緒にパークスと遊ぶのもいいわね。それか、キャスが一緒に行ってくれるなら遠出してもいいかも。ランチボックスを用意できるかもしれないわ」とミレイアは言い、エレミアと一緒になってアティカスを見た。

二人から強い視線を向けられたアティカスは、目をぐるりとまわして言った。「しょうがないな、わかったよ。じゃあ行き先はそっちで考えてくれよ」

ミレイアとエレミアはハイタッチをした。するとアンセルが自分も絶対行くと言いだし、スケジュールを調整するためＰＣと携帯電話を同時に使い始めたのだった。

その日の夕食後、ミレイアはさっそく明日のランチの下ごしらえに取りかかった。ランチボックスには当然お手製のスイーツを入れなくちゃ、と張り切ってパイ生地づくりに励んでいたが、果物の風味付けに使用するグランマルニエを切らしていたことを思い出した。コアントローでも十分なためホームバーへ向かったが、残念なことにそれも見当たらない。

一瞬迷ったが、リカーショップまで二ブロックだし急げば二十分くらいで戻れるはず。さっと行ってくれれば問題ないだろうと、ミレイアは誰にも声をかけずに外出した。暗い影が近づいているとも知らずに。

やはり神は自分の味方だったのだ。特注品を届けた帰り道に、こんな幸運が待っていたとは。男は彼女を追った。そしてリカーショップへ入るところを見届けると、ショップ脇の樹の陰に車を止めた。彼女がカウンターの前へ立ったため、キャップを被って車を降り店のドア付近へ近づく。そして、出てきたところへ声をかけ、そのまま車の運転席へ座らせることに彼は成功した。

夕食後の習慣になりつつある一時間のトレーニングをこなしたアティカスとエレミアは、それぞれ自室へ戻りシャワーを済ませた。

エレミアは、今日は図書室へ行くか、それともＩＴルームへ行きモニター観察のどちらにするかを決めかねていた。結局、アンセルがまだ仕事中かもしれないと思い、図書室へ行ってみることにした。途中で、そういえば二時間近くミレイアを見ていないなと思いながら、図書室に行くことを報告するためキッチンへ向かった。うまくいけば、何かの味見ができるかもしれない。

キッチンへ近づきながら、何かおかしいとエレミアは思った。物音が聞こえないのだ。とっくに作業を終えたのかもと思いながら、キッチンへ入った。カウンター上には、ラップがかけられたボウルや何かの材料、まな板と棒みたいな道具が並んでおり、はっきり作業の途中だとわかる状態だった。

「ミア」と呼びかけたが応答はない。胸騒ぎがしたが、何かの理由で部屋に戻っただけかもしれない。だが、部屋をノックしても応答がないためドアを開けたところ、ランプが一つ点いているだけで人の気配はない。

きっとアティカスかアンセルのところだと思い、まずはアティカスのドアの前に飛び急いでノックする。どうぞ、と言う声と同時にドアを開け室内を見たが、ミレイアの姿はなかった。

エレミアはパニックを起こした。「ミアを見た？　キッチンにはいなくて、でも何だか作業途中のままなんだ。部屋にもいない！」

アティカスは湧いてくる不安を抑えながら、「アンセルやサラたちには？」と聞く。

「まだ確認していません」

「わかった。ぼくはITルームへ行ってみるから、サラとモニカのところを頼む。そのあと居間に集合しよう。いいね？」

エレミアは頷き再びキッチンへ、アティカスはアンセルのところへと向かった。

いきなりドアの内側に現れたアティカスに驚き、アンセルは手を止めた。

「わお。それ、やめてくれないかな。システムを誤作動させるかもしれないんだぞ」

それを無視してアティカスは言った。「ここにもミアはいないようだな。この一、二時間のあいだにミアを見たか？」

「見てないよ。どうして？」

アティカスは携帯電話を取り出しミレイアの番号へかけた。が、応答がない。

「ミアがどこにもいない。居間へ行くぞ、レミーがサラたちに確認しているところだから」

二人が居間へ行くと、ちょうどエレミアが、サラとモニカと共に慌てて入ってきたところだった。

「アンセルもこの二時間以内は見ていないそうだ。サラ、ミアを最後に見たのはどこだい？」と、アティカスが尋ねるのと同時に、アンセルは携帯を操作し始めた。

「明日のデザートのためにと、ミレイアさまはキッチンであれこれ作業していました。わたしたちは夕食の片付けを終えたところで、八時ごろでした」

サラは不安そうに答えた。アティカスが顔をモニカに向けると、モニカは頷いた。

「携帯で位置確認をしたけれど、この家にあるみたいだ。いま電話をかけている」

みんなで耳を澄ませたところ、キッチンの方向から音がしていた。全員で駆けつけると、カウンター上の大きなボウルの脇に、ミレイアの携帯電話があった。アティカスはまず自分を落ち着かせた。「心配いらない。ミレイアは屋上で休憩中かもしれないけれど、とりあえず手分けして捜そう。アンセルは外を頼む。サラたちはこの階と地下を、レミーは二階、ぼくは三階と屋上だ」

捜し終えたらもう一度居間へ集合することにして、全員すぐに割り当てられた場所へと向かった。十分後、再び居間に集まったそれぞれの顔は、不安に沈んだ表情ばかりだった。

エレミアは、力なく椅子に座り頭を抱え、サラは半泣きの状態で言った。「どうしましょう、アティカスさま。警察に連絡したほうがいいでしょうか」

アティカスは悩んだ。いっとき見当たらないだけでは、警察は動かない。

「サラ、モニカ、よく考えてもらいたい。いいかい？　自分が何かを作っているとして、中断して急いでどこかへ出かけるのはどういうときが考えられる？」

アティカスの質問に二人は顔を見合わせたが、すぐに考え始めた。目を閉じているモニカは、手も少し動いているので頭のなかで何かシミュレーションしているのだろう。そして、はっとして答えた。「何か、必要な材料が無かったとしたらどうでしょう」

「そうか！　携帯を置いていくくらいだ。近くの店に行ったのかもしれない」

そうアンセルが言うと、エレミアは焦った。

「でももう十時前です！　いくらなんでも遅すぎる！　ぼくは捜しに行ってきます」と、外へ出ようとするのをアティカスが止める。

「待つんだ。手分けをしたほうが早いから、アンセルとぼくも行く。サラ、よく聞いて。警察へは連絡しないで、レイトンとメイブに電話して状況を説明していてくれないか?」

全員、すぐに行動を開始した。

chapter

9

どこかの場所

―後悔と見えてきた能力の意義―

自分の身に起きたことが信じられなかった。何てばかだったのだろう。こんなことを防ぐためにレミーに来てもらったというのに、軽はずみに一人で外出するなんて。

ミレイアは、キャップを被り、ずっとうつむき加減で顔を見られないようにしているこの男に脅され、連れ去られてしまっていた。男は、ミレイアに運転するよう小声で言いながら、ジャケットの内側にしのばせた銃とナイフを見せた。そして、指示に従わなければ身内を殺害する手はずになっていると言われ、仕方なく運転席へ乗り込むしかなかった。

大丈夫、落ち着くのよ。キャスやレイ叔父さんがきっと何とかしてくれる。それに、街中の監視カメラのどれかに映っているかもしれないから、アンセルが必ずつきとめてくれる。だから落ち着くのよ。ミレイアは、何度もそう自分に言い聞かせていた。

しばらくして、ある建物の地下へ入るよう指示された。そこは駐車場で、どこもかしこも薄暗かった。これでは監視カメラに映っていたとしても、車中の様子はわからないかもしれない。

一番奥の、柱に挟まれたスペースに停めるように言われたので停車すると、ミレイアの首に何かが当てがわれた。そして、「動くんじゃないぞ」と男は言い、電話をかけ始めた。

「おれだ。ケースを持ってすぐに降りてくるんだ…ああ、そのとおりだ」

人が増えそうなことに恐怖心が高まったが、

男が電話を切ったのでミレイアは思い切って話しかけてみた。「わたしをどうするつもり？何が目的なの？」

怖さで、声が震えた。が、回答はなく、男はミレイアに目隠しをした。

しばらくすると、誰かが近づく足音が聞こえてきた。ああ、いったいどうすればいいの。

「外へ出ろ。騒がなければ痛い目には遭わせない」

大人しく従い車を降りると、一人が荒い手つきで猿ぐつわをした。そして背中側で両手を縛ると、素早く車のトランクに押し込む。足も縛り終えるとドアを閉め、車をスタートさせた。

ミレイアは、それ以上こらえきれず涙が溢れた。お願い、誰か助けて。

外へ出た三人は、まだ営業している店舗には直接入店し、ミレイアを捜した。いないとわかると、店員に髪の色や顔かたち、その日の服装を伝え、聞いて回った。そろそろ日付が変わる時間になったとき、アティカスはアンセルに状況を確認した。しかし、これといった情報はなく、それはエレミアも同じだった。今日はもう何もできないだろう。いったん引きあげ、レイトンと叔母たちに相談しなくては。

家に戻るなり、おろおろしたサラとモニカが駆け寄ってきたが、アティカスが首を振ると二人は泣き出した。アティカスは二人をなぐさめ、何かやることがあれば少しは落ち着くだろうと思い、冷たい飲み物をお願いした。

二人がキッチンへ行ってしまうと、アティカスはレイトンに、アンセルはメイブに状況を報告した。気づくと、エレミアは壁によりかかり放心状態に陥っていた。

レイトンは、仕事を調整しだいすぐに来てくれることになった。メイブと話していたアンセルは途中からウォルターに変わってもらい、もう一度状況を説明すると、二人もすぐに家を出発するとのことだった。

エレミアが、ずるずると腰を滑らせ床へ座り込み、頭を抱えて言った。「ぼくのせいだ…すぐに気がついていれば…ちくしょう！」

「違うレミー、これはきみのせいじゃない。まさかミアのほうから災難に向かうなんて、誰が予想できたと思う？」とアティカスが言う。そしてアンセルも、「自分たちで食材を買いに行くのは、以前は普通のことだったんだ。でも今もそうするなんて、ぼくらにも予想外だった」と、エレミアをなぐさめた。

数分後、サラとモニカが飲み物とサンドイッチを持って居間に戻ってきた。二人はこのままここに残りたいと申し出たが、これからあれこれやってもらう必要があるから、できるだけ休んでいてほしい、何かわかったらすぐに知らせるからと安心させ、アティカスは二人を部屋へ帰した。

「メイブは泣いて話ができなかったから、ウォルターと話した。警察への連絡は自分たちが着くまで待ってほしいと言っていた」

「ああ、レイもそう言っていた。そうだアンセル、ミアの携帯をここに持ってきてくれ。誰に連絡が入るかわからないからね」

「しまった！　何てバカだ、家のモニターを見てない！　真っ先に確認するべきだったのに、すぐ確認しよう！」

　三人はＩＴルームへ向かい、監視カメラを確認した。予想は外れてほしかったのだが、やはりミレイアは出かけていた。片手に財布を持ち、足早に玄関を左へ曲がったのが録画されていた。

「これで、買い物だということと向かった方向はわかったな。だとすると、もう一度サラたちに聞く必要があるぞ。キッチンカウンターや冷蔵庫とかを見てもらって、何を作っていたか特定できれば、足りない材料を買うためにどこに行ったかがわかるかも」

　再び居間に戻り、とりあえずサラたちが用意した軽食で腹ごしらえをしていると、レイトンが到着した。すぐに経緯を求めようとしたが、すかさずエレミアがレイトンに近寄り、自分の落ち度だと涙ながらに謝り始めた。

　レイトンは、エレミアの嘆きぶりを見て逆に落ち着きを取り戻していた。

「レミー、なぜきみのせいになるんだ？　任務に就いているとはいえまだ訓練中で、しかもみんな家の中だったんだ。もちろん気持ちはわかる。とにかく、いま必要なのは冷静でいることだ。いいね？」レイトンのその言葉に、エレミアはゆっくりと頷くことしかできなかった。

アティカスは、メイブたちもここへ向かっているが到着は早朝になるはずだと伝え、これまでの経緯を始めからレイトンに説明した。

「よし、何を作っていたかは重要な判断材料だ。申し訳ないがサラとモニカにもう一度キッチンを見てもらおう。アンセルとエレミアはここに残り、何か連絡が入ったときの対応を頼みたい」

レイトンとアティカスはサラとモニカに丁重にお願いし、もう一度キッチンを見てもらった。二人はカウンターにきちんと並んだ材料や道具、それに冷蔵庫の中身やドアに張り付けてあるメモに目をとおし、意見を交わす。

そして、二人は素早くキッチン内で何かを探し始めたかと思うと、ホームバーを確認したいと言うので、居間へ向かった。そして十分後、二人は結論に達した。

「キッチンカウンターの上は、パイ生地を発酵させている途中でした。そして冷蔵庫には種抜きされたチェリーが入ったボウルがありましたので、チェリーパイの準備をしていたのだと思います」と、モニカが言った。

「ミアさまは、フルーツパイには必ず上等なオレンジリキュールを使用します。いま確認したところでは、どうやらキッチンにもこのバーにもそれが見当たりません」

「そうか！　ありがとう二人とも。これでミアがどこへ行ったかわかったよ」

今度こそ休んでいてとアティカスは言い、再び二人を部屋へ戻した。

「ミアが向かったのはリカーショップだ」

アティカスの言葉にアンセルははっとし、

「確かにここから二ブロックほど先にトムズリカーがある。でもさっき前をとおったときにはもう閉店していた」と言った。

大体の流れが掴めたレイトンは、この先どうすべきかを考えた。最終的にはメイブたちの意見も聞いて決定することになるが、今のところは正確な状況を掴むのが先だろう。

「よし、そのリカーショップは明日の開店一番に確認するとして、みんな、携帯電話はしっかり充電していてくれ。これからぼくは近くの病院へ行って、ミアが搬送されていないか念のため確認してこよう。そのあいだきみたちは交代で電話番をして、何かわかったらすぐに連絡をくれ。わかったね？」アティカスたち三人が頷いたのを見届け、レイトンは出て行った。

アティカスは、先に自分が電話番をするから、自室へ行くかブランケットを取ってきてここで休んでおくよう二人へ伝えた。エレミアはさっといなくなったかと思うと、すぐにブランケットを持って現れた。その間三秒。

「まったく羨ましい限りだね。だけど、ぼくは近くの監視カメラをハッキングして、ミアが映っていないか確認してみるよ。仮眠は向こうでとるから何かあったら知らせてほしい。頼んでいいかい？　レミー」

「わかりました」エレミアは青ざめた顔のまま答えた。

一時間後にエレミアがやっと眠り込んだころ、レイトンが戻った。

「病院への搬送はなかったよ。怪我をしていないのはよかった。だが…キャス、考えたくはないが、たぶんこれは誘拐かもしれない」

「ぼくもそう思う、残念ながら。もっとミアに注意を与えておくべきだった、真剣に。だってレイトン、ぼくらの…」

「ああ、わかっているアティカス。いまはそのことは考えるべきじゃない、ミアのことに集中しなければ。とにかく、ぼくがこのまま起きているから、メイブたちが来るまではきみも休んでおくんだ。さあ」

数時間前。ミレイアを乗せた車はどこかに到着した。涙は止まったが、狭いところに押し込められ体中がこわばっていた。

車を降りた男が、近づいてくる足音がした。トランクが開き、男は足を縛った紐をほどいてから体の下に手を差し込み、ミレイアを引っ張り出した。そして背中にナイフを突き付け、「歩け」と言いミレイアを押した。

前が見えないので恐る恐る歩いていたため、男に何度も小突かれた。そして、階段を数段上がると、ドアが開けられる音がしてまた小突かれる。足音が木の床を歩くような音に変わったため、室内に入ったのだとわかった。でも足音以外は何の物音もしない。だがミレイアは、潮の香りに気づいていた。

どれくらい歩くのだろうと思った矢先、男が「止まれ」と言い、鍵束の音が聞こえた。またドアを開ける音がしてミレイアの肩がつかまれ、「階段だ。ゆっくり下りろ」と命令された。ふとミレイアは、その男は最初の男ではないことに気づいた。声が違っていた。

やっと階段が終わり男たちは無言でミレイアを歩かせた。しばらくすると、鍵のガチャガチャいう音に続いてドアが開く音がした。また下への階段だろうかと不安になったが、再び鍵が回され、すぐにドアを開ける音がして体を押された。二重扉だろうか。

男はミレイアをソファーのようなものに座らせると、また足を縛って言った。「食べ物と水はある。いいか、何かあれば犠牲になるのは一人じゃない。へたな考えは起こすなよ」

ミレイアは頷いた。

「よし。手を縛る位置を前に変えたら俺たちはここを出るが、それまで動くんじゃないぞ。言っておくが、ここは叫んでも誰にも聞こえない場所だ」

男はミレイアを立たせ、手を縛る位置を前に直し向きを変えると、「このまま動くな」と言って出て行った。ドアの開閉と施錠音が連続していたので、やはり二重扉のようだ。

物音がしなくなると、ミレイアはすぐさま目隠しを取りはずした。暗くて何も見えない。猿ぐつわは抜けなかったため首のほうへずらす。これからどうなるのだろう。怖くてたまらず、また泣いた。

しばらくして泣き止むと、目が暗闇に慣れてきていた。ゆっくり観察すると、思った以上に広いことがわかった。ソファーにテーブル、棚とパイプ製のベッドもあった。ベッド側の壁の高い位置にあるのは窓だろうか。ベッドへ上り、両手を伸ばしてみたが届かなかった。

あきらめてベッドへ横になったそのとき、ミレイアは気づいた。そうだパークス！

「パークス？　パークス、おいで」と言うと、すぐにパークスは出てきた。その姿に、ミレイアはほっとした。抱き寄せることができないので、頬をパークスへ押しつける。

「パークス、大変なことになってしまったわ……」ミレイアが涙を流すと、パークスはキューンと鳴き、頭を寄せてきた。

パークスのおかげで先ほどよりも室内がよく見えるようになっていたため、テーブルに食べ物とボトル入りの水が見えた。そして、ドアが二つあることに気づいたので、パークスと一緒に行きノブを回してみる。だめだ、ここは開かない。だが二つめのドアは開いたので中を見ると、そこにはトイレとシャワーがあった。窓はないが当然だろう。ミレイアは苦労して用を足し、ソファーまで戻った。

食べ物はブドウとバナナ、そしてビスケットだった。何かあったときに少しでも体力を維持しておかなければと、無理やりバナナとビスケットを食べた。極度の疲労と喪失感に襲われ、ベッドへ横になる。そのままパークスとくっつきながら、ミレイアは眠りへと落ちていった。

メイブとウォルターは交代で運転を続け、朝の六時半にはグラマシーへ到着した。

ダイニングルームに全員が揃っていた。サラとモニカは、朝食のメニューとしてサンドイッチとクロワッサン、卵料理とベーコンにフルーツ、そしてコーヒーとオレンジジュースをサイドテーブルへ用意していた。

メイブはエレミアに近づき、「お会いするのは初めてね。私は彼らの叔母でメイブというの。よろしく。さあ、一緒に食事を済ませましょう」と声をかけ、遠慮しているエレミアをテーブルへ着かせた。

まずアティカスが、ミレイアはキッチンでパイづくりの途中ホームバーに寄っていたこと、そして監視カメラに残っていた外出する映像から判断すると、リキュールを買いに出かけたのだろうということを説明した。

「リキュールを買いに？　夜に一人で？」

「キャスとレミーはトレーニング中で、アンセルは仕事中だった。サラとモニカは部屋へ引きあげていたし、ショップまでは往復で二十分程度だからさっと行ってくればいい、そんなふうに考えたんだと思う」と、レイトンが答える。

「携帯電話はキッチンに置きっぱなしだった」とアティカス。

「あの子は、ことスイーツづくりに関しては妥協するということがないのよ。ああ、どうしましょう」と、メイブはうな垂れた。

アンセルは、エレミアにやることを与えようと思い、言った。「食べ終えたら、トムズリカーが開店する前にレミーとぼくが近くの病院へもう一度行ってみるよ」

「そうね、そうしてくれる？　私たちはいくつか対策を考えなければいけないから。エレミア、あなたの携帯にミアの写真はある？」

「いえ、ありません」

「アンセル、ミアの写真を彼の携帯に送ってあげて。病院のスタッフにはそれを見せながら聞いてみてちょうだい」

「はい、わかりました」

食事を終え、アンセルとエレミアが出かけると、残る四人は相談を始めた。何らかの連絡が入ったとき、このまま何日も誰からも連絡がないとき、そして連絡がありこれが誘拐だと確定したときなど、いくつもの事態について検討を重ねた。九時半ごろアンセルたちが戻ったが、やはり病院にはいなかったとの報告だった。

リカーショップの開店が近づいた十時前、レイトンとアティカスが出かけようとしたそのとき、突然ミレイアの携帯電話が鳴った。アティカスは、全員を制止させ、電話を凝視した。

「非通知の番号だ」アンセルは、すかさずスピーカー機能をオンにし、合図をした。アティカスが通話ボタンを押す。

「わたしミアよ。心配いらないからどこにも連絡しないで。特に警察には」

「キャスだ。ミア、怪我はないか？」

「ええ、ないわ。みんないる？　レミーに…」

「おいっそこまでだ！」

　電話はそこで取り上げられたようだった。

全員、力なく腰をおろすと、レイトンが言った。「警察へ連絡してほしくないことと最後の男のセリフから、どうやらこれは誘拐とみて間違いない。だが、あれだけでは情報が少なすぎて何もわからない」

　アンセルはミレイアの携帯を少しいじったあと、「きっとまた連絡はくる。相手の位置情報が確認できないかミアの携帯に仕込んでみるよ。相手がプリペイド式なら難しいけれど、試してみる」と言い、さっそく作業に取りかかった。

「ぼくはトムズリカーへ行って、店内の監視カメラを見せてもらえないか頼んでこよう」とアティカスが言うと、エレミアは自分も行きたいと希望した。

「よし、三人はそうしてくれ。私とメイブは、弁護士と、万が一のためにフリーの交渉人を手配することにしよう」と、ウォルターが言った。

「それともう一つ、ミアを取り戻したら、必ずそうするつもりだが、アンセルのボディーガードとこの家の警備強化も至急手配する。いいね？」と、レイトンがアティカスとアンセルに言った。二人はすぐに頷いた。

怒鳴られ、電話を取り上げられたミレイアは、一瞬ぶたれるかと思い身構えた。ぶたれはしなかったが、男の次の言葉には思わず震えが走った。

「今度ひと言でも余計なことを言うと、痛い目をみせてやるからな。数時間後にある方がみえるが、それまで反省していろ」と男は言い、ドアを乱暴に閉め出て行った。

もはや何時間たったのかもわからなくなったころ、再びドアが開けられたが、目隠しをするようにとは言われなかった。入ってきた三人の男たちは、目出し帽をかぶっていた。だから目隠しの指示がなかったのだ。


突然、パークスが過敏になったことがわかり、慌てて落ち着くよう言い聞かせていると、どこからか泣き声のようなものが聞こえた。あれは…子どもの泣き声？　それに、ドアが開くたび潮の香りがする。この場所は、港か海沿いにあるのは間違いない。

彼らのなかでスーツを着た一人が言った。

「なるほど、どうやら本人のようだな。連絡を受けたときは半信半疑だったが、まあお手柄だ。ここから逃げるのは不可能なんだから拘束ぐらいは解いてやれ」

あとの二人が頷く。どうやらスーツの男がボスのようだ。ミレイアは、何をされるのか恐怖でいっぱいだったが、今回はスーツの男が顔を確認するだけだったようで、三人はそのまま出て行った。そしてまた、そのまま数時間が過ぎていった。

どれくらいの時間が経ったのだろうとぼんやり考えていると、また男たちがドアの前にやって来た。今度は、ドアを背にして目隠しをしていろとの指示があった。

何人かが中へ入ってくると、一人がミレイアの猿ぐつわを下へずらした。

「さて、今日はお前の会社の秘密を教えてもらうことにする」

「会社の…秘密？　わたしは就任してまだ二か月足らずよ。何が会社の秘密なのか知らないわ」ミレイアは、男たちの意図が掴めず戸惑う。

「いや、お前は思った以上に知っているはずだ。たとえば、慈善事業と称して各地で面倒をみている者たちがいる。それはなぜだ？」

頭のなかが猛スピードで回転する。能力者のことを何か掴んでいるの？　まずいわ。

「なぜって…生活に困っている人たちのこと？　あれには福祉事務所も関わっているし、社の方針だという以外に理由は聞いてないわ」

「へえ、企業がそんなことまでねえ。なるほど、仕方がない。おい、連れてこい」

男がそう言うと、さっきより子どもの泣き声が大きくなった。本当に子どもがいたのだ。やめてほしいと何度も懇願している。どうやら部屋の前にいるようだ。

「やれ」と男が言うと、ヒュッと音がして子どもの叫び声が響き、おぞましいその行為は三度続いた。もう声がしない。きっと気絶したんだわ。ミレイアは泣いた。そして叫んだ。「何てことをするの、人でなし！　子ども相手によくも、よくも…」涙で言葉にならなかった。

「なら正直に言うことだ」

「さっき言った以上のことは知らない、本当よ！　お願いもう一度家族に電話をさせて、確認してみるから」ミレイアは、ぶたれた子どもに心のなかで必死に謝りながらそう言った。どうか、どうか傷が深くありませんように…。

男は言葉の真偽をはかっているのだろう、しばらく思案して言った。「いいだろう、だが電話をするのは明日だ。では、我々は子どもが死んでいないか確認しておくとしよう」

ミレイアは、一人になったとたん目隠しを取りトイレへ駆け込むと、胃の中に残っていたものを吐いた。そして、顔も名前もわからない、同じようにここで囚われているあの子のために、必ず助けるから頑張るよう、傷の痛みも和らぐよう必死に祈った。

二回目の電話は明日だと言っていた。すると今は夜なのだろうか。とても長い時間が経った気がするのに、あれから一日しか経っていない。でも、考える時間だけはある。となると、ここは何としても冷静になり、計画を練らなければ。

自分に今あるのは何なのか把握するため、改めて部屋の中を見渡した。目に入ったのは、家具や本、食べ物、開かないガラス窓。それと、使い方がわからないわたしの力に、あとはパークスだけ…か。ミレイアははっとした。パークス…そうだわ、セラフィーナ！

ミレイアは、さっそくパークスを呼び出し手のひらに乗せ、額をくっつけた。家の外観を思い浮かべ、アティカスとアンセル、それにエレミアのイメージをパークスへ送る。

それが済むと、姿を透明に保ったまま男たちと出て行き、グラマシーの家へ飛んでいくイメージを何度も何度もパークスへ送り続けた。もう十分だと判断すると、男たちがいつ来てもいいように、注意深くパークスを棚の最上段の奥のほうに待機させた。ミレイアは、なんとしても次の電話の機会を上手く利用しようと決意した。

ミレイアは、鍵が回る音で目が覚めた。いつの間にか眠っていたようだ。ドアが開くと、目出し帽を被った男たちが入ってきた。

「さあ電話の時間だ。スピーカーはオンにしてあるからな。余計なことを言うと何が起こるかはもう十分にわかっているね」

電話が昨日のものより小さいことにミレイアは気づいた。おそらく位置を探り当てられないようプリペイド式なのだろう。これで、パークスに託すしかないことがはっきりした。電話をかけると、二回呼び出し音がしてメイブの声が聞こえた。

「ミアです。ええ大丈夫。メイブ、この人たちの要求だけれど、会社が支援している人のことを教えてほしいらしいの」

「支援している人？　どうして？　困っている人を助けているだけよ」

男が、続けろというふうに手で合図をした。

「援助するのは何か特別な理由があるんでしょう？　それが知りたいの」と、自分は知らない振りをすることで理由は絶対に言わないでほしいことが伝わるよう、ミレイアは願った。

「特別なって…生きるのに困っている人たちなのよ。限界はあるけれどブライトンズは営利だけが目的じゃないことは、わかっているでしょう？」

「もちろんよ。それなら、パークスとディレイニーは来ている？　そのことで何か知らないかしら」

「ディレイニーたちならまだよ。でも、二人とも慈善活動は担当外なの」

ミレイアは、男を見て力なく首を振ると、その男は「切るんだ」と乱暴に言い、手足を拘束するよう他の二人に指示をした。声の調子からして、怒っているようだった。

男たちは電話を奪うと部屋を出ていこうとしたので、ミレイアは慌ててパークスに呼びかけた。

〝今よ！　パークス。あの人たちのあとについて行き、外に出たら家に向かうの。ほら、屋上の庭で遊ぶのが好きでしょう？　そこをめざすの。できる？〟

ぱさっと音がしてパークスは飛んだ。驚いたことに、パークスが見ているものが微かにわかる。椅子か何かを蹴る音や、子どもの声に身を裂かれる思いがしたが、ミレイアは、グラマシーの様子やエレミアたちと遊んだときのイメージを、一心にパークスへ送り続けた。

またしても電話は切られてしまったが、グラマシーではミレイアのメッセージに一斉に反応していた。

「パークスってだれ？　それに、誰かディレイニーをここへ呼んだの？」とメイブが聞くと、「パークスは人じゃない。それにディレイニーも呼んでないよ」とアンセルが答えた。

「みんな、落ち着くんだ。パークスのことはあとで説明するとして、たぶんミアはディレイニーをここへ呼んでほしいんじゃないか？」と、レイトン。

「もしかするとミアは、パークスをここへ向かわせているとは考えられませんか？」と、エレミアが気づく。

アティカスはこの喧騒を静かに聞いていたが、録音した会話を再生して、もう一度考えてみることにした。

「みんなで今の電話を振り返ってみよう。まず、ミアは支援理由を確実に知っているのに知らない振りをしていた。それは絶対に言うなってことで間違いないと思う」

全員がそこで頷く。

「それと、ディレイニーはもう来たかと聞いているのは、呼んでほしいということ…そうか！　パークスに続いて名前を言ったのは、そこに何らかの意図があるんだ」

アティカスは、「すぐにディレイニーに来てもらいましょう」と言って自分の携帯電話を手にし、その場を少し離れた。そのあいだにアンセルが、メイブとウォルターにパークスのことを打ち明けた。

「なんてこと！　そんなことがあるなんて。本当に不思議なことだらけだわ」

「ミアは、パークスを自然のなかで思い切り遊ばせたくて、今日のピクニックをおぜん立てしたんだ。デザートはそのためだよ」

「あの子らしいな」とウォルターが言った。

「ウォルター、ミアをさらってまで聞き出そうとしているということは、能力者の行方不明と関係があると思わないか？」レイトンの問いかけにウォルターは答えた。

「そう考えるのが妥当だろう。しかしミアを誘拐しても情報が手に入らないとなると、犯人側は施設を直接ねらうかもしれない。これは本当に大ごとだ」

「大変だわ、各施設の警備強化も手配しなくては。お願いレイトン、すぐに対応してちょうだい」

「わかった、少し席を外すよ。ＩＴルームへ行く」

レイトンと入れ違いに、アティカスが電話を終えて報告に来た。「デルに全部伝えました。パークスのことは、デルの伯母であるソフィアのほうがより詳しいとのことです。一度ニューヨークの彼のアパートに寄ってから、二人でここに来てくれることになりました」

ディレイニーは、持ち物は最小限にするようソフィアをせかし、待っている時間を利用して、ソフィアと二人でしばらく出かけることをナディアへ伝えた。

アティカスから電話を受けたことも驚いたが、まさかこんな話を聞かされるなんて思いもしなかった。ミアが誘拐されたなんて、そんなことがあっていいはずがない。ディレイニーは、胸が引き裂かれそうなほど苦しかった。

ソフィアが、大きめのバッグ一つを手に、やっとディレイニーの部屋へやって来た。それから二人は、能力を使ってすぐにニューヨークへと飛んだ。

アパートメントへ着くと、すぐに手配済みのタクシーへ乗り込み、ミレイアの自宅の住所を告げる。十分ほどで到着し、インターフォンを押すとアティカスが出迎えてくれた。

「ようこそ、ソフィアさん、デル。さあどうぞ中へ」

応接間へ案内すると、最初に起きたのはエレミアがソフィアにかけ寄り、後方を凝視したことだった。ソフィアも、エレミアを見てはっとしたが、この場では沈黙を保った。ひとまず互いに簡単な自己紹介を終え、モニカが飲み物を行き渡らせると、さっそく本題に入った。

「状況は、さっき電話で話してから何も変わっていないんだ。デル、きみが言っていた、ソフィアさんに関係しているということが何なのか、詳しく説明してくれるかな」と、アティカスはディレイニーに頼んだ。

「それは、こういうことです。パークスがミアの分身であることを皆さんは知ったばかりだと思いますが、同じように伯母のソフィアにも、セラフィーナという分身がいます。パークスと種類は違いますが、彼らは、つまりパークスとセラフィーナはイギリスで既に会っているため、お互いのことを知っています」そこでディレイニーが言葉を切ると、ソフィアがあとを継いだ。

「おそらくミアは、パークスを外に放つことを思いついたのではないかしら。パークスがどこかを飛んでいれば、セラフィーナがパークスを見つけることができるわ。それに私とセラフィーナは離れていても会話が可能なので、パークスさえ見つかれば、あとはミアがいるところまで彼らが連れていってくれるはずよ」

「警察に連絡してほしくないということは、ミアはそれを期待しているのだと思います」と、ディレイニーが結論づけた。

「あの、ソフィアさん、あなたの分身って?」とアンセルが聞くと、ソフィアは微笑んだ。

そして、無言でセラフィーナを呼んだ。

セラフィーナは姿を現し、ソフィアの後方にあったピアノの椅子の背へと着地した。アティカスにアンセル、そしてエレミアは、セラフィーナを見て感動と驚きに声をあげた。戻ってきたレイトンにもどうやら見えたようだったが、メイブとウォルターにはちかちかした光らしきものしか見えず、二人はまたしても不満の声を漏らしていた。

「さあ、すぐに取りかかりましょう」と言い、ソフィアはセラフィーナのそばへ行った。そして、パークスを見つけて一緒にミレイアを捜しましょうと、セラフィーナにミッションを与えたのだった。

パークスは、ミレイアの指示に従い男を追った。途中で小さな人を見たが、身のすくむような波動が伝わってきたので怖くなり、その気持ちをミレイアに伝えてしまった。パークスは、いま見えていることはいけないこと、と感じていた。それでも男を追っていると、明るいところに出られた。

〝ミレイア、これ、はミアの声。ミア?〟

〝そうよ、パークス。もう少し頑張れる? きっとセラフィーナに会えるわ、セラフィーナを覚えているでしょう?〟

〝セラフィーナ、セラフィーナ…〟

パークスは、下に見えるたくさんの建物や聞こえてくる大きな騒音に怯んだが、セラフィーナに会うことを認識したためか、初めての長距離飛行に果敢に挑んだ。

〝向こうにある…ヒカリ。これから、ミアみたいな、ヒカリに行く〟

パークスは太陽の光や風、そして潮の香りに包まれていた。なぜか、わくわくする冒険のように感じていた。

〝そうだ、セラフィーナをさがす、を忘れては、だめ。でも少し翼が痛い。下に見える、何かを手に持った、大きな人にとまって休みたい。そうしたらまた飛ぶね、ミア〟

パークスは、その場所から見えている景色を、ミレイアとセラフィーナに見せた。パークスから送られてくるイメージを受け取ったミレイアは、パークスが〝自由の女神〟で一休みしていることがわかり、喜びに気も狂わんばかりだった。

同じとき、空にいたセラフィーナもサインを受け取り、あの小さなパークスの匂いさえも嗅ぎ取っていた。セラフィーナはその情報をすぐにソフィアと共有すると同時に、一気にパークスの元へと向かった。

突然、腰かけていたソフィアが立ち上がり、顔を上に向けて片手を頬へ当てた。そして目を閉じたまま話し始めた。「自由の女神…フィーナは自由の女神像に向かっているわ。パークスの居場所がわかったみたい」ソフィアの言葉に全員立ち上がり、次の言葉を待った。

「いまフィーナを通じて、そこで待っているようにパークスに伝えたわ、すぐにフィーナが行くからって。これでもう大丈夫、きっとうまくいくわ」

セラフィーナはパークスの所在を認識すると、素早く、それでいて優雅にニューヨークの上空を飛んだ。ほどなくしてパークスを見つけふわりとそばへ降り立つと、はかなげなパークスを元気づけるために、顔を押し付けた。一方のパークスは、セラフィーナが来たとたん元気を取り戻し、すぐに大切なミレイアの状況を訴えた。街や海、そこにある同じ大きさの無数の箱とその中の地下室にいる子ども、いやな男と暴力、そして部屋に閉じ込められたミレイアの姿を。セラフィーナはその様子をすぐにソフィアへ送り、次の指示を待った。

ソフィアは、届いた情報を繋ぎ、説明した。ミレイアがいると思われる場所の周囲の景色、そして、どうやら手足を縛られた状態で軟禁されていることも。ディレイニー、アティカス、それにレイトンの三人はミレイアの状況を一気に把握した。

「どうやらミアがいるのは、自由の女神をD.C.方向に行ったコンテナがある港のどこかであることは間違いない」

レイトンがそう告げると、ソフィアは心配そうに言った。「パークスに元の場所まで道案内させるか、それができなければ、フィーナにパークスの匂いをたどらせれば確実にミアの位置はわかります。でも、問題はそのあとどうするか、だわ。パークスの匂いや記憶が薄れる前に、急いで決めなければいけないわ」

そのとき、エレミアが立ち上がった。「子どもが囚われているなら、ミアはきっと一緒に助けたいと思うはずです。何とか、ぼくもセラフィーナと一緒に行くことはできますか？」

アティカスとディレイニーも、エレミアのその案に賛成した。

「ぼくらはフィーナとパークスを目視できるから、連携すればあとをたどれる」とディレイニーが意気込むと、「場所さえ把握できれば救出はすぐだ」とアティカスが頷いて言った。

「ミアの元まで彼らを案内するよう、パークスとセラフィーナに伝えることは可能ですか？」と、三人の意志を汲みレイトンがソフィアに確認した。ソフィアは目を閉じた。

〝フィーナ、パークスと一緒にミレイアのところまで行ってちょうだい、パークスに連れて行ってもらうの。できる？〟

〝もちろん、すぐにでも行けるわ〟

〝待って。デルと、デルのお友達がすぐに合流するから、おいてけぼりにしないでほしいの。ミアのいる場所がわかったら、また教えてくれる？〟

〝わかったわ〟

ソフィアはセラフィーナとの交信を終えると、一同へ向かって言った。「フィーナは了承したわ」

レイトンは頷き、アティカスたちに指示を出した。「犯人側は大勢ではないようだが、九一一（緊急通報番号）には場所を確認できた時点で通報しよう。そしてきみたちは、ミアを救出したらすぐにその場を離れてほしい。子どもは警察に任せたい」

「待って。子どものために、どこかで待機しておくことはできないかしら。警察が突入するのを確認するまでは安心できないわ」

「そうだな。犯人は確実に逮捕させなければならないし…よし、ミアの状態にもよるが、メイブの言うとおり子どもの確保を確認したあとに戻ってくれ」

「犯人側が支援者の情報を求めたということは、向こうでパワーを使う場合は細心の注意が必要だよ、いいね?」と、最後にウォルターが念を押した。

「わかっています。とにかく、ミアを見つけしだい連絡を入れます」

アティカス、アンセルにエレミア、そしてディレイニーの四人は、自由の女神像をめざし、一気に姿を消した。

「いた、あそこだ!」

四人がセラフィーナたちを見つけるより先に彼らを見つけていたセラフィーナは、パークスを背に乗せ再び飛び立った。

〝ミアのところまでおいかけっこ〟とパークスに言い、ところどころ高い建物の上に止まっては四人がついてきているのを確かめた。セラフィーナはもどかしかったが、パークスとミレイアのためにと頑張った。

断続的に頭のなかで捉えたイメージで、パークスとセラフィーナが出会えたことがわかったミレイアは、涙が止まらなかった。そのショットのなかにはディレイニーの姿もあった。こんな残念な再会は予定していなかったけれど、それでもミレイアは嬉しかった。

作戦は成功した。でも、まだまだ安心はできないし、今もすすり泣きが微かに聞こえている。声の違いから少なくとも二人の子どもがいるようだが、ただ単に自分の誘拐のためにいるわけではないはずだ。くたくただけれど、あの子たちも助けるためにはどうすればいいか考えなければ。

ああ、こんなときこそ時間を止めることができたら…。今回のことが済んだら、無事に家に帰ることができたら、子どものころの録画を必ず見よう。自分自身のことを知らなければ、練習しようにも何にもできない。

そのとき、またパークスとセラフィーナの気配を感じた。意識をパークスへ集中していると、気配はだんだん強まり、パークスが見ているものがミレイアの思考に鮮明に入り込んできた。

これは、コンテナ？　わたし、コンテナの中にいるの？　でも、子どもたちはすぐ近くにはいないから、どこか広い地下室にいるのだと思っていた。でも良かった。どうやら、みんな近くまでたどり着いたようだ。

ミレイアは、すぐに大声を出し合図を送ろうとしたが、力を持つ者や子どもたちのことを思い出し、逃げるだけでは解決にならないと考え直す。絶対にこの犯人グループを逮捕させなければならない。みんなが角に隠れたままでいるのは、きっとそういうことだ。誰かが出入りするのを確認するつもりなのかもしれない。

四人がある一角にたどり着いたとき、パークスだけが、しきりに一つのコンテナの上を周回していた。これで、ミレイアがいる場所が確定した。アティカスはさっそく携帯電話を取り出し、場所を特定したことをレイトンへ報告した。電話口から喜びに沸いている様子が伝わってくる。しかし、警察にはレイトンに連絡してもらい、子どもの件を説明したうえで港へ向かってもらう手筈は変わらなかったが、ミレイアについては少し変更があった。ミレイアだけを連れ帰るのではなく、ミレイアを含めた全員を警察へ保護してもらいたいとのことだった。

それをディレイニーたちにも説明すると、エレミアは、いてもたってもいられないようだった。「なぜ？　なぜすぐに助けるのがだめなんだ。それに、どうしてパークスは中へ入らないのかな」

「きっとレイトンは、この事件や犯人たちを調査することにしたに違いない。それにパークスは、誰かがやって来るのを待っているのだと思う。出てきたときとは逆の手順で中へ戻りたいのかも。ミアの指示かもしれないな」

そのときアンセルはふと気づいた。「ぼくはパークスと少しやりとりができるよ。待っているあいだに、中に入ったら見えるものをぼくに教えてくれるようお願いしてみようか」

できることは何でもしようということになり、さっそくアンセルはパークスを呼び寄せた。パークスを優しく抱き寄せると、まずは「よく頑張ったね、ありがとう」と言ってパークスに顔を寄せ、頭のなかで話しかけた。

〝誰かが来て中へ入ったら、ミアのところへ行くまで中のことをぼくに見せてもらえる?どう、できる?〟

〝うん、できる〟と、パークスはアンセルの依頼を理解した。

ディレイニーは、よくやったとセラフィーナを労い、人に見られないよう念を押しソフィアのところへ戻らせた。

しばらくすると、近くで数台の車両が到着する音がした。見ていると何人もの男女が現れ、そのなかから二名がアティカスたちへ近づき、ほかは何らかの作業へと向かった。

「NYPD(ニューヨーク市警察)です。このコンテナの中に誘拐の犠牲者がいるということですが、確信があるんでしょうね?」

これにはアティカスが答えた。「はい、女性が一人、ぼくの妹ですが、そのほかに子どもが数人拉致されているとの情報がありました。情報源は不明ですが」

「誰かが中へ入ろうとしたら知らせますから、あなた方はもう少し離れた場所に隠れていてください。犯人に見つかっては何の意味もありませんから」

「わかりました。ではこの携帯へ」

ＮＹＰＤとの調整を終え五分ほどしたとき、パークスが慌てた様子を見せていた。すると、一台のワゴン車が近づき、ゆっくりとそのコンテナのそばへ停車した。

それと同時にアンセルはパークスに透明になるよう指示を与え、パークスを放した。

ワゴン車からキャップを被った男が降りてきて、パークスが近寄っていったコンテナのドアを開けると、パークスは上手く男の頭上をとおり抜け中へ入っていった。するとすぐに、アンセルの意識に中の様子が伝わってきた。

「コンテナの中は荷物だらけだ。男は奥へ行き、あっ床に扉があって、そこを開けている！　地下になっていたんだ！　パークスも入った。階段を下り…中は広い。扉がいくつかあって、中から泣き声と祈りの声がしている…可哀想に…。入っていった男以外には誰もいないみたいだ。その男が、扉を開けて、中から泣いている子どもを連れだした！　奥へ無理やり引っ張っていくぞ。パークスもあとを追っている」

潮時だった。アティカスとディレイニーは、先ほど調整した警官へ連絡を入れ、中に確実に犠牲者がいるからと説得し、ＮＹＰＤを突入させた。そして四人は、次々とドアを工具で破壊し入っていく彼らの後方を追った。

パークスからの途切れ途切れのショットで、事態が佳境に差し掛かったことがミレイアにもわかった。しかし、外から騒々しい音が聞こえたものの、何が起きているのか具体的に掴めず、焦りが増すばかりだった。

地下には総勢十五人がなだれ込んでいた。

「警察だ！　そこで止まれ！　その子を離し、両手を上げて地面へ伏せろ！」と、男へ向かって警官が叫んだ。

男は突然の出来事に愕然としたが、当然言われたことに従わず、さっと子どもを抱きかかえ喚いた。「近づくな！　こいつがどうなってもいいのか！」

「お前をいくつの銃が狙っていると思う？　もう一度しか言わないぞ、その子を放せ！　そして床に伏せろ！」

自分を取り囲んでいる人数とレーザーポインターの赤い光に狙われているのを見て、終わりだと男は悟った。子どもを放し、床に伏せるしかなかった。そして、そのまま数人の警官に取り押さえられることとなった。

女性警官がすかさず幼い男の子を毛布で包み、さっと抱きかかえその場から連れ出していく。そして別の警官が、もう一人の子どもを救出していた。

床に伏せた男は後ろ手に手錠をされたが、「これは俺が計画した事じゃない！　俺は悪くない！」と必死に喚いていた。そして、警官に両脇を固められ外へと連れ出されていった。

　数人の警官がその地下にあるいくつもの扉を叩いて確認し始めたとき、アティカスたちは奥から叫んでいるミレイアの声を聞きつけた。四人はすかさずその部屋まで駆けつけ、ディレイニーが扉を叩いた。

「ミア、デルだ！　大丈夫、みんないるよ。今すぐ扉を開けるからもう少しの辛抱だ」

「わかったわ、ありがとう本当に…」

　二人は涙声だった。

　そこの扉は、ほかのところより鍵が頑丈だったため、アンセルが見えないように隠してとささやき、ドアノブに向かって何かをした。すると、カチッと鍵が開きドアは開いたが、目の前にもう一枚のドアが現れた。アンセルは顔をしかめ同じことを繰り返し、やっと中へ入ることができた。両手と両足を縛られ自由を奪われていたミレイアを素早くディレイニーが抱きしめ、パークスは、自分を忘れないでと主張するかのようにミレイアへと戻った。

「犯人は捕まったよ。大丈夫、もう大丈夫だから泣かないで」

　ミレイアはディレイニーの胸に顔をうずめ、「怖かった…」とつぶやいた。

　アンセルはすぐにミレイアの手足を縛る結束バンドをちぎり、ミレイアを抱きしめた。アティカスも、そしてエレミアも同じように続いたが、エレミアは泣きながらしきりに謝っていた。ミレイアも泣いた。

「泣かないでレミー。わたしがばかだったの。

絶対にあなたのせいじゃないから、それだけはわかって。ね?」

ミレイアは、長い時間手足を縛られていたせいで体がいうことをきかなかった。それに気づいたディレイニーは、すかさずミレイアを抱きかかえこの場から離れようとしたが、ミレイアは首を振った。「犯人の顔を見ておきたいの」

地上へ出て夕方のオレンジ色の光を浴び、ミレイアは生きて帰れる喜びをひしひしと感じた。そして、数台のパトカーと救急車を目にした。囚われていた二人の子どもに、手当が行われている。別の救急隊員がミレイアの状態を確認したが、搬送する必要はないだろうとの判断にほっとしたとき、子どもたちと目が合い、見つめ合った。そして子どもたちは病院へと搬送されていった。これでもう安心ではあるが、あの子たちのことはあとで必ず様子を確認しようとミレイアは決めた。

パトカーのほうを見ると、後部座席へ押し込まれようとしている男が見え、ディレイニーへ合図をしようとしたそのとき、どこからかヒュッという音が聞こえたかと思うと、男を連行していた警官が何か叫んだ。エレミアがすかさずミレイアに駆け寄り、覆いかぶさるように地面へしゃがませる。少しして周囲を見回したが、何も起こらない。

「レミー、もう大丈夫みたい」

そう言って立たせてもらい、今度はディレイニーに腰を抱えられながら可能な限りパトカーへ近づくと、犯人の男は胸を撃たれており、息絶えようとしているようだった。その場は騒然となり、二人の警官がミレイアたちを建物の脇へと避難させた。ほかの警官は次の銃撃に備えていたが、それ以降は全く何も起こらなかった。

これ以上の銃撃はないと判断したためか、警官たちはミレイアに質問を始めた。ミレイアは、子どもたちのことはここへ連れてこられて初めて知ったことを伝えた。犯人については、目出し帽を被った三人の男がいたが彼らの顔は一度も見ていない、撃たれた男にも見覚えはなく、三人の中の一人なのかどうかわからないことを説明した。そして、今日はこれ以上の対応は無理だと訴えた。

アティカスは、今は妹の療養を最優先したい、聴取が必要であれば明日にでも自宅へ来てもらって構いませんと、自宅の住所を警官へ伝えた。アンセルはレイトンへ連絡を入れ、ミレイアと子どもたちも全員無事に救出したことを報告した。そして、自宅まで送るという警官に、近くに自家用車を止めてあるからと、その申し出を断った。

これでやっと家へ帰れる。ミレイアはまた涙が溢れてきたが、今度は嬉しい涙だった。もちろん帰る方法は、誰からも見えない角まで行き、素早く消え去るという方法ではあったけれど。

chapter

10

グラマシーにてディレイニーと

―大切だと気づいた互いの存在―

我が家では、涙に濡れた顔ぶれが待ち構えていた。レイトンが駆け寄り、ミレイアを抱きしめた。「もうこんな心配はごめんだよ」

「レイ叔父さん、ごめんなさい。こんなことになるなんて思ってもみなかったの。本当にばかだったわ」

「大丈夫わかっているよ。さあ、きみはベッドへ行って、ゆっくり休むんだ」

それからのレイトンは、次々と全員に指示を与えた。「キャス、すぐにミアを部屋へ。これからドクターがみえる。ほかのみんなは居間へ集合してくれ。詳細を知りたい」

しかし、ミレイアを抱きかかえたのはディレイニーだった。それを見たアティカスはため息をつき、驚いているミレイアに代わって部屋は三階だとディレイニーへ伝えた。

「サラ、温かいスープとクラッカーをミアのところへ届けてもらえるかい?」

アティカスはサラがキッチンへ向かうのを確認すると、次にアンセルに指示をした。

「心配ないとは思うが、一度家の周りを確認して不審なことはないか見てきてほしい。そのあいだに報告を進めておく」

アンセルは頷き、すぐに外へ向かった。


ディレイニーは、ドアが開けられていた部屋へ入り、寝心地のよさそうな大きなベッドへミレイアをおろした。

「叔父さんが言ったとおり、きみには休息が必要だ」

「そうしたいところだけれど、今の一番の願いはシャワーだわ。ねえ、デル。今日は本当にありがとう」

「きみの家族がぼくたちを頼ってくれて嬉しかったよ。ぼくもソフィアも」

二人は見つめ合った。もう互いが必要な存在であることは間違いなかった。

「あの、デル。シャワーを済ませるまで部屋の中にいてくれる？　しばらく一人になりたくないの」

「もちろん。きみがベッドへ入るのを見届けてから下へ行くよ。ところで、きみらしい素敵な部屋だね」

ミレイアはにっこり微笑み、重い体を引きずるようにバスルームへ向かった。一人になると、いやでも地下室のことを考えてしまう。拉致されたことは二度と思い出したくはなかったが、あの子どもたちのことは何とかしたかった。同じように温かく介抱されているといいけれど。あとで、みんなに相談しよう。

バスルームから出ると、部屋にはメイブとサラ、そして往診のドクターがいた。ドクターの所見では、手足の擦り傷や打ち身は軽傷で、水分を取りゆっくり休むことが一番の薬だと診断し、帰っていった。が、メイブとサラは、ミレイアがスープを飲みほしベッドへ入るのを見届けるまで居座るだろう。実際そうしたかったから構わなかったが。

「スープは全部飲むのよ、ミア。お水とクラッカーも用意してあるけれど、ほかに欲しいものがあれば言ってね」

ベッドへ入ったミレイアにカップを持たせ涙声で言うメイブに、「ありがとうメイブ叔母さん、サラ。それから、心配かけて本当にごめんなさい。こんなことは二度と起こらないと約束するわ」と、心から謝った。

「当然ですよ。ミレイアさま」

「警察の方が明日みえると思うから、今日はゆっくり休んでちょうだい。話が一度で済むように、一緒に私たちも同席するから安心なさい」

ミレイアが頷くのを確認し、メイブとサラは部屋をあとにした。

「これ以上は無理みたい」ミレイアはスープを半分しか飲むことができず、カップをサイドテーブルへ戻した。

ディレイニーはそれを見て、代わりに水のボトルをそのテーブルへ置いて言った。「ぼくももう行くけれど、エレミアがドアの外にいるから安心して眠るといい。ところであいつ、よく見つけたね」

「わたしもそう思う……」そう言ったミレイアは、もうまぶたを閉じていた。

「きみに何かあったら、きっとぼくは耐えられなかったよ。ミレイア」

ディレイニーはミレイアの寝顔を見ながらつぶやき、部屋を出た。ドア横のカウチにいたエレミアに、「あとで交代するまでよろしく頼むよ」と伝え、階下へ向かった。

　翌朝、紅茶のいい香りで目が覚めたミレイアは、ベッド脇にソフィアがいるのを見て微笑んだ。

「おはよう、ミレイア」

「おはようございます。今回は本当にありがとうございました。あなたなら、わたしが期待した方法にきっと気づいてくれると思ったの。それにセラフィーナも素晴らしかった。こんなことで来てもらうことになったのは残念ですけど」

「そんなこと何でもないわ、ミア。私にとってあなたはもう家族も同然なのよ。それからミア、あなたが寝ているあいだに私なりにケアしておいたわ。少なくとも体力面の回復は早いはずよ」

「あ、だからかしら、疲れはほとんど感じないわ。ありがとうソフィア。これなら朝食はみんなと一緒にとれそうだわ」そう言ってミレイアは起き上がった。

「それは良かった。あなたが支度をするあいだ、元気になったことをみんなに伝えておくわね。あなたが無事で本当に嬉しいわ」ソフィアは改めてミレイアを抱きしめた。

　ベッドから出ようとしたとき、部屋の至るところにフラワーバスケットやバルーンブーケ、チョコレートやクッキーのギフトボックスがたくさんあることにミレイアは気づいた。それらは、レイトンにメイブ、それにディレイニーとエレミアからの贈り物だった。しばらく花々の美しさに感傷的になったあと、身支度に取りかかった。

　顔色が良くみえる薄いピーチ色のコットンワンピースを選び、ほんのりメイクを施しドアを開けた。当然のことのようにそこにエレミアがいたため、真っ先にお見舞いのお礼を伝える。下へ行き、レイトンとメイブにも。レイトンは、冷静に頑張ったご褒美だよとミレイアに言った。

　朝食は、ダイニングルームのサイドボード上にあるチェーフィングに、これでもかというほど多くのメニューが揃っていた。各自、好きな料理を皿に取りテーブルに着くと、「ミアが無事であったことに感謝をこめて」とウォルターが言った。シャンパンはなかったが、それぞれ好みの飲み物で乾杯をした。

　その幸せをかみしめていたとき、食事を終えたアティカスがミレイアに言った。「午後一時ごろに事情を確認しに警察が来る予定だ。対応できそうかい？」

「ええ、大丈夫。もう元気だし最初から全部覚えている。でも、警察より先にみんなが港に来ていた経緯を聞かれないかしら」

「しまった、それは失念していたな。誰か何かいい案は？」

　しばらく思案していると、アンセルが思いついた。「犯人の会話に港の名前が出ていたことと、プリペイドフォンが部屋に忘れられているのをミアが隠していて、それを一度だけ連絡に使ったことにしたらどうかな。ミアの携帯に録音したものは痕跡を残さずデリートできるし、プリペイドフォンは連絡したことを犯人に気づかれないように、ミアがトイレに流したことにすればいい」

アンセルの案にレイトンたちが同意したので、ミレイアはその手順を記憶した。


朝食のあとミレイアは、レイトンを屋上ガーデンへと誘った。どうしても話しておきたいことができたからだ。

「どうしたミア？　何か心配事かい？」

「ううん違うわ。わたし、今回のことで決めたことがあって、それを報告したいだけ」

エレミアも同行していたが、二人から離れたところの手すりから景色を眺めていた。

「レイ叔父さん、今日警察の聴取が終わったら、今まで敬遠していた、わたしの子ども時代の録画を見せてほしいの。例の力の」

「それはまたどうして？」

「あの地下に拉致されていた子どものことを聞いたでしょう？　あの力を使えていれば、彼らが痛みや恐怖を味わう前にわたしが何とかできたはずよ。なのに、そうできないのが本当に悔しかった。あの力は、そういったところにも意味があるような気がするの。だから、早く見るべきだと思って」

レイトンはミレイアを見つめた。「じゃあ、力を使えるようになりたいんだね？」

ミレイアは即座に頷いた。「わたし、一度イギリスで無意識に使っていたらしくて、それをデルが見ているわ。そのときのことと、録画に映っていることを照らし合わせれば、やり方が掴めると思うわ。それから、できるだけ早くみんなでアイルランドに行くことも、レイ叔父さんに指揮を頼みたい。わたし、お願いしすぎかしら」

レイトンはしばらく微笑みながらミレイアを見ていた。

「いや、全然そんなことはない。わかったよ、録画テープは準備しておこう。そしてキャスと二人でD.C.の仕事を調整し、アンセルともスケジュールを詰めよう。それから旅行の計画をたてる、これでどうだい?」

「完璧だわ。レイ叔父さん、ありがとう!」

レイトンは階下へ戻り、ミレイアとエレミアはパークスと遊ぶため、しばらく屋上へ残った。二人は、パークスをグラマシーパークで自由にするにはどうすればいいか相談したが、決めることができず階下へ向かった。

ミレイアは、トムズリカーを出た直後から地下室へと連れて行かれるまでの経緯や、家族との電話でのやりとり、コンテナで隠された地下へ連れて行かれたときには、既に子どもたちは囚われていたことなどを、何度も説明した。そして犯人は、途中から一人増えて三人になっていたことも忘れずに報告した。

私服警官が三人もやって来て、いろいろな質問をぶつけられ辟易したが、案の定聞かれた、どうやってあの場所がわかったのかも相談したとおりに報告した。

逆にミレイアが子どもたちの様子を尋ねると、身元の確認はできていないが病院でしっかりとした治療を受けていると聞いて、ひとまず安心した。あとでお見舞いに行きたいという申し出も、ドクターの判断次第だと釘を刺されたものの、一応の許可は得られた。そして、何か新たに思い出したことや相談したいことがあれば連絡するようにと、オルコット警部から名刺が渡された。

三人とも納得できない顔つきをしていたが、すぐに警察へ連絡すべきだったのだと最後に全員を叱責し、彼らは引きあげていった。

警官たちが帰るのを見届けると、今回のことを話し合うためＩＴルームへ集合した。ディレイニーは参加したが、エレミアにはドアの外で警備にあたってもらった。

「ミアの話からすると、犯人側は施設居住者の能力について何かを知っている可能性がある。それを考えると、今後は施設の警備を強化しなければならないし、この家にも同じように対処しようと思う」レイトンの提案に全員が賛成した。

「あの男を銃殺したのはおそらく仲間で、主犯に繋がるのを阻止したいからだろう。つまり主犯がどこかにいるなら、我々に関係した何らかの事件は今後も起こり得るということだ。そこで、ミレイアからみんなに提案があるから聞いてもらいたい」

ミレイアは頷き、昼間、屋上でレイトンに話したことをもう一度説明した。メイブは不安を示したが、子どもたちのくだりを聞くと納得したようだった。そしてミレイアは、ディレイニーに言った。「これから、子どものころ時間の力を使ったときの録画を見るわ。あなたにも見てもらって、ストーンサークルのときと何か共通していることがないか考えてもらいたいの。お願いできるかしら」

「何だか責任重大のようだけど、わかった。やってみるよ」


何本かの録画を見終わると、レイトンが言った。「とりわけ顕著なのがこれだ。ミアを寝かしつけるため、部屋へ連れて行こうとしたときのものだ」

それは、一歳半ほどのミレイアが手におもちゃを持ち、床の上で遊んでいるところだった。母親のエレオノールがアティカスに、もう寝る時間よと言いながらミレイアを抱き上げようとしたのだが、乳幼児特有のことばを発し抵抗している。

幼いアティカスが部屋へ行くのを見届けながら、エレオノールがミレイアからおもちゃを取り上げると、ミレイアは大きな声を出しておもちゃに手を伸ばす。そして、エレオノールがミレイアを抱き上げるため再び身を屈めると、ミレイアはさらに大きな声を上げ、伸ばしていた両手で床をばん、と叩いた。すると、今までいたはずの場所から少し離れた場所で、さっきまで無かったおもちゃやぬいぐるみに囲まれて遊んでいるミレイアを見たエレオノールが、驚いて数歩あとずさりしているのが映っていた。

「同じところをもう一度再生しよう。今度はここにあるデジタル時計の場所と時間を覚えていてくれ」レイトンがそう言うと、全員で時計の位置と時間を確認し、頷いた。

はじめ、ローテーブルの上にあったデジタル時計は、忽然と消えたかと思うとおもちゃに交じってミレイアの横に移動していた。そしてエレオノールがあとずさりするのと同時に、時計の数字はランダムに高速で動き、約二秒後に止まったとき示された時間は、先ほど覚えた時間の八分後だった。一同が、うそだろとか、まあ、などの驚きの声を上げるなか、ディレイニーは目を閉じて静かに言った。

「ミレイアがどうやって時間を止めているのか、何となくわかったような気がします」

全員一斉にディレイニーを見る。

「聞かせてくれ」とレイトンが言うと、ディレイニーはミレイアを見た。

「ええ、お願い」

「わかった。では、ぼくが気づいたのはこうです。たぶんほとんどの人は、この年齢の幼児が怒って何かを叩いたりするのはあたり前の仕草だと思っています。録画を見て思い当たるのはそこです。ミレイアは怒って何かを抗議するとき、一度両手を上にあげてからテーブルや床を叩いています」ディレイニーはそこで一度話を止め一同を見渡し、続けた。

「それは一見どの子どももすることです。でもミレイアがイギリスに来て、ぼくらの地所にあるストーンサークルの中でも同じ動作をするのをぼくは見ました」

ミレイアは、「あっ」と声をあげた。

「そうミレイア、きみは言ったんだ。きみへ手を伸ばしたまま、ぼくは動いていなかったって。きみへ手を伸ばしたあのとき、頭上に手を掲げたきみが地面を見て驚き、何かを止めようとするかのように両手を下へ突っ張る動きをするのをぼくは見たんだ」

全員が固唾をのみミレイアを見た。

「あのときわたしは、降り注ぐきれいな光に思わず両手を上に伸ばしたの。でも少ししたら、だんだん地面が透けていき宇宙空間のようなものが見えることに気づいたとき、落ちてしまいそうな感覚に怖くなって無意識に手を下に突っ張ったの。だけど、あまりの美しさに同時に思ったわ。このまま時間が止まればいいのに……って」

その場は静まりかえっていたが、アティカスは自分の考えを言った。「子どものときは怒りとその動作が連動していた。たぶん大人になった今は、その動作と思考、もしくは言葉自体が連動することで可能になっているのかもしれない」

それを聞き、すかさずアンセルが「ここでするのは厳禁だぞ、ミア！」と言った。

「わかってる。試すのは場所や状況をよく考えてからよ、もちろん」

ドアがノックされエレミアが顔を出し、食

事の用意が調っているそうですと報告があったため、ダイニングルームへ移動した。中身の濃い一日の疲れを癒すかのように、夕食は和やかな雰囲気で始まった。

食事を終えると、ディレイニーから報告があった。「差し支えなければ、ぼくとソフィアは明日イギリスへ戻ります。正式な入国ではないので長くいるのは問題ですから」

その言葉に、ウォルターが代表で礼を述べた。「お二人とも、アメリカへいらっしゃる際はぜひご一報ください。改めて今回のお礼をさせていただきたいのです。われわれ家族はおろか、ブライトンズコーポレーションの危機を救っていただいたのですから」

「ミレイアは私たちにとって大切な友人です。当然のことをしただけですわ」ソフィアはにっこりしてそう言った。

レイトンとアティカスは、念のため今日の夜も交代で外を警備する相談を始め、エレミアには、屋内でミレイアと一緒にいるよう任務が与えられた。

ディレイニーとソフィアが帰り支度のため部屋へ戻ったあと、しばらくしてミレイアはソフィアの部屋を訪れた。

「ソフィアさん、少しお時間をいただきたいのですが」

「まあミア、もちろんよ。どうぞ」

「わたし、これからは少なくとも二、三か月に一度はウェルワースを訪ねてもいいかしら。

少しずつでもいいから、トレーニングを始めようと思うの」

「ミア、実はそう言ってくれないかしらと少し期待していたわ。でも、どうしてそう思ったの？」

「わたしを拉致した首謀者は、今もどこかでのうのうとしているわ。監禁されている子どもたちも、本当はもっといるかもしれない。能力者のための警備は社をあげて強化していくと思うけれど、パークスとわたし自身も早く力をつけていきたいの」

「ミア、そう聞いて私も嬉しいけれど、例のことも含めて、全て納得のうえかしら？」

「ええ、そう決めました。でも家族にはまだ話していないの。今度、母のエレオノールのことがあって叔父と兄弟の四人でアイルランドへ行くことが決まったので、そのときに伝えるつもりです」

「わかったわ。では、ウェルワースに来てくれるのを楽しみにしているわね」

ミレイアはソフィアの部屋を出て、次にディレイニーの部屋をノックした。どうぞとの声にドアを開ける。

「ミレイア、さあ入って」

ディレイニーの明るい声とは逆に、中に入ることをなぜか躊躇してしまい、ミレイアはドア先で話し始めた。「デル、今回のこと、改めてお礼を言いたくて。いまソフィアにも伝えてきたところなの」

ディレイニーは、動こうとしないミレイア

の手を取り、窓の近くに配置された椅子へ座らせると、向かいの椅子に自分も座った。

「きみは、家族やきみの会社にとってなくてはならない人だ」

ディレイニーはそこで言葉を止め、ミレイアを見つめる顔が瞬く間に赤く染まっていく。ディレイニーは一度うつむいたものの、ミレイアの目をまっすぐに見つめながら言った。

「もちろん、ぼくにとっても。だからお礼なんて不要だよ」

ミレイアは、ディレイニーを見つめ返し答えた。「あなたやソフィアじゃなきゃ絶対にできなかったわ、わたしにはわかるの。それから、訓練のために二、三か月に一度はウェルワースに行きたいこともソフィアに伝えたわ」

ああ、このままデルに抱きついてしまいたい、でも自分からはまだ無理だわ、とミレイアは心のなかで頭を抱えた。

ディレイニーは、ミレイアをとろけさせるあの笑顔を見せながら意外なことを言った。

「実は、来週末に仕事でアメリカへ来る予定になっていて…よければ一緒に食事でもどう？　話したいことが山ほどあるよ」

「嬉しい、ぜひ。わたしも話したいことがたくさんできたの」

「よかった。じゃあイギリスへ戻ったらぼくのスケジュールを報告するから、それから相談しよう」

「ええ。でもデル、忘れないでもらいたいことが一つあるの。わたしにはボディーガードが張り付いていることよ」

「それが問題だな。まあ少しなら我慢できると思う」

二人は笑い、ミレイアは心が温かいまま部屋をあとにした。

同じころ、別の場所では怒りに身を震わせている男がいた。

「こんな失態を報告してただで済むと思っているとは…あきれたやつらだ。逆にこちらの思惑を知られただけじゃないか」

男は持っていたグラスを壁に投げつけ、怒りを発散した。「なんとか口封じはできたが、大事な式の前に職を失いたくなければ、今後このような失敗を犯すな！」

「心得ています。二度とこのようなことは起こりません」と、部下は答えた。もう少しで自分もあの場に居合わせてしまいそうになったが、ふだんは見かけない二台の車両に不穏な気配を感じ、あの地下へ行くのをやめた。ああいった勘はおろそかにできないものだ。それに、計画性がないものがうまくいくはずはないのだ。やはり結婚後には、妻にブライトンズコープ社に入り込んでもらわなくては。

「能力者の確保が停滞しているため、今回のようなことになってしまったのです。ほかの収入源は安定していますので、ブライトンズコープ社の件はしばらく猶予願います」

「まあ、わたしに繋がるのは何もないことだし、今回は大目に見るとしよう。以上だ」

部下は、男の機嫌を損ねないように気を使った。あの女が正式に自分の妻となるまで、もうしばらくの辛抱だ。しかし、この屈辱はやつらに返さなくては。

翌日から三日間ほど顔の腫れが引かず、その部下は職場でマスクが手放せなかった。

chapter

11

アイルランド　ミース州

―母が遺してくれたもの―

アティカスにミレイア、それにアンセルは、母親の故郷へ行くためにメイブとウォルターから一週間の休暇が与えられた。レイトンを含めた四人での旅行だ。このメンバーならミレイアのボディーガードは不要なため、エレミアには残ってもらい屋敷の警備やモニター管理を任せた。

アイルランドへ到着後、街なかを抜け出た車窓からは、原野の深い緑と遠くのほうに点在する家々が見えていた。これから秋へ向かうことを示す薄い空の色と、薄布が風になびくように流れる雲が印象的だ。

一行は、緑や茶色のなだらかな起伏が続く景色のなかを順調に進み、エレオノールの生家にそれぞれの思いを募らせながら、予約したホテルへ到着した。アイルランドでの初日は、休養と旅程の見直しの日としていた。

事前にアティカスの出生証明書を取り寄せ、記載されていたエレオノールの出身地の情報を元に地区の役所へ申請し、住所情報を手に入れていた。以前レイトンが話していたエレオノールの出身地は正しかった。

たっぷり睡眠が取れたので、四人とも元気を取り戻していた。朝食後、ツアーデスクで地図をもらい、すぐにエレオノールの生家と思われる場所をめざした。

「このルートからすると、あと十分ほど走った先にニューグレンジ遺跡やタラの丘があるみたいだ」地図とタブレットの両方から得た情報をアンセルが伝える。

「そういえば、役所の人が立ち寄ってほしいと言っていたから、それも忘れないようにしないと」

「そのことからすると家とかが残っているのかもしれないわね、レイ叔父さん。これから行く場所に本当にママの実家があったら、わたし嬉しい」

レイトンはミレイアの手を握り同意を示す。

「あと二、三分で着くぞ」

アティカスの運転で、もうすぐ母親の家が見つかるかもしれないと思うと、子である三人には悲しみを伴った何ともいえない不思議な感情が湧き起こっていた。

やがて到着したその場所には、まるで人気のB&B（宿泊と朝食のみの低価格なホテル）を営んでいるように見える、三階建てのコテージがあった。

玄関へ続くアプローチにはきらきらした雲母がちりばめられ、訪れる者にこれからの休暇が楽しいものになる気分を起こさせた。前庭も、人の手で管理されていることが明らかだ。緑に溢れ花々は咲き誇り、ツルニチニチソウが玄関の両壁を飾っている。建物は明るいベージュ色をした石造りで、赤い窓枠のなかのカーテンは全て閉ざされてはいるが、どう見ても人が暮らしている印象がこの家にはあった。

「どこかで間違えたんじゃない？　キャス。この家は誰か人が住んでいるように見えるわ。

庭もこんなにきれいなんだもの」

「でも、レンタカーのナビには書類にあったとおりに入力した。もしかすると、ここの裏側かもしれない」

「ポストは見当たらないな。建物のどこかに番地がないか確認しよう。アンセル、裏側にも建物がないか見てきてくれないか?」

レイトンがそう言って地図から顔をあげたとき、道路向かいにある家の前に一人の女性がたたずみ、しきりにこちらを見ていることに気がついた。つられて三人がレイトンの視線を追ったとき、その女性はおずおずと近づいてきた。

「あの、こちらの家に何かご用かしら」

弟妹の視線を受けてアティカスが代表して答える。「亡くなった母が以前住んでいた家を訪ねてきました。書類ではこちらの番地になっているんですが、もう誰も住んでいないはずなので場所を間違えたかと話していたところです」

女性は目をみはり、「お母さま、亡くなられたお母さまのお名前は何ておっしゃるの?」と聞きながら、ミレイアを見つめている。

「母の名はエレオノールです。何かご存じありませんか?」

その女性の不安そうな表情は、一瞬にして驚きへと変わった。

「なんてこと。エレオノールが亡くなられていたなんて…」

今度は四人が驚く番だった。

「わたしはヘレン。後ろのあの家がわたしと夫の住まいよ。わたしたち夫婦はエレオノールからこの家の管理を任されていたの。ここではなんですから、中へ入りませんか？　いま鍵を取ってきますから」

四人は、ゆっくりとコテージへ入り、リビングへ落ち着いた。掃除をしたばかりなのか、かすかにレモンの香りが漂っており清潔だった。アンティーク調の間接照明が掛かった薄いグレーの壁には、メタルフレームに入ったいくつもの写真が飾られている。部屋の中心にはブルーグレーのソファーがでんと構え、内壁タイプの書棚や大きな暖炉が安らぎを与えていた。

「今お茶を入れますから、どうぞくつろいでいてくださいな」

キッチンへ向かおうとしていたヘレンは何かを見つけたのか、窓に顔を近づけ言った。

「夫が買い物から戻ったようです。こちらに呼びますね」

ヘレンは玄関を出て、戻ったときには長身で痩せた、人の良さそうな男性と一緒だった。

「こちらは主人のエドワードです。エドワード、驚かないでね。こちらの方たちはエレオノールのご家族よ。残念ながら、エリーは亡くなられたそうなの」

「なんと！　エリーが…連絡がつかなくなったんで、何かおかしいと思っていたが。本当に残念だ」

「ありがとうございます。ぼくは長男のアティカス、妹のミレイアに弟のアンセルです。そして、ぼくらの父の弟でレイトンです」

　エドワードと握手を交わしているあいだ、ヘレンがお茶とスコーンを上品に並べたトレイを用意してくれたので、ミレイアも手伝った。

「先ほど、この家の管理をされているとおっしゃっていましたが、具体的にどのような内容か教えていただけますか？」

「そうね。エリーは父親のジョシュアと暮らしていたけれど、早くに彼が亡くなられてからは一人暮らしをしていたわ。でも結婚してアメリカへ行くことになったから、この家の掃除や庭の手入れ、それに光熱水道設備などの管理をお願いされていたの」

「様子を見に帰ってきたときに一度、この家を手放す気はないか聞いてみたんだよ。そしたらエリーは、子どもたちのために残しておかなくてはならないと言ったんだ。どうやら本当にそのときが来たということだな」

　エドワードの言葉にミレイアたちは顔を見合わせた。エレオノールが、自分たちがここを訪ねてくると予想した理由は、いったい何だろう。

「それにエリーは、屋敷の管理費や税金用にといって、年に七千ドルも送金してくれていた。こんなに必要ないと言ったんだが、残りは生活費にあててほしいと言ってくれてね」

「そうだったんですか。それでこんなに美しい状態なんですね。今日までこの家のことを知らずにいたとはいえ、本当に感謝しています」

　そのとき、ヘレンとエドワードが何かをためらっている様子があったので、レイトンは尋ねた。「何か心配なことでもおありですか?」

「以前、家族は一緒には来ないのとエリーに聞いたとき、不思議なことをお願いされたの。いつになるかはわからないけれど、子どもたちだけでここを訪ねてきたら、そのときに渡してほしいといって、預かったものがあるの。二階に保管してあるから、すぐに取ってくるわね」

　驚いている四人を残してヘレンは二階へ行き、戻ったときには膨れた封筒を手にしていた。アティカスが開けてみると、入っていたのは手紙だった。

「では、鍵は置いていきます。お泊りになるのなら、部屋は全て使える状態になっていますからご安心ください。お手洗いもバスルームも使えます」

「ヘレンさん、お帰りになる前に教えていただきたいことが。結婚する前の母と祖父は、ここでどのように暮らしていたのでしょうか。たとえば、祖父の職業とか」

「ジョシュアとエリーはここでB&Bを営んでいましたよ。ジョシュアが亡くなられると、結婚するまでエリーは一人で頑張っていました」

　アティカスの質問にエドワードが答え、二人は自宅へ引きあげていった。

「二人の話からすると、ここにぼくらが来ることを予想していたらしいね、母さんは」

「外には温室もあるし、敷地も大きくてこんなに素敵な家だとは思いもしなかった。ねえ、ホテルはチェックアウトして、ここに滞在しない？」とミレイアが提案した。

「そうだね、次はいつ来られるかわからないし、ぼくもここがいい」と、アンセルがすぐに賛成した。アティカスとレイトンにも、異存はなかった。

「それで、手紙はすぐに読む？」母親と過ごした時間が短いアンセルが聞く。

「うーん…やっぱり先にホテルをチェックアウトして、食材を買ってここへ戻り、それから読むというのはどう？」

ミレイアの案に、反対する者はなかった。

「よし、それなら行動開始だ。ぼくはそのことをエドワードさんたちへ伝えてくるよ」

そう言ってレイトンは外に出た。

ミレイアは、何を買う必要があるか確認するため、兄弟を連行してキッチンの確認を開始した。オーブンレンジやパーコレーターなどの家電は揃っている。冷蔵庫は電源が入っていなかったので電源を入れておく。つまり、冷蔵庫の中はからっぽだった。棚やパントリーも同様にほとんど何もないということは、先ほどのお茶とスコーンはヘレンたちの買い物袋の中にあったものに違いない。食材の買い出しは大がかりになりそうなことが判明したが、ミレイアはとても楽しかった。

四人は慌ただしくホテルのチェックアウトを済ませた。近くにあったマーク＆スペンサーの食料品フロアで必要なものを全て買い揃え、再び母の実家へ到着したときは午後三時になっていた。荷物運びは男性陣に丸投げし、ミレイアは一番いい部屋の獲得に走った。

思ったとおり二階に、専用バスルームのついた広くて女性らしいインテリアの部屋があった。そこへスーツケースを運び入れ、三階を見に行く。真ん中の比較的大きな部屋にはベッドやソファーセット、ライティングデスクや書棚などがあった。両サイドの部屋はこじんまりとしていたので、一人用の部屋だろうと想像しながら一階へ戻った。

「わたしの部屋はもう決めてきたわ。これから夕食の準備をするわね」

男性陣が各階を見てまわっているあいだに、ミレイアはピザの生地づくりに取りかかった。パン種が発酵するあいだ、サラダと簡単なオードブルに取りかかる。今日のデザートは果物とアイスクリームだけだが仕方がない。手紙を読む時間が欲しいからだ。

ダイニングルームでピザを食べながら、滞在中の朝食と夕食は担当するが、洗い物とキッチンの後片付けはしないとミレイアは高らかに宣言した。男性三人はそれを聞き、やいのやいの相談を始め、それが交代制に落ち着くと、今度はこの家にもブラウニーらしき存在がいるかどうかが話題になった。結局、今日のキッチンの片付けは簡単に行い、様子を見てみようということになった。

　デザートを食べ終え、最初の洗い物担当になったレイトンが戻ってくると、居間へ移動した。そして、手紙を預かっていたアティカスが言った。「さあ、手紙を開封しよう。一人ずつ順番に読むか、または誰かが読み上げるか、どっちにする?」

　下の二人は少し考えたが、ミレイアはふとレイトンに読んでもらいたいと思った。「ね、レイ叔父さんが読み上げてくれない? それならわたしたち三人、同時に読んでいるのと同じだわ」

「え? それはどう…」と、戸惑うレイトンの手には、最後まで言い終わらないうちに手紙が握らされていた。

「仕方ないな。よし、じゃあ開けるぞ」

　観念したレイトンが、薄いミントグリーン色をした、いくらか年数が経ったように見える手紙を開き、読み始めた。

アティカス、ミレイア、アンセルへ

　あなたたちがこの手紙を手にしているということは、わたしとマックスはもう生きていないということになるのね。とても残念だわ。

　あなたたちは今、二十代? 三十代? もう結婚して子どももいるのかしら。それを知ることができないのが本当に残念でたまらない。でも、ここへたどり着いてくれたことは嬉しいわ。きっとミレイアのことが理由でしょうけれど、大丈夫、心配いらないわ。ミレイアの能力はわたしの家系から来ているものだから、必ずこの家やアイルランドそのものが手助けになるはずよ。

そして、辛いことを一つ伝えなければならないの。マックスとわたしがいないということは、たとえそれが何かの事故が原因だったとしても、誰かの手が加わっているかもしれないということよ。

「何てことだ…」

「うそよ！」

四人が四人ともそこで声を上げていた。レイトンは読み上げるのをいったん止め、手紙を置いてホームバーへ向かった。スコッチをグラスに入れ、ボトルを持ちテーブルへ戻る。アティカスはグラスを取りに行き、ミレイアのためにはシェリーを入れた。ミレイアもアンセルも涙ぐんでいた。

気を持ち直したころ、レイトンが言った。

「この先を読み進めてもいいかい？」

三人は力なく頷いた。

これまで何回か疑わしいことがあったから、マックスとわたしは、できるだけ注意はしていたのよ。それでも防げなかったのね。

でも、あなたたちは能力が目覚めている、もしくはもう既にその力をこなしているのかもしれないことは分かっているわ。ここに来たことがそれを示しているから。だから、これはわたしからのお願いよ。三人とも、まずはできるだけこの家にある書物を読んで、いろいろ学んでほしいの。そして、このアイルランドを中心に訓練してほしい。その方法は自ずと分かっていくわ。

そして、ウォルターとメイブ、レイトンにももう会っているわよね？　あなたたちはブライトンズコープ社の経営にも携わっていくはずだから、彼らとの協力は必須よ。

それから、次がいちばん重要なことよ。お願いだから、犯人捜しは絶対にしないで。いいわね？

みんな、訓練することが最優先よ。毎日細心の注意をはらい訓練を重ね、その力を世の中のために役立てていってほしいと思っているわ。そしてあなたたちには、何より幸せでいてほしい。そのためにこの家を残していたの。ここは、大きな役目のある素晴らしい家よ。これからもこの家を維持していってくれる？　エドワードとヘレンも協力してくれると思うわ。彼らのことも大切にね。

アティカス、ミレイア、アンセル。あなたたちは、わたしとマックスの誇りよ。わたしたち二人はもういないのだと思うと本当に残念だけれど、この世界には素敵なことがたくさんあってマジカルで、そして愛を必要としているの。そのことを決して忘れないで。

秘密は鍵、そして壁の絵。

あなたたちに百万回のキスを

エレオノール

レイトンは、読み終えた手紙をテーブルへそっと置いた。

「パパとママは、誰かに殺されたのかもしれないのね…」

「こんなこと、とても信じられないよ」

ミレイアは、暖炉上の壁に飾られているたくさんの写真に近づいた。そこから一枚の額を手に取り、言った。「これ、若いころのパパとママが写ってる。二人でこの家に来ているわ。こっちは明日行く予定の遺跡群かしら」

アティカスとアンセルも近づき、同じように写真を眺めた。そんな三人に向かって、レイトンが言った。「いいかい？　手紙にあるように、犯人をつきとめようとすることは絶対にしないと、今ここで約束してくれ。アメリカで能力者が行方不明になっていることや、ミアが拉致されたこととも関係がありそうだ。そこにはどんな危険が潜んでいるかわからないからね」

三人はテーブルへと戻った。そして、犯人捜しはしないと約束し合った。

「わたし、壁の写真も気になるけれど、さっそく二階の部屋にある本を読み始めるわ。まずは本を読んで、と手紙にあるもの。そして、ここにいるあいだに、できるだけたくさんのストーンサークルにも行きたい」

「よし、本は手分けをして読もう。特に重要だと思うものや気になったことはメモをして、あとで報告し合おう。ストーンサークルは、明日から一日に数か所、みんなで行こう。それでいいね？」

レイトンの案に三人はすぐに賛成した。ミレイアはシェリーが入ったグラスを手に自分の部屋へ戻り、男性陣はドタドタと屋根裏部屋まで行き、古い資料をあさった。

ミレイアの部屋にある本は、ウェルワース家の図書室のような種類だった。アイルランドの民話やおとぎ話のような類だ。面白くはあるものの、特別な何かを発見することもなく一時間ほどが経った。上からは、まだガタゴトと音がしている。

しばらくするとノックがあり、アンセルを先頭に三人が部屋へ入ってきた。

「どうしたの？　何かわかった？　わたしは……」ミレイアは、アンセルが手に何かを掲げているのに気づき、言いかけた言葉を止めた。

「何を持っているの？」

「鍵だよ。古い資料の間に鍵の絵を見つけたんだ。手紙に鍵のことがあったから探していたら、屋根裏の本棚の裏から出てきた」

ミレイアはひざ掛けをさっと脇にどけ、鍵を手にした。金色で古い大きな鍵だった。

「でももう全部の鍵穴に試したけど、合うところは一つもなかった」

「それなら、どこかに隠し扉でもあるのかしら」

まずは試しということで、四人で手分けをして家具や棚の後ろの壁を確認したが、どこにも扉は見つからなかった。

「これだけ探しても見つからないとなると、あとはもう地下かもしれない」

レイトンの言葉に、アンセルが言った。「でも、自分の部屋をどこにするか決めるとき全部のドアを確認したけれど、地下室へのドアはなかったよ」

四人は再び考え込むと、アティカスがはっとして言った。「一階の床は？　何かで覆われて隠されているのかも」

手分けをして一階の家具やマット類をどけていると、レイトンが自室に選んだキッチン裏の部屋から、棚を動かすのを手伝ってくれと呼ぶ声がした。

アンセルが大きな飾り棚を動かす手伝いをしたところ、五十センチ四方の大きさの、ほかとは木目が逆に設置された床材があった。それを見たアティカスが部屋を出て暖炉の火かき棒を手に戻ると、床材の境目に差し込み慎重に持ち上げた。するとそこには、鍵穴らしきものと丸い持ち手が存在していた。鍵を受け取り差し込むと、カチャンカチャンと機械的な音がして止んだ。アティカスが、さあ開けるぞと三人を見ると、全員、頷く。

持ち手を引くと、蝶番から古めかしい大きな音がして扉は持ち上がった。階段だ。そこに階段が何段か見えるものの、底は真っ暗で何も見えなかった。

「驚いたな。本当に地下室があるとは」

「懐中電灯かランプを探しましょう。なければキャンドルで代用できるわ」

「ぼくは自前のランプがある」と、アンセルは能力をひけらかす。

屋根裏にいくつかランプがあったのをアティカスは見ていたので、三個取って戻ったが、その中の一個は壊れていた。

「二個あれば十分だ。先にぼくが確認してこよう。問題なければ呼ぶよ」

レイトンが注意深く下りていき、何段か下りたあと曲がって見えなくなってしまった。数分経ったころ、呼ぶ声はせずに逆にレイトンは戻ってきた。

「建物の二階分ほど下りたら広めの踊り場があって、また扉があった。その中に行く前に、建物の戸締りを確認するべきだ。カーテンも閉めるんだぞ。それからまたここへ集合だ」

レイトンの言うとおり戸締りを終えたミレイアは、暖炉上の大きなキャンドルを手に戻りアンセルに火を点けてもらった。

今度は全員で下りていき踊り場まで到着すると、そこには渦巻き模様の図柄で装飾された木製の扉があった。鍵がかかっていたが、同じ鍵を使ってみると上と同じような音がして、その鍵も開いた。レイトンが扉を開けると、真っ暗ななかから風が吹きあがってきた。風がやむと、ランプをかざして中を覗く。

「鉄製の手すりが付いた階段がまだ下へ向

かっている。下は、どうやら広いようだぞ」

と、レイトンが言った。

さらに部屋の二階分ほどを下ると、そこには、長さの違う六本の大きな石柱と鉄製の支柱で支えられている、洞窟のような空間が現れた。壁自体も、木や鉄の補強材が張り巡らされている。しかし、驚いたのはその空間ではなく、壁に描かれている様々な絵だった。それはまるで、今では遺跡として指定されているような洞窟壁画のようだった。

「壁の絵ってこのことだったのね。家の下にこんな絵が隠されていたなんて。ということは、ママたちの家は代々これを守ってきたということ?」

「どうもそのようだ。それに、こちら側の絵をよく見てごらん、ミア。同じではないはずだが、パークスやセラフィーナらしき生きものもいる。床は頑丈そうだが足元に気をつけるんだぞ」

最後のほうは、一人で歩き回っているアンセルへの声かけだ。すると今度はアティカスがミレイアを呼んだ。「ミア、ここにストーンサークルの絵がある。何かの儀式みたいだ」

その絵には、両手を上げた人物がサークルの中心に描かれていた。その上方に、確かにドラゴンやパークスのように空を飛ぶ生きものも描かれていた。その生きものたちは、小さな人物に添っているものは小さく、人物が大きくなるにつれ彼らも大きく描かれていた。

「これは、人やドラゴンたちの成長を表しているんじゃないかな。それが石を囲んで描かれているということは、ミアの訓練にはストーンサークルが欠かせないということかもしれない」

「このサークルのほうにあるのは何だかＵＦＯみたいに見えるけど、気のせいかな。太陽系図も描かれている」

アンセルの言葉にぎょっとしたが、なるほど、そう見えなくもなかった。そのサークルの上方には、三つの円錐のような図柄が描かれていたからだ。

「本当にＵＦＯが飛来したときの、駐機場の役目を果たしていたとしたら面白いな」

アンセルの言葉に、その場がしんとなった。あり得なくもない仮説に、寒気がした。

「もうアンセル、こわいこと言わないで」

「どうして？　いたっていいじゃないか。セラフィーナやパークスだっているんだから」

「ざっと見たところ、ほとんどこういう絵だな。信じがたいことではあるけれど、こういうことは大昔から続いていて、力を持つ者がそれを忘れないために描かれたに違いない。本当に貴重だよ。これは」

口論が始まりそうな弟妹を諭すようにアティカスが言い、レイトンがあとに続く。「ミア、ここを見てごらん。一人の人間を囲むようにして鳥が成長する絵がある。大きくなったかと思うとまた雛から成鳥になるのが繰り返されている。ほら、雛と成鳥のほうをよく見るんだ」

レイトンに言われてその部分を見たミレイアは、あっと息をのんだ。雛のほうはパークスにそっくりで、成鳥は炎の中にいた。そして、わかった。

「気がついたかい？　もし、この人物がきみのような力を持つ者だとすると、どうやらパークスは不死鳥…かもしれない」

今日のところはこれで十分だということになり、上へ戻ることにした。床の扉や棚を戻すのは男性陣に任せ、ミレイアは居間のソファーに座りパークスを呼んだ。現れたパークスは、何だか色が鮮やかになっている。きっとこの地に来たからだ。

みんなが居間に戻ったとき、時計を見るとまだ十一時前だったので話すなら今しかないとミレイアは決めた。「ねえ。みんなに話さなきゃならないことがあるの。座ってくれる？」

パークスと戯れていた三人は、ミレイアの改まった声にアンセルさえも大人しくなった。

「どうしたんだい？　ミア、大丈夫？」レイトンの気遣いにミレイアは頷く。

「わたしの能力は、ママの手紙や下の壁画でもはっきりしたとおりパークスと力を合わせて行うことのようだわ。弱った人々や大地など、自然のエネルギーを回復させるというあの使命についてはもう説明したわよね。これはソフィアから聞いたことだけれど、実はね、その能力にはおまけみたいなものがあるらしいの。つまり言ってみれば副産物ね」と、ミレイアはソフィアの言葉を真似た。

「副産物って、いったいどんな?」と、レイトンが心配そうに聞いた。

「実は、わたしがその力を使うと、その、どうやら年を取っていかないらしいの。アンセル、笑ったら承知しないわよ」

三人は顔を見合わせ押し黙っている。

「もちろんわたしだって信じられないわ。でも、ソフィアはああ見えてもう何百年も生きてるんだから。もちろん実際に見てきたわけじゃないし、彼女の住民記録は…想像に任せるけれど」

「ミア、それが本当だとして、きみはそれでもその活動をするつもりなのかい?」

「ええ、そうすると決めたの。二か月後くらいから訓練を始めようと思って、ソフィアとはもう相談したわ。このことは、わたしの拉致事件があったから決心したの」

そして、兄弟二人を見ながら言った。「アイルランドへ行く話が出たとき、このことはアイルランドで話そうと思ったの」

パークスがミレイアの肩に乗り頬ずりをする。そしてミレイアは、「明日また話しましょう。わたしはもう寝るわね」と言って、パークスと一緒に二階へと上がった。みんなには、受け止めてもらうしかないのだ。自分がそうしたように。

翌日、朝もまだ暗いうちから起きてパンの仕込みを始め、発酵を待つあいだにコーヒーをいれた。朝食は、ハーブソルトと黒胡椒のフレンチトーストにハムとソーセージをつけよう。

本当は散歩に出たかったのだが、戻ったとき叱られるに決まっているから、窓から見える夜明け前のブルーモーメントの色と、コーヒーを楽しむだけにした。

二種類のイギリスパンをオーブンに入れたときレイトンが部屋から出てきて、ミレイアを抱きしめた。「おはよう。もうこんな至福の香りがしているなんて最高だ。眠れなかったのかい?」

「心配しないでレイ叔父さん、ちゃんと眠ったわ。うちには底なしの食いしん坊がいるから早起きしただけよ」ミレイアはマグカップにコーヒーを注ぎ、レイトンへ渡した。

それを受け取りながらレイトンが言った。

「ぼくたちはみんな大丈夫だ、きみもね。みんなきみを愛しているから心配ない。いいね? ミア」

「わかっているわ、レイ叔父さん。ありがとう。さ、食いしん坊が起きた気配がするから準備をするわね」と、その言葉のとおり上から足音と声が響いてきた。朝食タイムだ。みんなには、朝一番に見たキッチンはピカピカだったことをミレイアは忘れずに報告した。

その日は、ニューグレンジ遺跡とタラの丘に行くことになった。ミレイアは、ここの大地からも波動が伝わってくるのを感じ、パークスの興奮も伝わってきたため、エネルギーの共鳴が観光客の見世物にならないよう細心の注意を払った。その日の夜、星の一つも見えない暗闇のなか、四人とパークスは、今度はニューグレンジ遺跡の真上に立っていた。

「いい？　キャス。わたしはまず大地の波動とシンクロを始めるわ。でも、そのときの光は目立つから、続けるのは十秒ほどにする。それじゃあレイ叔父さんたちは離れててね」

　ミレイアとアティカスは並んだ。アティカスには中から見てもらい、レイトンとアンセルは離れたところから見るという、いわば一つの実験を試すことにした。もしも時間を止めてしまっても、アティカスとレイトンが一緒なら危険を最小限にできると考えたからだ。

「じゃ、いくわよ」ミレイアは、目を閉じ意識を大地に集中する。ほどなくしてあの共鳴音が聞こえ、空気が波のように体に当たってくる。隣から「何だこれは…」と小さく呟くアティカスの声がする。目を開けると、離れている二人も何かを確かめるような身振りをしているのが見える。波動を感じているのだろう。

　ここのエネルギーは素晴らしい。それに楽しい。ミレイアはそう感じ、気がつくと両手をあげていた。光のエネルギーが満ちてくるのを感じたため何とかこらえたが、幾筋かこぼれ出るのは止められなかった。そして宇宙のことを考えた。アティカスが「うわっ！」と言って慌てたので、「大丈夫よ。これは見えているだけで落ちたりしないから」と安心させた。

　今回はミレイアも落ち着いて見ていたが、

気を抜いてしまったようだ。何メートルも上の空間からニューグレンジの淵に向かって、光のスパイラルが繋がっていた。その光を止めるため、ゆっくりと手を下ろしながら現実的なことを考えた。そうだ、明日の朝食にする、スフレのレシピがいい。

家に戻ったアティカスは、四人のなかで一番疲れているようだった。

「確かにあれができる人が何人もいるとは思えないし、その結果、千年生きられるとしても不思議はないな」アティカスは、グラスワインを一気に飲みほした。

「それじゃあこれで、ミアの幻覚だという線は消えたわけだね」

ミレイアは弟をじろっと睨み、「明日の朝食にスフレはいらないのね？」と、指で差しながら言った。

「冗談だよ、ちゃんと信じてるって。ぼくらにもある程度は見えていたからね」

「まじめな話、あれ、宇宙に見えた？」ミレイアはアンセルを無視しアティカスに聞く。

「どう見たって宇宙だったよ。いくつも銀河が見えたし星雲もあった。あれは、とてつもなく壮大で…何ていうか厳かっていう感じだったな」

「そう。ほかの人にも同じように宇宙が見えたということは、本当にそこと繋がっていると考えてよさそうだわ」

「そうだな。それでいいと思う」

アティカスとのやりとりを心配そうに見ていたレイトンが気になり、ミレイアは言った。

「レイ叔父さん、ソフィアが言っていたの。この力は、傷ついて弱った人にもやってあげてほしいって。戦争が起きているところや災害が起こったところにも、意識を集中すれば離れていても共鳴することができるようになるらしいわ。このあいだのように捕えられている子どもたちを見たあとでは、力があるのにそれを使わないなんて、わたしにはもう考えられないことなの」

レイトンはミレイアを見つめ、ため息をついた。

「よくわかっているよ、ミア。なぜきみがそう決心したのか、その理由もね。だからこう言おう。ぼくも長生きするように努力するよ」

ミレイアはレイトンに抱きついた。「もうレイ叔父さんたら。大好きよ」

翌日は、家と土地の相続について手続きを始め、エドワード夫妻とは、この家の今後の管理と報酬の相談を終えた。

残りの日数は、地下への鍵をどう保管するか、また、地下にある壁画をどう保存していくかなどの相談で、あっという間に過ぎていった。

グラマシーに持っていきたいものは既に配送済みだったが、旅行の最後の日、本棚や屋根裏部屋の保管箱の中を再びチェックした。

四人は荷づくりを終えていたが、あとは化

粧品を詰めるだけになっていたミレイアは、夕食づくりに取りかかった。今日はエドワードとヘレンも招待してあったから、メニューは豪華版だ。準備をしながら、別のストーンサークルへ行き、今度はレイトンとアンセルがサークルの内側で、アティカスが離れて見ている夜のことを思い返していた。

みんなわかってくれたと思う。この力の意味を。何より、自分自身が完全に納得していることにミレイアは気づいた。それが、導かれるようにしてやって来た母親の実家で起きたのは、運命だとしか言いようがなかった。

この先、会社や訓練で多忙になることは目に見えているが、そんなことは何でもない。わたしはやれる。この力を待っている誰かと、そしてこの星のために。心からそうしたい。ディレイニーには、帰りの飛行機の中でコンタクトして報告しよう。このアイルランドでわたしたちが見つけたものを。

あとがき

『ブライトストーン家の秘密』を最後までお読みいただき、ありがとうございました。読者のみなさま、この物語を楽しんでいただけましたでしょうか。

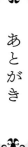

この物語は、特別な能力を持つミレイア、アティカス、アンセルを中心にして、彼らが困難に立ち向かい、たまに妖精に遭遇しながら、我々の大切なこの地球という星の安定と平和を目指すファンタジーとなっています。またちょっぴりロマンスも含まれています。

そして、気づかれたかと思いますが、この物語には続編があり、現在取り組んでいるところです。次回作では、ミレイアの訓練の場にアンセルも加わり、二人は共にパワーアップしていきます。その訓練の最中に、ミレイアは英国ロイヤルファミリーと懇意になり、ディレイニーの任務の関係で世界各地を転々とするうちに、二人の仲はさらに深まります。

そしてミレイアたちは、またしてもトラブルに見舞われてしまいますが、家族や友人、なんと思わぬ訪問者たちの助けを借りて困難を乗りきっていきます。

みなさまがコーヒーやお茶を片手にひと休みされるとき、ぜひ続編のほうも手に取っていただけましたら本当にうれしい限りです。

ＭＡＩＡ

profile

MAIA マイア

沖縄県出身。

県内大学の短期学部を卒業後、地元市役所にて32年間勤務。趣味は読書、映画・美術作品鑑賞、カフェめぐりなど。

仕事や両親の介護をしながら、日々ストーリーのアイデアをあたためていたが、退職を機に初めてペンを取り本書を上梓。今後の作家活動として、のんびりと旅行したいと思い続けているニューヨーク・マンハッタン島や、イギリスおよびアイルランドの地などを中心とした、ファンタジー&ミステリー作品を構想中。そのストーリーには大好きな世界遺産、世界自然遺産も盛り込まれる予定である。

現在、自宅から壮大な太平洋とその水平線を眺めながら想像を膨らませている。

装丁／冨澤 崇（EBranch）
本文デザイン・DTP／a.iil《伊藤彩香》
校正／あきやま貴子
編集協力／大江奈保子
編集／小田実紀

ブライトストーン家の秘密

初版１刷発行 ● 2024年11月24日

著者
MAIA

発行者
小川 泰史

発行所
株式会社Clover出版
〒101-0051 東京都千代田区神田神保町2丁目3-1
岩波書店アネックスビル LEAGUE神保町301
Tel.03(6910)0605 Fax.03(6910)0606 https://cloverpub.jp
印刷所
株式会社 光邦

ISBN978-4-86734-234-3 C0093